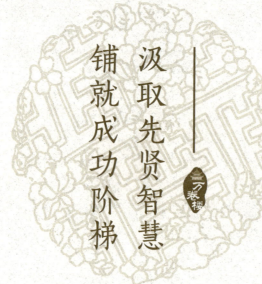

汲取先贤智慧

铺就成功阶梯

万卷楼国学经典 修订版

东坡集

[宋] 苏轼 著

夏华 等 编译

王祥 修订

北方联合出版传媒（集团）股份有限公司
万卷出版有限责任公司
2024年·沈阳

图书在版编目（CIP）数据

东坡集 /（宋）苏轼著；夏华等编译；王祥修
订. — 沈阳：万卷出版有限责任公司，2023.5（2024.1重印）
（万卷楼国学经典：修订版）
ISBN 978-7-5470-6177-0

Ⅰ.①东… Ⅱ.①苏… ②夏… ③王… Ⅲ.①中国文
学 — 古典文学 — 作品综合集 — 北宋 Ⅳ.①I214.412

中国国家版本馆CIP数据核字（2023）第026862号

出 品 人：王维良
出版发行：北方联合出版传媒（集团）股份有限公司
　　　　　万卷出版有限责任公司
　　　　　（地址：沈阳市和平区十一纬路 29 号 邮编：110003）
印 刷 者：辽宁新华印务有限公司
经 销 者：全国新华书店
幅面尺寸：170mm×240mm
字　　数：330 千字
印　　张：21
出版时间：2023 年 5 月第 1 版
印刷时间：2024 年 1 月第 2 次印刷
责任编辑：张洋洋
装帧设计：徐春迎
责任校对：张　莹
ISBN 978-7-5470-6177-0
定　　价：58.00 元
联系电话：024-23284090
邮购热线：024-23284050

出版说明

"读万卷书，行万里路"这是中国古人"修身"的两条基本途径。晋代著名史学家陈寿给自己的书斋命名为"万卷楼"，此后，历代以"万卷楼"命名的书斋，由宋至清有数十家：宋代有方略、石待旦等；元代有陈杰、汪惟正等；明代有项笃寿、杨仪、范钦等；清代有孙承泽、黄彭年等。可见，"读万卷书"的理想在中国传统知识分子中是何等的根深蒂固。

读"万卷书"不仅是古人的理想，当我们懂得了读书的意义，都会自然而然地产生强烈的"博览群书"的愿望。然而，人类历史悠久，书籍浩如汪洋大海，时代发展到今天，科技与经济的发展更使得人类的精神领域空前丰富，获取信息与知识的途径不断增加。"万卷书"早已不再是一个象征性的概念，如何从这"万卷"之中，找到最值得细细品读的作品，已经成为人们必须解决的问题。

爱因斯坦曾说过："在阅读的书中找出可以把自己引到深处的东西，把其他一切统统抛掉。"这正是在阐述读书时选择的重要性。而他所说的把我们"引到深处的东西"无疑就是我们所需要深度阅读的作品，也就是我们常说的经典作品。

卡尔维诺对经典作出的定义之一是：经典就是我们正在重读的。的确，在对经典作品反反复复的品味中，人们思想得到了升华，从浅薄走向思考，最后走到通达。我们都曾有这样的感触，面对海量的书籍和信息，一方面，人们在向着功利性浅阅读大张其道，另一方面，我们的精神深处又在不断地呼唤能够滋养自己内心的深度阅读。因此，经典的价值不仅没有因为浅阅读时代的到来而有所损失，反而更显示出其珍贵来。

在惜字如金的中国传统典籍当中，从来不乏这种需要反复品味的经典。从先秦诸子到历代的经史子集，这些经典为一代代的中国人提供了取之不尽的精神滋养，为中华文化的传承和发展建立了基础。我们把这种包蕴中国文化的学问称为国学。国学的范围非常广泛，它包含了文学、历史、哲学、艺术、语言、音韵等在内的一系列内容。

包罗万象的国学经典为我们提供了广泛的教育。阅读国学经典，也就是在与我们的"先圣先贤"对话和交流，一步步地揆进我们的历史和传统。这个过程可以让我们领会先贤的旨趣，把握他们的神髓，形成恢宏的历史意识，可以让我们通晓文义、熟习经史、通彻学问，让我们成为博学之士。另一方面，国学经典所代表的传统学问，更是具有极为厚重的伦理色彩。阅读国学经典的过程，不仅是增进知识的过程，而且是一个熏陶气质、改善性情、提高涵养的过程，这个过程在潜移默化中培养着行谊谨厚、品行端方、敦品励行的谦谦君子。

当然，随着时代的发展，国学早已不再是人们追求事功的唯一法典，我们也不赞成对国学的功能无限夸大。但毫无疑问，阅读国学经典，必能促进我们对真、善、美的崇敬之心，唤起我们对伟大、深邃、美好事物的敏感和惊奇，同时也让我们了解到先贤们在探寻知识过程中思考的重大课题和运用的基本原则。这些作品体现着我们民族精神的精髓，如《周易》所阐述的"自强不息"的君子人格，《论语》所强调的"和而不同"的包容精神，《诗经》所培养的温柔敦厚的情感，《道德经》所闪耀的思辨智慧，等等，它们共同构筑了中华民族传统的精神范式。品读先贤留下的经典，恰如与他们进行一次次心灵的直接触碰，进而去审视我们自己的内心，见贤思齐，激浊扬清。

正是基于对国学经典的这种认识，我们精选了这套《万卷楼国学经典》系列丛书，以期引导步履匆匆的现代人走近国学经典、了解国学经典。在选编过程中，我们希望能够体现这样一些特点。

首先，我们希望这套丛书能够最具代表性。在选目中，我们注重于最经典、最根源的作品，在有限的时间内，把那些最具影响力，最应该知道的作品提交给读者。四书五经、先秦诸子、唐诗宋词等这些具有符号意义的作品无疑是最应该为我们所熟知的，因此，丛书所选的 30 种作品都是这些经典中的经典。

其次，我们希望能够做出好读的经典。在面对国学作品时，佶屈的文言和生僻的字词常让普通读者望而却步。所以，我们试图用简洁易懂的形式呈现经典，使读者可随时随地以自己的时间、自己的速度来进入阅读。因此，我们为原著精心添加了注音、注释和译文，使读者能够真正地"无障碍阅读"。同时，我们还邀请北京大学、南京大学、复旦大学等知名学府的古代文学方面专家对丛书进行了整体修订，对原文字句及标点进行核准，适当增删注释条目、校订注释内容，对白话翻译做进一步校订疏通，使图书内容臻于完善，整体品质得到了大幅度提升。作为一名读者，也许你会常常感慨，以前没有花更多的时间去读更多的经典，如今没有机会或能力来细读，但实际上，读经典什么时间开始都不算晚，"万卷楼"就是一个极好的途径。重读或是初读这些经典，一样可以塑造我们未来的生活。

第三，我们希望呈现一套富有美感的读物。对于经典而言，内容的意义永远排在第一位，但同时，我们也希望有精彩的形式与内容相匹配，因而，我们在编辑过程中选取了大量的古代优秀版画作为本书的插图，对图片的说明也做了精心设计。此外，图书的编排、版式等细节设计都凝聚了我们大量的思索。我们希望这套经典不只是精神的食粮，拥有文本意义上的价值，更能带来无限美感，成为诗意的渊薮。

"经典作品是这样一些书，我们越是道听途说，以为我们懂了，当我们实际读它们，我们就越是觉得它们独特、意想不到和新颖。"卡尔维诺经典的评论让人击节叹赏，我们也希望这套丛书能够彰显经典的价值，使读者在细细品读中真正融化经典，真正做到"开茅塞、除鄙见、得新知、增学问、广识见"。同时，经典又是可以被享受的。当我们走进经典之时，不能只作为被动的接受者，也可用个人自我的方式进入经典，做精神的逍遥之游，对经典作品进行贴近个体生命的诠释和阅读，在现实社会之中营造自由的人生意境和精神家园，获取一种诗意盎然的人生。

怎样阅读本书

原文：根据权威版本，精心核校，确保准确性，对生僻字反复注音，使读者无障碍阅读。

题解：对题旨进行阐释，使读者更好地理解作品。

集评：集大家之评，以助读者理解。

过。尘世奔波波难得欢笑，也学一学年轻人头上插满菊花回家。
　　重阳佳作宜应在喝得酩酊大醉中度过，远处陡峭的山峰云雾缭绕。登高远眺不用在意已是夕阳西下。古往今来，谁能不老死？实在没有必要为生死之事担心挂怀。

水龙吟·次韵章质夫杨花词

题解

　　这首词写于宋神宗元丰四年（1081）春作于黄州。章质夫，名楶，福建蒲城人，是苏轼的同僚和好友。当时章质夫有《水龙吟》一首，内容咏杨花的。因为该词写得形神兼备、笔触细腻、轻灵生动，达到了相当高的艺术水平，因而受到当时文人的推崇赞誉，盛传一时。苏轼极也很喜欢章质夫的水龙吟，于是和写了这首词。次韵，依照别人词韵的原韵，作词应和，述次序也相同的叫"次韵"或"步韵"。

原文

　　似花还似非花，也无人惜从教坠。抛家傍路，思量却是，无

东坡集

---

⑤障红：落花。缬：连接。
⑥障碍：相传杨花入水化为浮萍。苏轼《再次韵曾仲锡荔支》"杨花著水万浮萍。"自注云："柳至易成，飞絮落水中，经宿即为浮萍。"

译文

　　像花又好像不是花，无人怜惜任凭飘零坠地。杨花飘离家乡飘翻随路旁，看似无情之物，细细思量，又仿佛饱含情思。受伤柔肠萦曲，娇眼迷离，想要睁开又紧紧闭上。梦境随风飘去，千里万里把心上人寻觅，却又被黄莺儿无情唤起。
　　不惜杨花儿飘飞落尽，恨只恨西园满地落红枯萎再难缀。清晨雨后，何处还有落花遗迹？飘入池中化成一池浮萍。如果把春色姿容分三份，其中的两份已化作了尘土，一份入流水了无踪影。细看来不是杨花啊，是那离人晶莹的眼泪啊。

集评

　　王国维《人间词话》："东坡杨花词，和韵而似原唱；章质夫词虽工唱和而似原作的。"

唐圭璋："此词咏杨花。咏物拟人，摹绘多态。词中刻画了一个思妇的形象。鬟根柔肠，困酣娇眼，此种柔态，字字去处，是写杨花，也字字去写思妇。而杨花飞不似花，似'离人泪'，更可识其咏物之神。谓之咏物，在对杨花的细致描绘；谓之言情，这比章质夫的闺怨词要高一筹。"

...章质夫咏杨花词，东坡和之...

　　章质夫咏杨花词，命意更为工，满画可喜...

诗 一七七

和陶与殷晋安别，送昌化军使张中

题解

　　宋哲宗绍圣二年（1099），昌化军使（由儋州知州兼任）张中为了照顾苏轼，让他暂住衙门，后来张中与张士婿移怜江僻俱县居住。张中的官位被苏轼连累，降他下官，两人相处甚密。不久后海南的提举官亲写信命令，将苏轼逐出了官舍，张中也被迫罢职，调往他处。苏轼写诗送别，表达了自己对张中的感激...

原文

孤生知永弃，末路嗟长勤。
久安儋耳陋，日与雕题亲①。
海国此奇士②，官居我东邻。
卯酒无虚日③，夜棋有达晨。
小瓮多自酿，一瓢时见分。
仍将对床梦，伴我五更春。
暂聚水上萍，忽散风中云。
恐无再见日，笑谈来生因。
空吟清诗送，不敢倶师贫。

东坡集

注释

①雕题：古代指南方的少数民族，此处特指黎族。
②海国：指海南岛。
③卯酒：早晨喝的酒。

译文

　　这一生依然清楚地知道要被永远留在此地了，在儋州解晚之地居所住得时间长了。

　　也安稳习惯了，每天往来的都是黎族的百姓。海南岛有一个叫妻中的人，是此地为官，与我相邻。我们每天一起下棋、饮酒、谈宵达旦。酒中的酒多是自己酿的，哪怕有一瓢酒，也会相分着喝。时时同床一梦，伴夜度过不眠之夜。短暂的相聚如水上浮萍，忽然分散，好像被狂风吹散的浮云。此生恐怕是无再相见的日子了。我只能写诗相送，却羞愧无力相助。

纵笔三首

题解

　　宋哲宗元符二年（1099）苏轼由惠州贬所再贬儋州，时已六十四岁，且贫病难身，正处于"食无肉，居无室，病无药，出无友"的困境。此年岁末，作《纵笔三首》。

原文

其一

寂寂东坡一病翁，白须萧散满霜风。
小儿误喜朱颜在，一笑那知是酒红。

其二

父老争看乌角巾，应缘曾现宰官身②。
溪边古路三叉口，独立斜阳数过人。

诗 一二三

内容概要

　　苏轼，字子瞻，号东坡居士，北宋文学家、书画家，"唐宋八大家"之一，宋代文学最高成就的代表之一。

　　苏轼的文学思想与欧阳修一脉相承。他的诗现存两千七百余首，深刻的人生思考和旷达的处世态度，在他的诗中得到了充分的体现。他还将北宋诗文革新运动的精神扩大到了词的领域，对词体进行了全面的改革，最终突破了词为"艳科"的传统格局，提高了词的文学地位，并开创了与婉约派并立的豪放派。苏轼的文章汪洋恣肆，明白畅达。他提倡艺术风格的多样化和生动性，反对千篇一律的统一文风。除此之外，苏轼在书法、绘画、饮食、服饰等方面也卓有成就，是一个文学与艺术的集大成者。

　　本书精选了苏轼生平创作的诗、词、文的相关作品。为了便于读者阅读，本书对原作进行了精心加工，配以注释、题解、译文等，并辅以精美的插图和生僻字注音，使全书更具时代感。

目录

诗

词

文

诗

郭 纶

题 解

　　郭纶是当时河西（今甘肃一带）一位出色的弓箭手，在防守边疆的战斗中屡立战功，后为嘉州（今四川乐山）监税。这是苏轼23岁时的作品。宋仁宗嘉祐四年（1059），苏轼与弟苏辙随父亲苏洵由眉山赴汴京，路经嘉州，遇郭纶，遂写诗相赠，表达了作者对这位有志献身边防的勇士的期望、赞许和同情。苏辙同时也作《郭纶》一诗相赠。

原 文

　　自注：纶本河西弓箭手，屡战有功，不赏。自黎州都监官满，贫不能归。今权嘉州监税。

　　河西猛士无人识，日暮津亭阅过船①。

　　路人但觉骢马瘦②，不知铁矟大如椽③。

　　因言西方久不战，截发愿作万骑先④。

　　我当凭轼与寓目⑤，看君飞矢集蛮毡⑥。

注 释

　　①日暮津亭阅过船：傍晚时分，郭纶坐在渡口闲看过往船只，说明他的闲居无聊。

　　②骢马：青白色的马。

　　③铁矟大如椽：长矛大如屋椽。

　　④截发：截发为信，意为誓言。

　　⑤我当凭轼与寓目：凭轼，凭依战车上的横木。寓目，观看。《左传·僖公二十八年》载：晋、楚两国城濮之战前，楚将子玉派人向晋君挑战说："请与君之士戏（角斗），君凭轼而观之，得臣与寓目焉。"这里作者借用这个典故，表示拭目观战。

　　⑥蛮毡：借指西夏人的军帐。

译 文

　　自注：郭纶本是驻守河西边关的勇士，在防守边疆的战斗中屡次立下战功，却得不到重用。任期满后，连回家的路资都没有。如今只得在嘉州做一个小小的监税官。

河西的勇士郭纶曾因善战而著称，如今的人们却都不识得他了，这位昔日的猛士只是在傍晚时分，独自坐在渡口，闲看过往船只来打发时间。路人只看见他骑着一匹瘦弱的青白色的马，却不知他曾经使用的长矛大如屋椽。郭纶说，因为边疆久无战事才沦落如此，一旦有了战况，他立誓愿冲锋陷阵。我当拭目以待，观看这位勇士的飞箭射向敌人的军帐。

初发嘉州

东坡集

题解

宋仁宗嘉祐二年（1057），苏轼与弟辙进士及第。四月，母程氏卒，返蜀丁忧。嘉祐四年（1059）十月，服除，与父洵、弟辙返京，途经嘉州时作此诗。此次返京，取道岷江水路，经嘉州、犍为，出蜀出峡，直下江陵。父子三人于途中尽览山川形胜，"杂然有触于中，而发于咏叹"。写下百余首诗篇，结成《南行集》。《初发嘉州》与《郭纶》《夜泊牛口》《许州西湖》皆为《南行集》中作品。

●寄情山水

原文

朝发鼓阗阗①，西风猎画旃② (zhān)

故乡飘已远，往意浩无边。

锦水细不见③，蛮江清可怜④。

奔腾过佛脚⑤，旷荡造平川。

野市有禅客，钓台寻暮烟。

相期定先到，久立水溅溅。

注释

①阗阗：鼓声。

②猎画旃：吹拂着船上的彩旗。

③锦水：即锦江。

④可怜：可爱。

⑤**奔腾过佛脚**：奔腾的江水从佛像脚下流过。

译文

开船鼓声响彻清晨，船起航了，船上悬挂的彩旗在西风的吹拂下飞舞。故乡已经远去，过去的情思浩然无尽。锦江蜿蜒不绝，青衣江的水清澈可爱。奔腾的江水从大佛的脚下掠过，一下子就进入了空阔坦荡的一马平川。与宗一和尚约好了在钓鱼台话别，他定会如约在傍晚先到等候。在船边站了很久，只见雾暮沉沉，流水潺潺。

夜泊牛口

题解

此诗是宋仁宗嘉祐四年（1059）冬，苏轼随父入京城，途经三峡牛口所作。在苏轼的笔下，乡村虽然潦倒贫穷，却呈现出陶渊明诗中特有的清贫恬静的田园生活氛围。其弟苏辙也有同题之作，而同样的村落，同样的人物，在苏辙的笔下却显得萧瑟荒凉、穷愁凄苦。牛口水驿，在叙州府西北六十里。

原文

日落红雾生，系舟宿牛口。

民居偶相聚，三四依古柳。

负薪出深谷，见客喜且售。

煮蔬为夜飧①，安识肉与酒。

朔风吹茅屋，破壁见星斗。

儿女自咿嚘②，亦足乐且久。

人生本无事，苦为世味诱。

富贵耀吾前，贫贱独难守。

谁知深山子，甘与麋鹿友③。

置身落蛮荒，生意不自陋。

今予独何者，汲汲强奔走④。

注 释

① **夜飧**：晚餐。

② **咿嚘**：象声词，形容孩童语音不清。

③ **麋鹿**：泛指山中的野兽。

④ **汲汲**：形容心情急切。

●农家劳作

山中的居民，甘愿与野兽为邻居，虽生活在贫困中，却不自怨自艾，愿意单纯而宁静地生活。

译 文

落日映红了水面上的雾霭，泊舟寄宿于牛口。与几位靠在古老柳树旁的当地居民相聚在一起。樵夫挑着柴火从深山里回来，看见买者高兴地将柴火售卖，煮蔬菜当夜饭，哪里知道还有肉与酒？北风吹进破壁的茅屋，屋顶的漏洞可以看见天上的星斗。膝下自有那咿咿学语的儿女，也就知足常乐了。人生原本无事，只是被尘世种种嗜欲所引诱而带来苦恼。荣华富贵耀眼于前，贫穷卑贱自然难以固守。谁知深山里的樵夫，甘愿与麋鹿野兽为友。置身于这边远落后的地方，活得却不自卑。我如今为何偏偏急切地为富贵而竭力奔走？

东坡集

许州西湖

题 解

宋仁宗嘉祐五年（1060）春，苏轼自湖北江陵赴汴京，途中经许州（今河南许昌）西湖而作此诗。许州西湖，湖面宽广达百余里，中间有横堤，西面大于东面，但水不深。宋庠知许州，曾调集民夫挖掘，使东西相通。此诗描写西湖中亭台楼阁的豪华，游人的闲逸享乐，从而联想起连年的灾荒，发出了"但恐城市欢，不知田野怆"的感慨，体现了诗人对灾民的关注。

原 文

西湖小雨晴，滟滟春渠长^①。

来从古城角，夜半传新响。

使君欲春游^②，浚沼役千掌^③。

纷纭具畚锸^④，闹若蚁运壤。

夭桃弄春色^⑤，生意寒犹怏^⑥。

唯有落残梅，标格若矜爽^⑦。

游人坌已集^⑧，挈榼三且两^⑨。

醉客卧道旁，扶起尚偃仰。

池台信宏丽，贵与民同赏。

但恐城市欢，不知田野怆。

颍川七不登，野气长苍莽。

谁知万里客，湖上独长想。

注 释

①**滟滟**：水满满的样子。

②**使君**：指知府宋莒公，宋庠。

③**浚沼**：开掘湖底。**役千掌**：使用成百上千的民夫。千掌，喻民夫之众。

④**畚锸**：掘泥运土的工具。畚就是畚箕，锸是铁锹。

⑤**夭桃**：艳丽的桃花。

⑥**怏**：不高兴，不快乐。

⑦**标格**：风度。**若**：乃。**矜爽**：坚毅清爽。

⑧**坌**：聚集。

⑨**挈**：提着。**榼**：一种酒器。

译 文

　　西湖上微雨初晴，狭长的春堤里湖水满满。湖水来自古城边，午夜还能够听到流水的回声。太守宋莒公想要春游，便动用了成百上千的民夫开掘湖底。铁锹、畚箕在堤上随处可见，民夫们往来忙着搬运泥土，像蚂蚁般劳作。娇艳的桃花虽然生机盎然，却因春寒料峭而不高兴。只有几株残梅精神抖擞，依然坚毅挺立，清爽宜人。游人在湖边聚集，三五成群提着酒壶来游玩。喝醉了就直接睡在路旁，扶起来转眼就又躺下了。湖中亭台宏伟华丽，以便可以让百姓欣赏游乐。可惜人们只沉浸在城市的欢乐中，不知道农村的痛苦。颍川连续七年歉收，田野满目疮痍。此刻不会有人想到，还有来自远方的游子，独自在湖上思考这些事情。

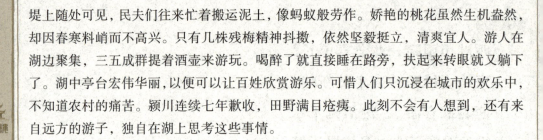

辛丑十一月十九日既与子由别于
郑州西门之外，马上赋诗一篇寄之

题 解

此诗作于宋仁宗嘉祐六年（1061）十一月十九日。是年八月，苏轼兄弟试制科，苏轼入三等，苏辙为四等，轼除大理评事，签书凤翔府判官，辙除商州军事推官（侍父在京未赴任）。苏轼赴任，十一月十九日与苏辙别于郑州西门外，作此诗。在这之前，他们兄弟一直生活在一起，这是他们第一次远别，苏辙送兄赴任，送了一程又一程，一直送到离京城一百四十里的郑州西门外，苏轼写下了这首抒发离愁别恨的名篇。

原 文

不饮胡为醉兀兀①，此心已逐归鞍发。

归人犹自念庭闱②，今我何以慰寂寞。

登高回首坡垄隔，惟见乌帽出复没。

苦寒念尔衣裘薄，独骑瘦马踏残月。

路人行歌居人乐，童仆怪我苦凄恻。

亦知人生要有别，但恐岁月去飘忽③。

寒灯相对记畴昔，夜雨何时听萧瑟④。

君知此意不可忘，慎勿苦爱高官职⑤。

注 释

①兀兀：昏沉。

②庭闱：指父母居住的地方，借指父母。

③飘忽：形容时光流逝很快。

④"寒灯"二句：苏辙《逍遥堂会宿二首》叙："辙幼从子瞻读书，未尝一日相舍。既壮，将游宦四方，读韦苏州诗，至'宁知风雨夜，复此对床眠'，恻然感之，乃相约早退，为闲居之乐。故子瞻始为凤翔幕府，留诗为别曰：'夜雨何时听萧瑟。'"

⑤苦爱：久爱。

译 文

　　没喝酒怎会突然觉得醉沉沉？我的心已经随着你的归鞍一同离去。你一边往回走，一边还牵挂着家中的老父，而我行走在异乡的旷野，用什么来抚慰心中的孤独呢？站在高处眺望你回京的身影，只能看见你的乌帽忽隐忽现。担心你的衣裳太薄，独自骑着瘦马归去，在寒冷的残月下是那么孤单。路上的行人边走边唱着歌，村野居民也很欢乐，我却苦凄凄的，连童仆也感到奇怪。我也知道人生时常会有别离，只是唯恐时光流逝得太快，不能常相守聚。今夜寒灯相对，你可会想起怀远驿中我们曾经相约的誓言？何时才能相见，何时才能一同听夜雨萧瑟连绵啊。希望你不要忘记，不要贪恋官场啊。

和子由渑池怀旧

题 解

　　宋仁宗嘉祐六年（1061）十一月，苏辙送苏轼至郑州，分手后有诗《怀渑池寄子瞻兄》寄苏轼，此诗为苏轼的和作。苏辙十九岁时，曾被任命为渑池县主簿，未到任即中进士。他与苏轼赴京应试路经渑池，同住县中僧舍，同于壁上题诗。如今苏轼赴陕西凤翔做官，又要经过渑池，因而作此诗。

原 文

人生到处知何似？应似飞鸿踏雪泥①

泥上偶然留指爪，鸿飞那复计东西。

老僧已死成新塔，坏壁无由见旧题。

往日崎岖还记否？路长人困蹇驴嘶^②。

注 释

①"人生"二句：苏轼依苏辙原作中提到的雪泥引发出人生之感。查慎行、冯应榴以为用禅语，王文诰已驳其非，实为精警的譬喻，故钱锺书《宋诗选注》中指出："雪泥鸿爪"，后来变为成语。

②**蹇驴**：腿脚不灵便的驴子。蹇，跛脚。苏轼自注："往岁，马死于二陵（按即崤山，在渑池西），骑驴至渑池。"

译 文

　　人生在世，到这里，又到那里，偶然留下一些痕迹，你觉得像是什么？我看真像随处乱飞的鸿鹄，偶然在某处的雪地上落一落脚。它在这块雪地上留下一些爪印，正是偶然的事，因为鸿鹄的飞东飞西根本就没有一定。老和尚奉闲已经去世，他留下的只有一座藏骨灰的新塔，我们也没有机会再到那儿去看看当年题过字的破壁了。老和尚的骨灰塔和我们的题壁，是不是同飞鸿在雪地上偶然留下的爪印差不多呢！你还记得当时往渑池的崎岖旅程吗？——路又远，人又疲劳，驴子也累得直叫。

集 评

　　纪昀《纪评苏诗》卷三："前四句单行入律，唐人旧格；而意境恣逸，则东坡之本色。"

九月二十日微雪，怀子由弟二首

题 解

　　宋仁宗嘉祐七年（1062）九月，苏轼在凤翔为官时所作。时苏辙在汴京，苏轼在诗中向弟弟诉说了自己的寂寞心情，表达出强烈的渴望报国、一展抱负的心愿。

东坡集

其一

岐阳九月天微雪①，已作萧条岁暮心。

短日送寒砧杵急②，冷官无事屋庐深。

愁肠别后能消酒，白发秋来已上簪。

近买貂裘堪出塞③，忽思乘传问西琛④。

其二

江上同舟诗满箧，郑西分马涕垂膺。

未成报国惭书剑，岂不怀归畏友朋。

官舍度秋惊岁晚，寺楼见雪与谁登。

遥知读《易》东窗下，车马敲门定不譍⑤。

注 释

①**岐阳**：凤翔府在西魏、北周时称岐阳郡。

②**砧杵**：砧是垫石，杵是捣衣的棒槌。

③**貂裘**：貂皮的衣服，此处泛指皮袄。

④**乘传**：乘坐传车，指奉命出使。传，古代驿站的专用车辆。**琛**：珍宝，此处借指西羌。《诗经·鲁颂·泮水》中说："憬彼淮夷，来献其琛。"

⑤**譍**：同"應"，应答。

译 文

其一：岐阳九月便飘起了小雪，仿佛有岁暮之感。秋日天短寒冷，家家户户都在准备寒衣，捣衣声急促不断，而我却闲坐在屋里没什么事情可做。自从分开以后，只有喝酒排解愁闷，白发也早早爬上了头。近日置办了皮袄，忽然想坐着传车巡视西羌。

其二：当年我们坐船赴汴京，一路上作了许多诗文，堆满箱笼。在郑州西门与你分别时，泪洒胸前。如今，报效国家的夙愿没能实现，感到愧对身旁的书剑。想辞官回家，又怕朋友议论。想你此刻正在专心研读《周易》，一定是闭门谢客，即便车马到门，也是不予接待的吧。

岁晚三首

题 解

　　这三首诗，是苏轼在宋仁宗嘉祐七年（1062）岁末写的辞岁诗，以白描的手法写出了古代馈岁、别岁、守岁的风俗习惯。

原 文

　　岁晚相与馈问为"馈岁"，酒食相邀呼为"别岁"，至除夜达旦不眠为"守岁"。蜀之风俗如是。余官于岐下，岁暮思归而不可得，故为此三诗以寄子由。

馈 岁

农功各已收，岁事得相佐。

为欢恐无及，假物不论货。

山川随出产，贫富称小大。

置盘巨鲤横，发笼双兔卧。

富人事华靡①，彩绣光翻座。

贫者愧不能，微挚出春磨。

官居故人少，里巷佳节过。

亦欲举乡风，独唱无人和。

别 岁

故人适千里，临别尚迟迟。

人行犹可复，岁行那可追。

问岁安所之②，远在天一涯。

已逐东流水，赴海归无时。

东邻酒初熟，西舍彘亦肥③。

且为一日欢，慰此穷年悲。

勿嗟旧岁别，行与新岁辞。

去去勿回顾，还君老与衰。

守 岁

欲知垂尽岁，有似赴壑蛇。

修鳞半已没④，去意谁能遮。

况欲系其尾，虽勤知奈何。

儿童强不睡，相守夜欢哗。

晨鸡且勿唱，更鼓畏添挝⑤。

坐久灯烬落，起看北斗斜。

明年岂无年，心事恐蹉跎。

努力尽今夕，少年犹可夸。

注 释

①**华靡**：浪费。

②**安所之**：到何处去。

③**酒初熟**：酿酒刚熟。**豵**：猪，此处指猪肉。

④**修鳞**：长蛇的身躯。

⑤**挝**：敲打。

译 文

馈 岁

农事已经完毕了，又要开始准备过年了。人人都兴奋地忙碌着置办年货，没有时间好好选择。馈岁的礼物随各地出产而不同，礼物的大小因家境贫富而有所差别。大石缸中装着巨大的鲤鱼，笼中有成双的兔子。富贵人家追求奢华，用华丽的刺绣布置厅堂。贫穷人家无法相比，拿出自己加工的食品当作微薄的礼物。我在这里为官没有什么朋友往来，只能独自在街巷居所过节。想要入乡随俗去馈岁，却没有朋友能响应。

诗

〇一三

别　岁

朋友即将远行，分别之时总是迟迟不愿出发。人走了以后还可以再见，岁月流逝后却无法追回。想问时间到哪里去了，大概是天边吧。就好像汇入了东流水，奔入大海再也无法回转。东邻刚酿好了酒，西邻的猪也肥。今天就高高兴兴地喝酒吧，聊以安慰这即将逝去的时光。不要一味感叹旧岁的离去，很快新的一年也即将流逝。不要总是回顾往昔，岁月留下的只有衰老。

守　岁

时光飞逝，就像钻进洞穴里的蛇，长长的身子已经钻进去大半了，没人能够阻拦。就像你想要抓住蛇的尾巴，动作再快也不可能。孩子们都不肯去睡觉了，聚集在一起守岁，尽情玩乐。早晨不愿意听到公鸡打鸣，夜晚怕更鼓敲打。坐得久了，不知不觉灯烛的灰烬落下，起身看见北斗星斜挂空中。明年不是一样要过年吗？为什么担心志向抱负蹉跎无成。好好度过今夕吧，年轻依然是足以炫耀的美好事情。

和子由闻子瞻将如终南太平宫溪堂读书

题解

此诗作于宋仁宗嘉祐八年（1063），当时苏轼与凤翔知府陈希亮不和睦，受到陈的弹劾。太平宫是凤翔终南县的一座道观，有不少道藏之书，苏轼曾去阅览。此诗格调深沉，反映了作者在凤翔任职时的郁闷经历和内心矛盾，并对朝廷摊派给百姓的苛重徭役流露了不满情绪。

原文

役名则已勤，殉身则已媮①。

我诚愚且拙，身名两无谋。

始者学书判②，近亦知问囚③。

但知今当为，敢问向所由。

士方其未得，惟以不得忧。

既得又忧失，此心浩难收。

东坡集

〇一四

譬如倦行客，中路逢清流。

尘埃虽未脱，暂憩得一漱^④。

我欲走南涧，春禽始嘤呦^⑤。

鞅掌久不决^⑥，尔来已徂秋^⑦。

桥山日月迫^⑧，府县烦差抽。

王事谁敢诉，民劳吏宜羞。

中间罹旱暵^⑨，欲学唤雨鸠。

千夫挽一木，十步八九休。

渭水涸无泥，菑堰旋插修^⑩。

对之食不饱，余事更遑求。

近日秋雨足，公余试新篘。

劬劳幸已过，朽钝不任锼^⑪。

秋风迫吹帽，西阜可纵游。

聊为一日乐，慰此百年愁。

注释

①**役名**：为名所役使。**媮**：愉悦。

②**学书判**：指任签书凤翔府书判。

③**知问囚**：苏轼一度被派去凤翔府属县减决囚禁。

④**漱**：冲洗。

⑤**嘤呦**：鸟叫声。

⑥**鞅掌**：原意是无暇整理仪容，引申为公事忙碌。

⑦**徂**：到。

⑧**桥山**：相传黄帝葬于桥山，因此以桥山代指皇帝的丧事，这一年宋仁宗死。

⑨**暵**：干热。

⑩**菑堰**：指渭河两岸以菑石修筑的堤坝。

⑪**锼**：雕刻。

如果说是为博取功名，那么我已经很勤苦、很努力了；如果说是为追逐安逸享乐，那么我也已经够快活了。但是我实在是愚笨，无论是安逸享乐，还是功名富贵，都是毫无办法。一开始任书判，后来又去各县负责刑狱。我知道自己应当有所作为，却不知所为何来。在一无所有的时候，人的心情不忧郁。一旦得到功名利禄，就害怕会失去，心情难免纷乱，难以收拾。比如在路上行走的人，疲倦中看到清澈的溪流，虽然无法解除疲劳，却能暂时得到洗涤休闲。我很想去南涧的书堂读书，听听春天鸟儿的叫声。然而公事繁忙总是不能成行，转眼秋天都快到了。因为给皇帝修建陵墓，时间紧迫，府县都动用了大批民夫。给朝廷办事谁敢抱怨呢，只是民夫们劳累，官员也觉得羞惭。这期间遭遇干旱，我很想祈祷上天降雨。上千的民夫拖动巨大的树木，走十步就要休息八九次。渭水都干涸了，沿岸的堤坝叫挖土来修补。目睹这些让人连饭都吃不下，其他的事情更是无暇顾及。近日下了几场秋雨，公事之余可以有时间品尝一下新酿的酒了。经过紧张的劳碌，我的身体已经十分虚弱了。而今秋风吹起，终于可以休息游玩了。姑且快乐一天吧，聊慰这无尽的忧愁。

十二月十四日夜微雪，明日早往南溪，小酌至晚

此诗作于宋仁宗嘉祐八年（1063）十二月十五日，是苏轼在凤翔南溪观雪的名篇。

南溪得雪真无价，走马来看及未消[1]。

独自披榛寻履迹，最先犯晓过朱桥。

谁怜屋破眠无处[2]，坐觉村饥语不嚣[3]。

惟有暮鸦知客意，惊飞千片落寒条。

[1] **及**：赶上、趁着之意。

[2] **谁怜屋破眠无处**：杜甫在《茅屋为秋风所破歌》中写道："床头屋漏无干处，

雨脚如麻未断绝。自经丧乱少睡眠，长夜沾湿何由彻。"此处是借用了这首诗。

③坐觉村饥语不嚣：杜牧在《赴京初入汴口，晓景即事》中写道："泽阔鸟来迟，村饥人语早。"这里是反用其句。

在南溪观雪这件幸事真是难以用金钱衡量，纵马而来，有幸雪还没有融化。独自穿越树林寻觅人迹，在天明时最早通过朱桥。村里屋舍破漏，连个睡觉的地方都没有，有谁来可怜他们呢？村民们吃不饱饭，饿得说话声音都很弱了。只有乌鸦知道客人前来，飞震得枝头的雪花飘落。

和子由苦寒见寄

此诗作于宋英宗治平元年（1064），这年秋天西夏多次出兵袭击宋朝边境。

人生不满百①，一别费三年。

三年吾有几，弃掷理无还。

长恐别离中，摧我鬓与颜。

念昔喜著书，别来不成篇。

细思平时乐，乃为忧所缘②。

吾从天下士，莫如与子欢。

羡子久不出，读书虱生毡。

丈夫重出处，不退要当前。

西羌解仇隙，猛士忧塞壖③。

庙谟虽不战④，虏意久欺天。

山西良家子⑤，锦缘貂裘鲜。

千金买战马，百宝妆刀镮。

何时逐汝去，与虏试周旋⑥。

注 释

①百：百年。

②缘：缠绕。

③塞墙：边境上的空地。

④庙谟：朝廷的决策。

⑤山西良家子：当时的北宋朝廷采纳韩琦的建议，在陕西诸州招义勇，得十五万余人。

⑥周旋：对阵应战。

译 文

人生一世也就一百年的光景，如今我们已经分开三年了。三年的时间我一生能有几个？过去的时光便是永远失去了。一直担心这长久的别离会让我衰老得更快。想以前总喜欢著书，可自从分别后，怎么也写不成。忆起从前的欢乐，此时却被忧愁缠绕。我结交了许多朋友，但都不如和你相处得愉快。只有你读书最是勤奋，昼夜不离坐席，以致坐毡上都生了虱子。大丈夫对出仕和退隐是很慎重的，若不退隐，就一定要有一番大的作为。自从朝廷和西夏达成了妥协，一些有识之士常为边防忧虑。朝廷放松了戒备，可西夏却总是肆意骚扰边境。现如今，陕西已经集结了许多勇士，每个人都穿着华美的貂袍，买好了战马和宝石装饰的战刀，准备随军出征。什么时候我们也能跟他们一起去和敌人对阵应战。

骊山绝句三首

题 解

宋英宗治平元年（1064）十二月，苏轼罢凤翔签判任后，赴京师，路经骊山作此诗。骊山曾发生过三次改变国家命运的事件：一是周幽王举烽火戏诸侯，西周东迁。二是秦始皇发动大批劳工修阿房宫和骊山陵，六年后秦朝灭亡。三是唐玄宗修建华清宫，唐自安史之乱后由盛转衰。

其一

功成虽欲善持盈，可叹前王恃太平。

辛苦骊山山下土，阿房才废又华清。

其二

几变雕墙几变灰，举烽指鹿事悠哉。

上皇不念前车戒①，却怨骊山是祸胎。

其三

海中方士觅三山，万古明知去不还。

咫尺秦陵是商鉴②，朝元何必苦跻攀③。

注 释

①**上皇**：指唐玄宗。

②**咫尺**：形容距离很近。**鉴**：镜子。

③**朝元**：朝元阁，唐玄宗在骊山所建。**跻攀**：登攀。

译 文

其一：功成之后应该善于保持已有的盛业，可是过去的帝王却依仗着太平无事，不居安思危，使得骊山的土地也不得安宁，秦代的阿房宫被烧毁后，唐代又在那儿盖起了华清宫。

其二：一会儿是雕梁画栋，一会儿又是断壁残垣，前代君王众多的荒淫故事也随之消亡。唐玄宗不接受前代的教训，却诿罪于骊山。

其三：秦始皇晚年相信方士的无稽之谈，派方士入海寻找三座仙山，如今都知道是有去无还。眼前骊山的秦始皇陵就是殷鉴，何必还要去苦苦攀登那朝元阁呢。

秀州僧本莹静照堂

题解

宋神宗熙宁二年（1069），秀州（今浙江嘉兴）僧本莹（字慧空）来访，苏轼写此诗。

原文

鸟囚不忘飞，马系常念驰。

静中不自胜，不若听所之。

君看厌事人，无事乃更悲。

贫贱苦形劳，富贵嗟神疲。

作堂名静照，此语子为谁。

江湖隐沦士^①，岂无适时资。

老死不自惜，扁舟自娱嬉。

从之恐莫见，况肯从我为。

注释

①隐沦士：隐居之人。

译文

被囚笼中的鸟儿还不忘飞翔，被拴住的马还时常想着疾风而驰。如果宁静不下来，不如任其行动。你看那些厌烦世事的人，即便没有烦心事也一样觉得悲哀。贫寒的人身体操劳，富贵的人精神疲劳。你的禅房取名静照，这是什么原因呢？那些隐居之士，其实都有适应机遇的资质和禀赋，但他们宁愿一叶扁舟自由欢乐直到老死。想追随这种人恐怕都见不到，又哪里肯追从我辈呢？

次韵张安道读杜诗

题 解

宋神宗熙宁四年（1071）七月，苏轼任杭州通判，上任途中路经陈州（今河南淮阳），拜访父亲的旧友、知府张方平（字安道），作此诗。自欧阳修作《水谷夜行寄子美、圣俞》后，宋人写诗论诗的风气日盛，本篇也是苏轼论诗中的名篇。

原 文

> 大雅初微缺[1]，流风困暴豪。
>
> 张为词客赋，变作楚臣骚。
>
> 展转更崩坏，纷纶阅俊髦[2]。
>
> 地偏蕃怪产，源失乱狂涛。
>
> 粉黛迷真色，鱼虾易豢牢[3]。
>
> 谁知杜陵杰，名与谪仙高。
>
> 扫地收千轨，争标看两艘。
>
> 诗人例穷苦，天意遣奔逃[4]。
>
> 尘暗人亡鹿，溟翻帝斩鳌[5]。
>
> 艰危思李牧，述作谢王褒[6]。
>
> 失意各千里，哀鸣闻九皋[7]。
>
> 骑鲸遁沧海，捋虎得绨袍[8]。
>
> 巨笔屠龙手，微官似马曹[9]。
>
> 迂疏无事业，醉饱死游遨[10]。
>
> 简牍仪刑在，儿童篆刻劳。

今谁主文字，公合把旌旄。

开卷遥相忆，知音两不遭。

般斤思郢质，鲲化陋鲦濠。

恨我无佳句，时蒙致白醪。

殷勤理黄菊，未遣没蓬蒿。

注释

①**大雅**：表示《诗经》所体现出的创作传统。李白在《古风》中有"大雅久不作，吾衰竟谁陈"之句。

②**纷纶**：纷纭，形容众多。**俊髦**：英俊之士。

③**粉黛**：古代妇女们使用的化妆品。**牷牢**：古代祭祀用的牛羊。

④**天意**：此处指的是安史之乱，长安沦陷，杜甫逃难出来后一直过着颠沛流离的生活。

⑤**尘暗**：征尘遮天，此处指的是安史之乱爆发，唐玄宗逃往西蜀。**亡鹿**：《汉书·蒯通传》中说："秦失其鹿，天下共逐之。"作者借此典故，比喻李唐王朝失去政权。**溟翻**：大海波涛翻滚，比喻干戈四起。**帝斩鳌**：喻指唐肃宗李亨平定安史之乱。鳌，巨龟。

⑥**李牧**：战国时期赵国的名将。**王褒**：汉代文士。

⑦**九皋**：深深的沼泽。

⑧**骑鲸遁沧海**：指李白晚年的远游。自安史之乱后，李白遭流放，后沿江游历，经三峡，泛洞庭，自称"海上骑鲸客"。**捋虎得绨袍**：指杜甫漂泊西南依傍严武一事。时严武任剑南节度使，杜甫曾得罪过严武，但此时在生活上仍然得到严武的诸多关照。

⑨**巨笔屠龙手**：《庄子·列御寇》中说："朱泙漫学屠龙于支离益，单千金之家，三年技成，而无所用其巧。"这里借指杜甫才高。**马曹**：管马的官。

●**杜甫**

杜甫，字子美，自号少陵野老，汉族，祖籍襄州襄阳（今湖北襄阳），一般认为其出生于巩县，是盛唐时期伟大的现实主义诗人。

东坡集

⑩**醉饱死游邀**：《旧唐书·杜甫传》载："永泰元年，杜甫扁舟下峡，寓居耒阳，旬日不得食，耒阳县送来牛肉白酒，杜甫饮食后卒。"

译文

　　自《诗经》之后，干戈四起，诗风也受到了困扰。后来发展为赋，演变成了骚体诗。经过辗转变迁，风雅的体式越发破裂，涌现出了许多作者。诗歌走入了偏地，繁衍出一些怪异之作，不仅离开了诗歌的本源，而且称得上是一股浊浪狂涛。诗作逐渐优劣混淆，就好像被脂粉黛墨遮掩了真容，又好似用鱼虾替换了祭祀用的牛羊。只有唐代的杜甫和李白，才能称得上诗国高手。这两个人都是集诸家之大成，成就如并行的两条船，难分伯仲。可惜诗人都是穷苦的，自长安陷落后，杜甫一直过着颠沛流离的生活。唐肃宗虽然平定了战乱，但唐朝也因此失去了天下。动乱的年代，朝廷只需要李牧这样的猛将，对王褒这样的文士便不再重视。杜甫政治失意，只能流落江湖，写诗抒怀，即便是偏远的地方也能听到他们的诗作。李白骑鲸漂游海上，杜甫则依傍严武生活。虽然才学卓著，却是官职低微。杜甫疏于世事，做官也不成功，不时醉酒遨游。但杜甫的诗作堪称典范，那些雕虫小技都无法比拟。如今在诗作上，张公堪称文章旗手。看您的文章就想到杜甫，只可惜生不逢时无法成为知音。张公是杜诗的知音，好似石匠对郢人运斤成风。您的诗作如鲲鹏，我的文章不过是鲦鱼，不敢与他相提并论。只恨自己没什么好诗作，倒承蒙您不时地馈送白酒。我还是栽种菊花吧，不让它被蓬蒿给埋没了。

游金山寺

题　解

　　宋神宗熙宁四年（1071），苏轼因上官得罪王安石，遂请外补。六月，除通判杭州。十一月途经镇江，他曾到城外长江中的金山寺，拜访了宝觉、圆通二位长老，二者盛情款待，盛情难却，苏轼宿在寺中，半夜得以观赏江上夜景，不由得浮想联翩，写下了这首七言古诗。

原　文

我家江水初发源，宦游直送江入海①。
闻道潮头一丈高，天寒尚有沙痕在。

中泠南畔石盘陀，古来出没随涛波。

试登绝顶望乡国，江南江北青山多。

羁愁畏晚寻归楫②，山僧苦留看落日。

微风万顷靴文细③，断霞半空鱼尾赤④。

是时江月初生魄⑤，二更月落天深黑。

江心似有炬火明，飞焰照山栖鸟惊。

怅然归卧心莫识，非鬼非人竟何物？

江山如此不归山，江神见怪警我顽⑥。

我谢江神岂得已，有田不归如江水⑦。

注释

①"我家"二句：古人认为长江的源头是岷山，苏轼的家乡眉山正在岷江边。镇江一带的江面较宽，古称海门，所以说"直送江入海"。

②归楫：指从金山回去的船。楫，原指船桨，这里以部分代整体。

③靴文细：指泛起的波纹像靴子上的细纹。

④鱼尾赤：形容天空的落霞映在水里，如金鱼重叠的红鳞。

⑤初生魄：新月初生。苏轼游金山在农历十一月初三，所以这么说。

⑥警我顽：意为告诫我顽恋世俗。警，一作"惊"。

⑦如江水：古人发誓的一种方式。《晋书·祖逖传》载，祖逖"中流击楫而誓曰：'祖逖不能清中原而复济者，有如大江！'"

译文

　　我的家乡在江水发源的地方，我做官在外，来到镇江，仿佛专程送江水流入海洋。我听说这里潮汛季节潮头高有一丈，天冷水枯，浪涛的痕迹还留在岸边的沙滩上。中泠泉南大石盘陀，自古以来，随着水波出没激荡。我登上山顶眺望故乡，只见到江南江北，满眼是青山郁郁苍苍。作客在外，心情惆怅；天还未晚，便急急呼船，欲回镇江。山中的僧人苦苦挽留，邀我观赏太阳西落的奇景异况。微风吹拂着江面，万顷碧波泛起靴纹般粼粼细浪；晚霞映照着水面，宛如鲤鱼尾巴，通红透亮。这天正是初三，二更就没了月亮，江面上漆黑无光。江心中似乎有谁点燃了火炬，焰火腾飞，照着山崖，栖息的乌鸦被惊醒了，扑腾着翅膀。我心事重重，回寺休息，心里猜测不出来，不是鬼也不是人，究竟是什么呢？是不是如此美好的江山我却不知爱惜，宦游四方，因此江神特地显灵，警告我莫要痴昧愚顽？我恭敬地向江神禀告起誓：我实在是不得已，请江水为我做证，哪一天我有钱买了田，我一定弃官，回到家乡。

集 评

汪师韩《苏诗选评笺释》："一往作缥缈之音，觉自来赋金山者，极意着题，正无从得此远韵。起二句，将万里程，半生事，一笔道尽。"

纪昀《纪评苏诗》："首尾谨严，笔笔矫健，节短而波澜甚阔。"

戏子由

题 解

此诗是苏轼于宋神宗熙宁四年（1071）在杭州所作。当时，诗人的弟弟苏辙（字子由）任陈州（别名"宛丘"）学官（州学教授），诗人作此诗以戏之。

原 文

宛丘先生长如丘，宛丘学舍小如舟①。

常时低头诵经史，忽然欠伸屋打头。

斜风吹帷雨注面，先生不愧旁人羞。

任从饱死笑方朔，肯为雨立求秦优②。

眼前勃谿何足道，处置六凿须天游③。

读书万卷不读律，致君尧舜知无术④。

劝农冠盖闹如云，送老齑盐甘似蜜⑤。

门前万事不挂眼，头虽长低气不屈。

余杭别驾无功劳⑥，画堂五丈容旗旄。

重楼跨空雨声远，屋多人少风骚骚⑦。

平生所惭今不耻，坐对疲氓更鞭棰⑧。

道逢阳虎呼与言⑨，心知其非口诺唯。

居高志下真何益，气节消缩今无几。

文章小技安足程^⑩，先生别驾旧齐名。

如今衰老俱无用，付与时人分重轻。

注释

① "宛丘"二句：宛丘，陈州的别称。因为苏辙任陈州州学教授，所以被戏称为"宛丘先生"。这两句言人长屋小，是夸张的说法。

② 饱死笑方朔：《汉书·东方朔传》载：东方朔对汉武帝说："侏儒长三尺余，奉一囊粟，钱二百四十。臣朔长九尺余，亦奉一囊粟，钱二百四十。侏儒饱欲死，臣朔饥欲死。"**秦优**：《史记·滑稽列传》载：优旃善为言笑，一日下雨，秦始皇举行酒宴，优旃看到值班的卫士被雨淋湿，很怜惜他们，便告诉这些卫士，等自己上台表演时，一旦喊他们，就要马上答应。很快，优旃上台表演，站在台阶前大叫："陛楯郎！"众卫士答应："诺。"优旃说："汝虽长，何益？幸雨立。我虽短也，幸休居。"于是秦始皇让卫士们"得半相代"。

③ **勃豀**：争吵。**六凿**：指喜、怒、哀、乐、爱、恶六种感情。

④ "读书"二句：读书虽多但不懂法律，没有本领致君于尧舜。此句意在讽刺变法派。

⑤ **送老齑盐甘似蜜**：韩愈在《送穷文》中说："太学四年，朝齑暮盐。"这里比喻苏辙对学官生活的清苦自甘。

⑥ **余杭**：杭州。**别驾**：官名，汉唐为州郡之佐，相当于苏轼当时的官职通判。

⑦ **骚骚**：风声。

⑧ **氓**：百姓。

⑨ **阳虎**：即阳货，春秋后期季孙氏家臣，后专擅鲁国国政，是孔子所不愿见到的人。

⑩ **程**：衡量。

译文

宛丘先生的身高如山，学舍却小如舟。平常只能低头诵读诗书，偶尔伸个懒腰头就能撞到屋顶。斜风吹起帷帐，雨水直接打在脸上，先生毫不在意，旁人却感到羞惭。他任由饱死的侏儒们耻笑，岂肯

●苏辙

为免受雨淋而求人哀怜。居处狭小难免家人争吵，不必介意，重要的是善于处置襟怀情绪，能优游于物外。宛丘先生读书虽多但不懂法律，没有本领致君于尧舜。朝廷派往各地督察农田、水利、赋税的官吏纷纷不断，先生对学官生活的清苦自甘如饴，不介意眼前众多的名利纷争，头虽长低，志气却一直高昂。我在杭州做官没什么功劳可言，但居所却是宽敞豪华。重楼高耸听不见下雨，屋多人少总感觉冷风飕飕。朝廷的新政盐法推行太急，我都无法面对这些贫困的农民，鞭打他们更加让我觉得无地自容。朝廷派来的监司官员好似阳虎，我不喜欢这些人，却又不敢与他们争议。虽然坐了高位却对不住百姓，连气节都没有了。宛丘先生和杭州别驾过去文章齐名，但文章小道，虽薄有声名，这又有什么用呢。如今既衰且老，更是没用了，还是交给世人评论吧！

汪师韩《苏诗选评笺释》："文则跌宕昭彰，情则欷歔悒郁。"

熙宁中，轼通守此郡，除夜直都厅，囚系皆满，日暮不得返舍，因题一诗于壁，今二十年矣。衰病之余，复忝郡寄，再经除夜，庭事萧然，三圄皆空。盖同僚之力，非拙朽所致。因和前篇呈公济、子侔二通守

题　解

宋神宗熙宁五年（1072），苏轼在杭州任职时作此诗。此时正施行青苗、免役、市易诸法，浙西兼行水利盐法，许多贫苦的百姓因奔走贩盐触犯了新法。苏轼认为百姓是为了糊口才触犯法律的，很是同情，作此诗为被囚禁的百姓鸣不平。

原　文

除日当早归，官事乃见留。

执笔对之泣，哀此系中囚。

小人营糇粮^①，堕网不知羞^②。

我亦恋薄禄，因循失归休。

不须论贤愚，均是为食谋。

谁能暂纵遣，闵默愧前修^③。

注 释

①糇粮：干粮。

②堕网：指触犯了法律。时年盐禁繁苛，杭州每年因触犯盐禁而遭囚禁的达一万余人。

③闵默：默默地怜念。前修：前贤。《离骚》中有"謇吾法夫前修兮，非世俗之所服"。

译 文

除夕日本该早早回家团聚，但因公事繁忙无法回家。拿着笔不由得心中难过，很同情那些被关在牢中的百姓，他们都是为了糊口才触犯了法律被关进牢中的。我如今也是为了这份微薄的俸禄，因此在除夕也无法回家。我们没有贤良和愚蠢之分，都是为了生存而已。谁能让他们暂时回家过年呢？没有办法的我只能默默怜念他们，感觉愧对前贤。

汤村开运盐河，雨中督役

题 解

汤村是杭州附近的一个村镇，宋神宗熙宁五年（1072）十月，盐官为了水上运盐的需要，不顾农事未了，调集大批农民开掘运盐河，苏轼则被派去督役。

原 文

居官不任事，萧散羡长卿^①。

胡不归去来，滞留愧渊明。

盐事星火急，谁能恤农耕。

薨薨晓鼓动^②，万指罗沟坑^③。

天雨助官政，泫然淋衣缨④。

人如鸭与猪，投泥相溅惊。

下马荒堤上，四顾但湖泓⑤。

线路不容足，又与牛羊争。

归田虽贱辱，岂识泥中行。

寄语故山友，慎毋厌藜羹⑥。

注　释

①萧散：闲散。**长卿**：司马相如的字。《史记·司马相如列传》载："其进仕宦，未尝肯与公卿国家之事。"喻为官轻闲。

②鼕鼕：形容鼓声。

③万指：上千的民夫。

④泫然：雨水淋漓的样子。

⑤湖泓：形容水洼深。

⑥藜羹：菜汤。

译　文

　　羡慕司马相如为官的轻闲，什么时候能像陶渊明那样归隐山林就好了。如今挖掘运盐河的徭役繁重紧迫，无人体恤农民的辛苦。自清早鼓声响起，上千的农民就在沟坑中忙碌起来。下雨又增添了河役的艰难，全身的衣服都被雨水淋湿了。人就像牲畜一样，身上满是四溅的泥巴。我下马来到工地上，四处都是水洼，遍地都是积水。窄小的道路简直无法站立，只能和过往的牲畜挤在一起。回家种地虽然卑贱，但也不至于沦落到要在泥泞中奔波。不禁想对家乡的朋友说，千万不要厌恶在乡下喝菜汤，那种生活也比我现在强多了。

吴中田妇叹

题　解

　　此诗作于宋神宗熙宁五年（1072），是在江南秋雨成灾的背景下创作而成，诗中描绘了江浙一带农民的悲惨生活情景和作者的深切同情，以及对苛税弊政的揭露抨击。

原文

今年粳稻熟苦迟，庶见霜风来几时①。

霜风来时雨如泻，杷头出菌镰生衣。

眼枯泪尽雨不尽，忍见黄穗卧青泥！

茅苫一月垄上宿②，天晴获稻随车归。

汗流肩赪载入市③，价贱乞与如糠粞④。

卖牛纳税拆屋炊，虑浅不及明年饥。

官今要钱不要米，西北万里招羌儿⑤。

龚黄满朝人更苦⑥，不如却作河伯妇⑦。

注释

①**庶**：差不多。

②**茅苫**：用茅草搭的窝棚。

③**赪**：赤红色。

④**粞**：碎米。

⑤**西北万里招羌儿**：宋神宗熙宁三年（1070），王韶上《平戎三策》,提出"欲取西夏，当先复河湟（今青海、甘肃一带），欲复河湟，当先以恩信招抚沿边诸种"。当时河湟被吐蕃占领，王韶认为招抚吐蕃各部有利于抗击西夏，王安石支持这个建议，开始命王韶经营河湟。此句中的"招羌儿"即指此事。

⑥**龚黄**：龚指龚遂，西汉渤海郡太守。黄指黄霸，西汉颍川郡太守。这两人是西汉时以恤民见称的循吏，苏轼多次以这两人讽刺朝中的变法官员。

⑦**河伯妇**：河神的妻子。《史记·滑稽列传》载：战国魏文侯时，邺地的三老、廷掾和女巫假托"河伯娶妇"，强选少女投入河中，以此愚弄百姓，骗取钱财。后西门豹为邺令，将女巫、三个弟子和三老投入河中，拆穿了这个骗局。

译文

今年稻谷熟得迟，百姓都指望不久就有秋风起。谁知秋风起来时，还夹着劈头瓢泼的大雨。风雨不歇地下，杷头镰刀都长出霉衣。眼睁睁看着黄金稻穗泡在泥地里，心里好比刀儿在割，阵阵地疼。眼睛哭干泪哭尽，老天爷还是下雨不肯停。在田埂上搭个茅棚守了一个月，天转晴赶紧收谷用车运回。满身大汗肩头压得通红，买谷人还价就和买糠碎米一个样！没办法只好卖牛去交税，没烧的只有拆屋来当柴。人人都只求度过眼前的危机，哪里想得到明年还会不会有饥荒。官家眼下要的是钱不要米，说是要用钱招抚那西北边的羌人。都说满朝里都是姓龚姓黄的好官吏，到头来我们百姓反倒更遭罪。无路可走，活不下去，受不了这个苦，想来想去不如跳河一死做个河神妇。

王复秀才所居双桧二首

题 解

此诗约作于熙宁五年（1072）。诗中"根到九泉无曲处，世间惟有蛰龙知"这两句，却被沈括指为隐刺皇帝："皇帝如飞龙在天，苏轼却要向九泉之下寻蛰龙，不臣莫过如此！"指控他"大逆不道"，一场牵连苏轼三十九位亲友的大案，便因沈括的告密而震惊朝野，这就是著名的"乌台诗案"。

原 文

其一

吴王池馆遍重城①，闲草幽花不记名。
青盖一归无觅处②，只留双桧待升平。

其二

凛然相对敢相欺，直干凌空未要奇。
根到九泉无曲处，世间惟有蛰龙知。

注 释

①吴王：指五代十国时期的吴越王钱镠。钱镠曾在杭州广修亭台。
②青盖：天子用的车篷，代指北宋中央政权。此句指吴越末代国王钱俶向北宋政权纳土投降，结束割据局面。

其一：吴王钱镠的亭台馆榭一度遍布全城，名贵、罕见的花草更是数不胜数。如今这个割据一方的吴越政权已经消失了，只留下园中这两株珍贵的乔木等到了升平岁月。

其二：这两株乔木各自直立，一副严肃不可亵渎的样子，直直的身躯伸向空中，却不是有意标新出奇。它的根茎直到深深的地下也没有弯曲，当然，这一点只有盘踞在地下的蛰龙才清楚。

饮湖上初晴后雨二首（其二）

题 解

此诗是宋神宗熙宁六年（1073）苏轼在杭州游西湖时所作。从此以后，西湖便有了一个别称："西子湖"。

原 文

其二

水光潋滟晴方好①，山色空蒙雨亦奇②。

欲把西湖比西子③，淡妆浓抹总相宜④。

注 释

①**潋滟**：水光荡漾，波光闪动。

②**空蒙**：迷迷茫茫，若有若无。

③**西子**：西施，春秋时越国的美女。

④**总相宜**：总是很合适。

译 文

其二：在灿烂的阳光照耀下，西湖水微波粼粼，波光艳丽，看起来很美；雨天时，在雨幕的笼罩下，西湖周围的群山迷迷茫茫，若有若无，也显得非常奇妙。若把西湖比作美女西施，淡妆浓抹都是那么美丽多娇。

集 评

陈衍《宋诗精华录》："后二句遂成为西湖定评。"

王文诰《苏轼诗集》卷九："此为名篇，可谓前无古人，后无来者。"

新城道中二首（其一）

题解

宋神宗熙宁六年（1073）二月，苏轼前往富阳、新城等地视察春耕时作此诗。

原文

其一

东风知我欲山行，吹断檐间积雨声。

岭上晴云披絮帽①，树头初日挂铜钲②。

野桃含笑竹篱短，溪柳自摇沙水清。

西崦人家应最乐，煮芹烧笋饷春耕③。

注释

①絮帽：弹松的棉帽。

②铜钲：古代乐器，形如铜铃。

③饷春耕：给耕地的人送饭。

译文

其一：东风仿佛知道我要到山里行，吹断了檐间连日不断的积雨声。走在路上，远远望去，白云给山头戴上了一顶絮帽。旭日初升，红里泛黄，如一面铜钲挂在树梢。桃花伸出篱外向人露出笑脸，清澈的溪水映出了袅袅垂柳。西山的人家很是快乐，正煮饭做菜去给春耕的人们送饭。

山村五绝

题解

宋神宗熙宁六年（1073）春，苏轼巡行属县，于新城道中经山村，赋此五绝，集中而尖锐地反映了北宋朝廷实行新法后对农村造成的巨大危害。这组诗显示了苏轼高度的写实精神和深沉的爱民之情。

原文

其一

竹篱茅屋趁溪斜，春入山村处处花。

无象太平还有象①，孤烟起处是人家。

其二

烟雨濛濛鸡犬声，有生何处不安生。

但令黄犊无人佩，布谷何劳也劝耕。

其三

老翁七十自腰镰，惭愧春山笋蕨甜。

岂是闻韶解忘味②，迩来三月食无盐。

其四

杖藜裹饭去匆匆③，过眼青钱转手空。

赢得儿童语音好，一年强半在城中④。

其五

窃禄忘归我自羞，丰年底事汝忧愁⑤。

不须更待飞鸢坠，方念平生马少游⑥。

注释

①**无象太平**：即太平无象。

②**韶**：古代的音乐。

③**杖藜**：拄着藜木的手杖。

④**强半**：大半。

⑤**底事：**何事。

⑥**"不须"二句：**此句是引用汉代马援的故事，表明作者想隐退的心情。汉代马援的从弟马少游曾劝马援不要追求高官厚禄，衣食足用就可以了。马援后来曾说："当吾在浪泊、西里间，虏未灭之时，下潦上雾，毒气熏蒸，仰视飞鸢跕跕堕水中，卧念少游平生时语，何可得也。"

译 文

其一：竹篱茅屋盖在溪水畔，春天来到山村，鲜花马上处处开放。太平世道没有一定的标志，炊烟起处都是农家，没有流散之家便是好的。

其二：春雨蒙蒙中听见鸡鸣犬吠，人生一世在哪里不是生活呢。只要放宽盐禁，使百姓生活好起来，他们就不会带着刀剑出去贩盐，愿意在家乡辛勤耕种了。

其三：如今人们生活困顿，七十岁的老人还腰插镰刀去山里割竹笋和蕨菜充饥。人们不是因为听韶乐忘了饭菜的滋味，而是山中百姓无盐下锅。

其四：为了买盐，百姓手里的钱转眼就在城市花光，农家幼小的子弟大多到城市游荡，学得了城市的语音，却荒废了农耕生产。

其五：为了这些俸禄一直不归隐，为此我感到惭愧，丰收的年景，何事还会让人忧愁呢。我想早早隐退山林，不要像汉代马援一样，直看到飞鸢坠入水中，才想起少游劝诫的话。

於潜僧绿筠轩

题 解

宋神宗熙宁六年（1073），苏轼巡行属县时，在於潜僧人的绿筠轩题此诗。於潜县，在杭州西二百余里。

原 文

　　可使食无肉，不可居无竹。

　　无肉令人瘦，无竹令人俗。

　　人瘦尚可肥，俗士不可医。

　　旁人笑此言，似高还似痴。

　　若对此君仍大嚼，世间那有扬州鹤①。

注 释

①**扬州鹤**：古时有几个人聚在一起说自己的愿望。一个说愿做扬州的刺史，一个说想当万贯富翁，另一个说愿能骑仙鹤游天做仙，最后一个说"愿腰缠十万贯，骑鹤下扬州"。这人想同时拥有其他三人的愿望。后人就以"扬州鹤"来代表十全十美的、完全合乎理想的事物，也等于是奢望的代名词，此处则是比喻好事不可兼得。

译 文

饭食中可以没有肉，但居所不可没有竹子。没有肉不过是使人消瘦，没有竹子就会令人庸俗。人瘦还可变胖，人庸俗就难以医治了。有人笑我这话说得有些痴。可如果在绿竹环绕的清雅居所大吃大喝，就太亵渎它了。这世上哪里有高雅庸俗兼得之事呢。

於潜女

题 解

宋神宗熙宁六年（1073）三月，苏轼巡行於潜时，作诗描写当地少女的装束打扮显现出当地的古朴风俗。

原 文

> 青裙缟袂於潜女①，两足如霜不穿屦。
>
> 觚沙鬢发丝穿柠②，蓬沓障前走风雨③。
>
> 老濞宫妆传父祖④，至今遗民悲故主。
>
> 苕溪杨柳初飞絮⑤，照溪画眉渡溪去。
>
> 逢郎樵归相媚妩，不信姬姜有齐鲁⑥。

注 释

①**缟袂**：白色衣袖，此处指白色的上衣。

②**觚沙**：张开的样子，此处形容鬢发蓬松。

③**蓬沓**：於潜妇女的一种特殊头饰，形同银栉。

④**老濞**：汉初刘濞被封为吴王，这里借指五代时的吴越王。

⑤**苕溪**：一条溪流的名称，源头在天目山，分东、西两支，东流经过於潜县。

⑥**姬姜有齐鲁**：周初，周公姬旦之子伯禽封于鲁地，因此鲁国贵族的美女便叫作姬氏。姜太公封于齐地，齐国贵族的美女便叫作姜氏。此地代指美女。

译 文

於潜的少女都穿着青色的裙子，上衣配有白色的衣领和边饰，双脚雪白从不穿鞋。她们头上的乌发犹如丝线穿过梭子，两鬓上各自扎着角髻，大银栉遮住前额在风雨中行走。这种打扮还是从祖辈传下来的吴越王时代宫女的装扮，这些吴越王的后人还在缅怀过去的岁月。苕溪沿岸的杨柳刚刚飞出柳絮，少女们经过溪边都会画眉整理妆容。遇到砍柴归来的少年郎，彼此眉目传情，看到这些於潜少女，真不相信只有齐鲁之地才有美女。

唐道人言，天目山上俯视雷雨，每大雷电，但闻云中如婴儿声，殊不闻雷声也

题 解

唐道人，字子霞，曾作《天目山真境录》。天目山在今浙江省西北部，查慎行注引《咸淳临安志》载："天目山有雷神宅，在西尖峰半山间。"此诗是宋神宗熙宁六年（1073）苏轼在杭州所作。从自然科学的角度看，同一种现象，变换了方位和视点，就能够得出不同的认识。从社会心理学的角度看，同一个事物，由于心境不同，也能够得出不同的感受。世人闻雷声而失箸，是由于他们心有未安，竞相逞巧斗智，所以总是为外物所动，不能获得心灵的自由。此处作者所强调的是心理承受的差异，成为对人生境界的妙喻。

原 文

已外浮名更外身①，区区雷电若为神。

山头只作婴儿看，无限人间失箸zhù人②。

注 释

①**浮名**：虚名。

②**失箸**：《三国志·蜀书·先主传》载：曹操曾与刘备论天下英雄，"曹公从

容谓先主（指刘备）曰：'今天下英雄，惟使君与操耳，本初（指袁绍）之徒，不足数也。'先主方食，失匕箸。"《华阳国志》云："于时正当雷震，备因谓操曰：'圣人云：迅雷风烈必变。良有以也。'"

【译文】

如果将虚名和躯体置之度外，区区雷电也算不上神威。在天目山上看雷电，其声如婴儿啼哭，而山下之人闻之，却是十分地响，以致有多少人被吓得丢掉了筷子啊。

立秋日祷雨宿灵隐寺同周、徐二令

【题解】

宋神宗熙宁六年（1073）七月初三，苏轼与周邠、徐畴在杭州的天竺山祷雨，夜宿灵隐寺，作此诗。

【原文】

百重堆案掣身闲①，一叶秋声对榻眠。

床下雪霜侵户月，枕中琴筑落阶泉②。

崎岖世味尝应遍，寂寞山栖老渐便③。

惟有悯农心尚在，起占云汉更茫然④。

【注释】

①掣：抽。

②筑：古代的一种弦乐器。

③便：适宜，安适。

④起占云汉：源自《诗经·大雅·云汉》，写周宣王忧虑天旱，夜起仰望天河，预占晴雨。

【译文】

案头的文牍堆积如山，忙中偷闲，在秋风声中小睡了一会儿。床下的月光洁白好似霜雪，台阶前的泉水犹如乐器在枕边弹奏。我历尽了世路的艰辛，如今在寂寞的山中逐渐衰老。依然悯惜天旱伤农，起身仰望天河，想推测来日的阴晴，却感到茫然无措。

有美堂暴雨

诗

题解

此诗是苏轼于宋神宗熙宁六年(1073)初秋作，苏轼时任杭州通判。有美堂，在杭州吴山最高处，左眺钱江，右瞰西湖。堂名"有美"，是因宋仁宗赐梅挚诗句"地有吴山美，东南第一州"而取的。欧阳修曾作《有美堂记》，时人也纷纷吟诗作文题吟此堂。诗如写生画家即兴挥毫，临摹自然实景，展现大自然的壮丽雄伟之景。

原文

游人脚底一声雷，满座顽云拨不开①。

天外黑风吹海立②，浙东飞雨过江来。

十分潋滟金樽凸③，千杖敲铿羯鼓催④。

唤起谪仙泉洒面⑤，倒倾鲛室泻琼瑰。

注释

①**顽云**：云层很浓很密。

②**海立**：指风大。杜甫《朝献太清宫赋》中说："九天之云下垂，四海之水皆立。"

③**凸**：高出。

④**敲铿**：啄木鸟啄木声，这里借指打鼓声。**羯鼓**：羯人传入的一种鼓。

⑤**谪仙**：被贬谪下凡的仙人，此处指李白。贺知章曾赞美他为谪仙人。**洒面**：唐玄宗曾谱新曲，召李白作词。李白已醉，以水洒面，清醒后，即时写诗多篇。

译文

一声响亮的雷声宛如从游人的脚底下震起，有美堂上，浓厚的云雾缭绕，挥散不开。远远的天边，疾风挟带着乌云，把海水吹得如山般直立；一阵暴雨，从浙东渡过钱塘江，向杭州城袭来。西湖犹如金樽，盛满了雨水，几乎要满溢而出；雨点敲打湖面山林，如羯鼓般激切，令人开怀。我真想唤起沉醉的李白，用这满山的飞泉洗脸，让他看看，这眼前的奇景，如倾倒了鲛人的宫室，把珠玉撒遍人间。

次韵述古过周长官夜饮

东坡集

题解

宋神宗熙宁六年（1073），苏轼友人陈襄（字述古）走访钱塘令周邠时咏诗，苏轼遂作此诗相和。

原文

二更铙鼓动诸邻①，百首新诗间八珍②。

已遣乱蛙成两部③，更邀明月作三人。

云烟湖寺家家境，灯火沙河夜夜春。

曷不劝公勤秉烛，老来光景似奔轮。

注释

①**铙鼓**：古时一种铜质圆形的打击乐器。

②**八珍**：指多种美味佳肴。

③**已遣乱蛙成两部**：南齐孔稚珪不喜事务，门庭之内野草丛生，时有蛙鸣。他对别人说："我以此当两部鼓吹。"此处代指蛙鸣阵阵。鼓吹：汉代列于殿庭前的乐队，亦可指音乐。

译文

夜宴奏乐一直持续到二更时分，直到惊动了邻居，席间吃着美味佳肴吟诗助兴。庭阶蛙鸣阵阵，月下对酒吟诗，真是轻闲潇洒。寺旁处处有人家，河上灯火夜夜笙歌。何不多多秉烛夜游，老年的时光快得像奔跑的车轮。

李顺秀才善画山，以两轴见寄，仍有诗，次韵答之

题解

此诗作于北宋神宗熙宁六年（1073），表达了苏轼对李顺的称许，对山林闲居的倾慕。李顺，字粹老，少举进士，后弃官为道人，遍历湖湘。晚居临

安大涤洞天。善丹青。

原 文

平生自是个中人①，欲向渔舟便写真②。

诗句对君难出手，云泉劝我早抽身③。

年来白发惊秋速，长恐青山与世新。

从此北归休怅望，囊中收得武陵春④。

注 释

①**个中人**：此中人。

②**写真**：原意为画人物，此处指画山水。

③**抽身**：脱身，引申为隐退。

④**武陵春**：陶渊明在《桃花源诗并记》中载，武陵一位渔人发现了风光秀美的桃花源，也叫武陵源。武陵在今湖南常德，此处代指江南风光。

译 文

我也是嗜画之人，看到你画的山水，也忍不住想画一幅。看到你的诗句，我的诗就拿不出手了，看到你画中的山泉，大概是在劝我早日归隐吧。近年来白发频长，总是担心青山改变了模样。我今后再北归京师也不会怅然了，带着你这幅画，可谓将江南的美景尽收囊中了。

无锡道中赋水车

题 解

宋神宗熙宁七年（1074），苏轼赴常州等地赈济灾民，路经无锡时作此诗。

原 文

翻翻联联衔尾鸦①，荦荦确确蜕骨蛇。

分畴翠浪走云阵②，刺水绿针抽稻芽。

洞庭五月欲飞沙③，鼍鸣窟中如打衙④。
tuó

天公不见老农泣，唤取阿香推雷车⑤。

注 释

①翻翻联联衔尾鸦：水车的辐片不停地翻动，像一串衔尾而飞的乌鸦。

②畴：田垄。

③洞庭：指苏州太湖的洞庭山。

④鼍：扬子鳄，亦称猪婆龙，穴居江岸边，相传此兽在天旱时会在穴中鸣叫，声如击鼓。**打衙**：击鼓。

⑤**阿香推雷车**：《搜神后记》载，晋朝时，周某夜宿一女子家，"闻外有小儿唤阿香声，女应诺，寻云：'官唤汝推雷车。'女乃辞行云：'今有事当去。'夜遂大雷雨"。

译 文

　　水车的辐片不停地翻动，像一串衔尾而飞的乌鸦，坚硬的车架像骨节突出的龙蛇。车水入田如云滚波浪，早稻抽芽出土嫩如针尖。洞庭山五月天旱沙尘飞扬，穴中的鳄鱼鸣叫如同击鼓。上天没有看到天旱带给农民的困苦，应当早早唤取女神推雷车降雨。

单同年求德兴俞氏聚远楼诗三首

题 解

　　宋神宗熙宁七年（1074）十月赴密途中，苏轼应单锡之约，为聚远楼题写了三首绝句。同年：同榜或同年进士。单同年指单锡，字君锡，常州宜兴人。俞氏指俞仕隆，字宗道。德兴在江西东北，临近浙江。俞仕隆曾建楼于此，单锡为之名曰"聚远"。

原 文

其一

云山烟水苦难亲，野草幽花各自春。

赖有高楼能聚远，一时收拾与闲人。

其二

无限青山散不收，云奔浪卷入帘钩①。

直将眼力为疆界，何啻人间万户侯②。

其三

闻说楼居似地仙③，不知门外有尘寰。

幽人隐几寂无语④，心在飞鸿灭没间。

注　释

①**入帘钩**：进入门帘之内。

②**何啻**：何止。

③**地仙**：道教将居于人世的仙人称为地仙。

④**隐几**：凭依几案。

译　文

其一：山带着云，水带着烟，都很难看得真切。野草和幽花也是各自为春。幸亏有这样一座高高的聚远楼，把云山烟水、野草幽花收拾在一起，交付给生活悠闲的人观赏。

其二：山峦叠翠无法尽收眼底，似云奔似浪卷一起涌入楼中帘内。只要眼界宽阔，就能收拢极富，何止是人间万户侯啊！

其三：听说住在此楼之上悠闲得就像仙人，浑然不觉门外就是烦扰尘世。幽居之人凭依几案寂寂无语，心思已经飞出尘世之外了。

雪后书北台壁二首

题　解

北台在今山东诸城，苏轼曾加以修葺，改名为"超然台"，并作有《超然台记》。宋神宗熙宁七年（1074）秋，苏轼离开杭州到密州（今山东诸城）上任。此诗作于密州冬日雪后。

原　文

其一

黄昏犹作雨纤纤，夜静无风势转严。

但觉衾裯如泼水①，不知庭院已堆盐。

五更晓色来书幌[2]，半夜寒声落画檐。
试扫北台看马耳[3]，未随埋没有双尖。

其二

城头初日始翻鸦，陌上晴泥已没车。
冻合玉楼寒起粟，光摇银海眩生花。
遗蝗入地应千尺，宿麦连云有几家。
老病自嗟诗力退，空吟《冰柱》忆刘叉[4]。

注　释

①衾裯：被褥。
②书幌：书橱的帷幕。
③马耳：指马耳山，在诸城县西南，山顶有双尖并举，形似马耳。
④空吟《冰柱》忆刘叉：刘叉是唐朝诗人韩愈的弟子，《新唐书·韩愈传》载：刘叉作《冰柱》《雪车》二诗，高于卢仝、孟郊之上。

译　文

其一：黄昏时分，雨下得纷纷绵绵，夜里无风一片寂静，雨势变得更大更猛。只觉得被褥没有丝毫暖意，就像水泼在上面，却不知庭院雪已经下成堆了。冬季直到五更天也不会亮，但今天却有晓色照射书帷，原来是半夜下起大雪，雪色映入了室内。早晨起来扫除积雪登上北台，只见一片茫茫，只有马耳山露出了双峰尖。

其二：雪后初晴，城头乌鸦开始上下翻飞，路上融化的积雪被车辆碾来压去，变成了稀泥黏附在车上。在阳光照耀下，房屋似玉楼，大地如银海，人们被冻得皮肤起粟，雪光使人目眩眼花。大雪灭蝗虫，覆盖麦子，来年该会长得很茂盛。本应歌颂瑞雪，但我已老病，诗力减退，只能空忆刘叉吟诵他的《冰柱》了。

集　评

方回《瀛奎律髓》："或谓坡诗律不及古人，然才高气雄，下笔前无古人也。观此雪诗亦冠绝古今矣。虽王荆公亦心服，屡和不已，终不能压倒。"

小 儿

题 解

　　此诗是苏轼于宋神宗熙宁八年（1075）在密州所作。诗中"小儿"指苏轼少子苏过。

原 文

　　小儿不识愁^①，起坐牵我衣。

　　我欲嗔小儿，老妻劝儿痴^②。

　　儿痴君更甚，不乐愁何为？

　　还坐愧此言，洗盏当我前。

　　大胜刘伶妇^③，区区为酒钱。

注 释

　　①**小儿**：指苏轼少子苏过，此时年仅四岁。

　　②**老妻**：指其妻王闰之。

　　③**刘伶妇**：《晋书·刘伶传》载：刘伶"尝渴甚，求酒于其妻。妻捐酒毁器，涕泣谏曰：'君酒太过，非摄生之道，必宜断之。'伶曰：'善！吾不能自禁，惟当祝鬼神自誓耳。便可具酒肉。'妻从之。"

译 文

　　孩童不懂烦恼是什么，我回到家中刚刚坐下便来拉扯我的衣襟。想责怪孩子，妻子过来劝说孩子不懂事。孩子小不懂事，你这么大了，比孩子还不懂人情世故呢（意谓苏轼在官场不能圆滑应对），不开开心心的，愁有什么用？我坐下觉得很惭愧，这时妻子又已洗净茶盏，沏上新茶。唉，有这么好的妻子还发什么脾气呢，比起刘伶那个不让丈夫喝酒的妻子，我的妻子要强她百倍了。

祭常山回小猎

东坡集

题解

这首诗是作者于宋神宗熙宁八年(1075)作于密州(今山东诸城)知州任上。是年十月,苏轼到郡城南二十里的常山祈雨,回来路上和同僚在常山东南的黄茅冈举行了一次习射会猎,此诗便是此时豪兴遄飞、挥毫写就的。

原文

青盖前头点皂旗^①，黄茅冈下出长围^②。

弄风骄马跑空立，趁兔苍鹰掠地飞。

回望白云生翠巘^③（yǎn），归来红叶满征衣。

圣明若用西凉簿，白羽犹能效一挥^④。

●李广冥山射虎

李广，西汉著名军事家。做过骑郎将、骁骑都尉、未央卫尉等，镇守边郡使匈奴不敢犯多年，被称为"飞将军"。

注释

①皂旗：此指打猎的马队。

②黄茅冈：密州常山东南的一座山，山形由南而北逐渐低塌，形成了一个蜿蜒的冈峦，称作黄茅冈。**出长围**：布列长长的兵卒合围的阵势。

③翠巘：苍翠的山峦，此处指常山。

④"圣明"二句：《晋书·张重华传》载:张重华据西凉，以主簿谢艾为将军同敌人对阵。谢艾身穿书生的冠服，从容指挥，战胜了敌军。主簿，官职名。白羽，白羽扇。

译文

青色车篷前头飘荡着黑色旗帜，仪仗何等威风凛凛，黄茅冈下布列了合围士兵，摆开了狩猎长阵。骄马腾跃在秋天劲风之中，鬃毛飘洒、马蹄立空扬尘。苍鹰追逐着野兔，擦地急速而飞。回首仰望那空中的白云，好似升腾出大小翠绿的山峰。踏上满获猎物的归程，红叶飘落，征衣满尘。圣朝若用知兵善战的书生为将，我还能摇动着白羽扇指挥三军。

刘贡父见余歌词数首，以诗见戏，聊次其韵

题 解

此诗是苏轼于北宋神宗熙宁八年（1075）十一月在密州所作。刘贡父，名攽，号公非。

原 文

十载飘然未可期，那堪重作看花诗①。

门前恶语谁传去，醉后狂歌自不知。

刺舌君今犹未戒②，灸眉吾亦更何辞③。

相从痛饮无余事，正是春容最好时。

注 释

①**重作看花诗**：唐刘禹锡永贞元年贬朗州司马，十年后始征还，作《赠看花诸君子》讽刺新贵，于是再贬连州刺史。十四年后回京，再作《再游玄都观》诗以讽。

②**刺舌君今犹未戒**：《隋书·贺若弼传》载：弼父敦得罪将斩，"临刑呼弼谓曰：'且吾以舌死，汝不可不思。'因引锥刺弼舌出血，诚以慎口。"这里借用这个典故，指的是对方尚未慎口。

③**灸眉**：用艾条灸眉端。《晋书·卷十三·列传十三》载：荆州士人宗廞曾因醉酒冒犯了太守王澄，王澄命左右棒宗廞，别驾郭舒欲劝解，王澄因此命人掐郭舒的鼻子，烧他的眉毛。

译 文

多年来在官场漂泊，未来本就没有指望，更何况又再次写了看花的诗。那些诽谤的言语不必去理论，酒后的醉语也不必计较。用锥子扎你的舌头还不知戒，用艾条烧我的眉，我也不改，该说该做的还是照说照做。与你在一起喝酒，没有别的事情，还是珍惜这无尽的春光吧。

和孔郎中荆林马上见寄

题　解

宋神宗熙宁九年（1076）十一月，苏轼改任河中知府，这时接任他的孔宗翰寄诗给苏轼，苏轼写此诗相答。孔宗翰即孔郎中，孔子后裔。荆林是馆驿的名称。

苏轼自到密州为官，连年蝗旱，虽致力抗灾抚民，但密州的生产力仍然低下。在离开密州时，苏轼深感愧疚，并寄希望于孔宗翰。

原　文

秋禾不满眼，宿麦种亦稀①。

永愧此邦人，芒刺在肤肌。

平生五千卷，一字不救饥。

方将怨无襦②，忽复歌缁衣③。

堂堂孔北海④，直气凛群儿。

朱轮未及郊⑤，清风已先驰。

何以累君子，十万贫与羸⑥。

滔滔满四方，我行竟安之。

何时剑关路，春山闻子规⑦。

注　释

①宿麦：隔年成熟的麦，即冬麦。

②无襦：《后汉书·廉范传》载：廉范，字叔度，为蜀郡太守，百姓歌曰："廉叔度，来何暮？不禁火，民安作，平生无襦今五绔。"

③缁衣：《诗经》篇名，赞美郑武公做官做得好。

④孔北海：汉代孔融，曾为北海相，世称孔北海。

⑤朱轮：古代官员乘坐的红色车子。

⑥**十万**：泛指一州的百姓。

⑦**子规**：杜鹃。

译文

●孔融

　　秋天到了，可是收获的稻子却少得可怜。冬麦也长得稀稀拉拉。时常感觉愧对这一方百姓，如同身上扎了刺，总是坐卧不安。我读书虽多，却无法解救百姓的饥饿。如今百姓正抱怨缺少冬衣，忽而有幸迎来了贤明的郡守。你好比当年的孔融，正气凛然。你的车子还没到城郊，清廉的风度和清新的诗篇便传到了郡邑。我如今将全郡百姓托付给你，这众多贫弱的百姓要劳你费心了。放眼望去，到处都是洪水滔天，我该往哪里去呢？什么时候我才能重新上剑关路，听一听春天山中杜鹃的声声鸣叫。

留别雩泉

题解

　　此诗是宋神宗熙宁九年（1076）苏轼离开密州时所作。雩泉，在诸城常山神庙西南。

原文

　　举酒属雩泉①，白发日夜新。

　　何时泉中天，复照泉上人。

　　二年饮泉水，鱼鸟亦相亲。

　　还将弄泉手，遮日向西秦②。

注释

①**属**：劝酒。

②**"还将"二句**：苏轼被派往河中府（今山西永济）任职，即将西去上任，

因此说"向西秦"。

译 文

　　举着酒杯对雩泉劝饮，白发每日每夜都在不断地生长。什么时候泉水能够再次映照泉上的人呢。两年来喝雩泉的水，和这里的鱼鸟也有了感情。如今我将西去任职，马上就要离开雩泉了。

除夜大雪留潍州，元日早晴遂行，中途雪复作

题 解

　　宋神宗熙宁十年（1077）元旦，苏轼奉诏离密州移知河中府赴任途中。潍州即今山东省潍坊市，在密州西北约七十公里。年节时分，大雪纷飞，东坡在旅途中，没有抱怨行役的艰辛，倒更多地希望瑞雪预兆着丰年，使连年遭受蝗旱灾害的农民得到安乐。

原 文

　　除夜雪相留，元日晴相送。

　　东风吹宿酒[①]，瘦马兀残梦。

　　葱眬晓光开[②]，旋转余花弄。

　　下马成野酌，佳哉谁与共。

　　须臾晚云合，乱洒无缺空。

　　鹅毛垂马鬃，自怪骑白凤。

　　三年东方旱，逃户连敧栋[③]。

　　老农释耒叹，泪入饥肠痛。

　　春雪虽云晚，春麦犹可种。

　　敢怨行役劳，助尔歌饭瓮。

①**宿酒**：隔宿未醒之酒醉。
②**葱昽**：太阳刚刚升起时微弱的光亮。
③**敧栋**：倾斜的房屋。

译 文

　　除夕的大雪殷勤相留，元旦的晴天又温柔相送。前一晚喝了酒，东风一吹，坐在马上觉得头脑昏沉，昨晚的梦似乎还在继续。太阳初升天色渐亮，看到几枝雪梅开放。下马对着梅花小酌几杯，可惜没有人和我做伴。不久天色暗沉，雪花又重新飘舞。雪花落满马鬃，我仿佛骑上了白凤。连续三年山东遭遇旱灾，逃荒的人家众多，沿路都是倾斜的房屋。田间老农放下农具哀叹，饥饿难耐也只能吞下眼泪。这场春雪虽然来得晚了些，但对于播种春小麦还是有利的。我怎会怨恨大雪带来的行路困难呢，只会为明年的丰收祈祷。

石 炭

题 解

　　本诗作于宋神宗元丰元年（1078）二月。石炭，即煤。在宋时已逐渐成为冶铸业与民用生活燃料。徐州自上年大水之后，燃料缺乏。苏轼派人于徐州萧县所属的白土镇找到矿苗，组织开采，解决了当时冶铁业和城中居民生活用燃料的问题。此诗记述这一事实，抒发作者关心工农业生产，关心人民生活和国防建设的思想感情。

原 文

　　彭城旧无石炭，元丰元年十二月，始遣人访获于州之西南，白土镇之北，以冶铁作兵①，犀利胜常云。

君不见前年雨雪行人断，城中居民风裂骭②。

湿薪半束抱衾裯，日暮敲门无处换。

岂料山中有遗宝，磊落如磐万车炭③。

流膏迸液无人知，阵阵腥风自吹散。

根苗一发浩无际，万人鼓舞千人看。

投泥泼水愈光明，烁玉流金见精悍。

南山栗林渐可息，北山顽矿何劳锻。

为君铸作百炼刀，要斩长鲸为万段。

注 释

①兵：兵器。

②骭：小腿骨。

③磬：美石，黑色。

译 文

彭城以前没有煤炭，元丰元年十二月才派人勘查州的西南方，在白土镇以北发现了煤矿，用以冶铁制成兵器，比平常用的都要坚固锐利。

你没有看见前年雨雪让路上行人断绝，城中的居民只觉得寒风刺骨，冻得小腿骨好像都要裂了。即便抱着被褥去讨换半束湿柴，跑到天黑也换不到，柴草十分短缺。谁能想到这山中就有宝贝，那纷杂的黑色美石就是煤炭。这里的煤炭储藏量大，却一直没人知道，白白被风吹雨打。如今开发这里的煤炭，煤层广大无边，人们很是兴奋，纷纷跑来观看。煤质优良精粹，冶炼很是成功。如今有了煤炭，人们就不用再砍伐南山的树木制炭了，北山的劣矿也不用再费力了。还可以铸就锋锐的利刃兵器，斩杀凶悍的敌人将无往不胜。

舟中夜起

题 解

此诗是苏轼于宋神宗元丰二年（1079）赴湖州知州任途中所作。

原 文

微风萧萧吹菰蒲，开门看雨月满湖。

舟人水鸟两同梦，大鱼惊窜如奔狐。

夜深人物不相管，我独形影相嬉娱。

东坡集

暗潮生渚吊寒蚓[1]，落月挂柳看悬蛛。

此生忽忽忧患里，清境过眼能须臾。

鸡鸣钟动百鸟散，船头击鼓还相呼。

注 释

①吊：怜悯。**寒蚓**：崔豹《古今注》卷中："蚯蚓，一名蜿蟺，一名曲蟺，善长吟于地中。"

译 文

　　微风吹拂着湖中的菰蒲，沙沙作响；我还以为是下雨呢，打开舱门一望，却见到湖中洒满了银色的月光。水鸟都栖息了，船上的人也进入了梦乡，忽然听到水声，原来是一尾大鱼在水里游窜，仿佛是野狐奔走在丛莽。夜深了，人与物都静悄悄，只剩下我站在船头，欣赏着这夜景，与身影相伴。潮水悄悄地上涨，那低咽的声息，恍如吊悯地中的蚯蚓，一轮明月悬挂在岸边的柳树上，犹如蜘蛛悬挂在交织的蛛网。唉，我的一生总是忧愁不安，这清丽的境界，也只能是转眼过去，留作他年回想。鸡叫了，寺庙的钟声在湖面回荡，鸟儿惊起，散向四方。我的船也在鼓声、呼叫声中解缆起航。

集 评

　　纪晓岚《纪评苏诗》："初听风声，疑其是雨；开门视之，月乃满湖。"

予以事系御史台狱，狱吏稍见侵，自度不能堪，死狱中，不得一别子由，故作二诗授狱卒梁成，以遗子由

题 解

　　宋神宗元丰二年（1079）四月，苏轼从徐州知州调任湖州知州。由于他一直对当时王安石推行的新法持反对态度，在一些诗文中又对新法及因新法而显赫的"新进"进行了讥刺，于是政敌便弹劾他"作诗文讪谤朝政及中外臣僚，无所畏惮"。这年八月，苏轼在湖州被捕，押至汴京，在御史台狱中四月，审讯他的谏官竭力罗织罪名，多方株连，必欲置他于死地。和他有诗文往来

而受株连的大小官员二十余人。这就是当时震惊朝野的乌台诗案。这两首诗是他在狱中写给弟弟苏辙的。

原文

其一

圣主如天万物春①，小臣愚暗自亡身②。

百年未满先偿债③，十口无归更累人。

是处青山可埋骨④，他年夜雨独伤神。

与君世世为兄弟，又结来生未了因。

其二

柏台霜气夜凄凄⑤，风动琅珰月向低⑥。

梦绕云山心似鹿，魂惊汤火命如鸡。

眼中犀角真吾子，身后牛衣愧老妻⑦。

百岁神游定何处，桐乡知葬浙江西⑧。

注释

①**圣主如天万物春**：臣子向皇上祝颂，常用此类的话，苏轼用在这里却有着特殊的意义。圣主如天，万物欣欣向荣。他自知罪大必死，但还是希望沐浴皇恩，和万物一样生存下去。

②**小臣**：苏轼自称。自己犯了罪，进了监狱，已经卑微不足道，故以"小"称之。

③**百年**：指人的一生。百年未满，苏轼时年四十四岁，所以称"百年未满"。

④**是处**：到处。

⑤**柏台**：御史台的别称。

⑥**琅珰**：屋檐间悬挂的风铃。

⑦**牛衣**：用草编制的蓑衣，用以为牛御寒。

⑧**桐乡知葬浙江西**：句下自注："狱中闻杭、湖间民为余作解厄道场累月，故有此句。"

译文

其一：贤明的君主恩泽如天，世间万物都能感受到他的恩泽。如今我自取灭亡全是因为自己的愚钝。我还没到老年就要死了，没有安排好家人的生活，以后还要拖累你。我死后不论哪里的青山都可以安葬，以后每逢夜雨，想起我们曾经的约定，你也只能独自神伤。希望我们生生世世都是兄弟，来生也不改变这种情义。

其二：深夜的御史台霜气袭人，月下只有风吹动风铃发出的声响。我思念家乡，每每梦中相见总是心跳不安如同受惊的小鹿，一想到即将接受极刑就胆战心惊。看着儿子仪表出众很是欣慰，但想到家境贫寒，更觉愧对妻子。我死之后不知魂归何处，希望还是把我葬在浙西吧！

十二月二十八日，蒙恩责授检校水部员外郎黄州团练副使，复用前韵二首

题解

苏轼入御史台一百三十天，获释后敕贬黄州，此诗描写了苏轼出狱后的感受。

原文

其一

百日归期恰及春，余年乐事最关身。

出门便旋风吹面①，走马联翩鹊喋人②。

却对酒杯浑似梦，试拈诗笔已如神。

此灾何必深追咎，窃禄从来岂有因。

其二

平生文字为吾累，此去声名不厌低。

塞上纵归他日马，城东不斗少年鸡③。

休官彭泽贫无酒，隐几维摩病有妻④。

堪笑睢阳老从事，为余投檄向江西⑤。

注释

①便旋：迅捷。

②走马：骑着马跑。啅：鸟雀声。

③塞上纵归他日马：《淮南子·人间训》载："近塞上之人，有善术者，马无故亡而入胡，人皆吊之。其父曰：'此何遽不为福乎？'居数月，其马将胡骏马而归，人皆贺之。其父曰：'此何遽不能为祸乎？'家富良马，其子好骑，堕而折其髀。"此处用此典故，暗喻入狱、出狱都是祸福不定。**城东不斗少年鸡**：唐玄宗好斗鸡，长安少年贾昌因善斗鸡得到荣宠，当时流行"生儿不用识文字，斗鸡走马胜读书"之说。

④维摩：维摩诘，佛教大师，以法喜（佛家语：闻佛法而喜）为妻。

⑤**"堪笑"二句**：句后自注："子由闻予下狱，乞以官爵赎予罪。贬筠州监酒。"

译文

其一：被囚百余天，正赶上春天出狱，这是最让我感到快乐的。脱身囹圄感觉全身轻松，骑马奔走喜鹊也对着我鸣叫。端起酒杯就像在梦中，提笔写诗，好似有如神助。此次获罪也不必深自怨怼，窃占禄位从来都不会有好结果。

其二：我因文章而获罪，一直为声名所累，从今后名声还是越低越好。纵然失去的马从胡地带着胡马回来，难保这好事之后不会有祸事；但是绝不学城东少年贾昌之流去斗鸡以邀宠求荣。我因为家贫，暂时还不能辞官回家，那陶渊明辞官之后连酒都买不起，倚着几案而坐，闻佛法而心生欢喜。可笑睢阳老从事，为了救我，自己也被贬到江西筠州去了。

陈季常所蓄朱陈村嫁娶图二首

题解

此诗作于宋神宗元丰三年（1080）。陈季常，即陈慥，四川眉山人，其父陈希亮知凤翔府时，苏轼为凤翔府签书判官，二人相识于其时。这是苏轼题陈季常所藏画的诗。朱陈村全村仅朱、陈二姓，世为婚姻，唐白居易有《朱陈村》诗咏其事。《朱陈村嫁娶图》，即《朱陈村图》，五代时赵德元画。

原文

其一

何年顾陆丹青手[①]，画作《朱陈嫁娶图》。

闻道一村惟两姓，不将门户买崔卢[②]。

其二

我是朱陈旧使君[③]，劝农曾入杏花村。

而今风物那堪画，县吏催租夜打门。

●顾恺之

顾恺之，字长康，小字虎头，晋陵无锡（今江苏无锡）人。顾恺之博学有才气，工诗赋、书法，尤善绘画。

注释

①顾陆：指顾恺之、陆探微，两人皆是晋代著名画师，此处是用这二人比赵德元。赵德元是五代时人，画有《朱陈村图》。

②崔卢：崔氏和卢氏是魏晋南北朝时的门阀士族，当时重视门第，寒门同门阀士族之间是不通婚的，偶有通婚，必须花费大量财产，人称买婚。

③旧使君：朱陈村在徐州萧县，苏轼曾任徐州知州，因此称旧使君。

译文

其一：什么时候有像顾恺之与陆探微这样的丹青高手画出了《朱陈嫁娶图》这幅画？听说这一个村子只有朱、陈两姓，世世代代互为姻亲，从不向高门大户攀亲。

其二：我从前在这里做官，曾为了督促农事走进这个村子。可惜如今的风情物产都不如从前了，苛捐杂税让县衙的官吏深夜还来打门催讨，再没有了往日的宁静。

诗

初到黄州

题解

此诗是宋神宗元丰三年（1080）二月苏轼初抵黄州时所作。当时苏轼被贬黄州，寓居定惠院，随僧蔬食。

原文

　　自笑平生为口忙①，老来事业转荒唐。

　　长江绕郭知鱼美，好竹连山觉笋香。

　　逐客不妨员外置，诗人例作水曹郎②。

　　只惭无补丝毫事，尚费官家压酒囊③。

注释

　　①**为口忙**：语意双关，既指因言事和写诗而获罪，又指为谋生糊口，并呼应下文的"鱼美"和"笋香"的口腹之美。

　　②**水曹郎**：隶属于水部的员外郎。梁代的何逊、唐代的张籍、宋代的孟宾于等皆以诗名，且都曾任水曹郎，这次苏轼亦是此官职。

　　③**压酒囊**：唐代官俸一部分给钱，一部分给实物，压酒囊即官府酿酒用剩的酒袋。句末自注："检校官例折支，多得退酒袋。"

译文

　　自己都感到好笑，一生为糊口到处奔忙，老来所做的事，可谓荒唐。长江环抱城郭，深知江鱼味美；茂竹漫山遍野，只觉阵阵笋香。贬逐的人被安置成员外郎，诗人惯例，都要做做水曹郎。惭愧的是我对政事已毫无裨益，还要耗费官府俸禄，领取压酒囊。

寓居定惠院之东，杂花满山，有海棠一株，土人不知贵也

题 解

此诗是宋神宗元丰三年（1080）苏轼到黄州不久寓居定惠院时所作。

原 文

江城地瘴蕃草木①，只有名花苦幽独。

嫣然一笑竹篱间，桃李漫山总粗俗。

也知造物有深意，故遣佳人在空谷。

自然富贵出天姿，不待金盘荐华屋。

朱唇得酒晕生脸②，翠袖卷纱红映肉。

林深雾暗晓光迟，日暖风轻春睡足。

雨中有泪亦凄怆，月下无人更清淑。

先生食饱无一事，散步逍遥自扪腹。

不问人家与僧舍，拄杖敲门看修竹。

忽逢绝艳照衰朽③，叹息无言揩病目。

陋邦何处得此花，无乃好事移西蜀。

寸根千里不易致，衔子飞来定鸿鹄。

天涯流落俱可念，为饮一樽歌此曲。

明朝酒醒还独来，雪落纷纷那忍触。

注 释

①瘴：潮湿闷热。

②晕：微红。

③绝艳：非常美丽。

译 文

　　黄州这座江城过于湿热，所以草木特别繁盛。只有一株海棠花苦苦地孤芳自赏，美好地开在竹子搭成的篱笆之间，桃李漫山遍野未免显得粗鄙艳俗。也知道大自然造物主有深意吧，故意让佳人一般的海棠生长在这空寂的山谷。天然的雍容出自它天然的风姿，用不着用金盘捧着，献上贵族的华屋高堂才能看出来。海棠花就像美人喝酒后的红唇和泛起红晕的脸颊，又像是佳人翠袖卷起露出粉红肤色。由于树林阴暗，迷雾缭绕，清晨似乎来得迟了。春风迟迟，风和日暖，海棠就像春睡初起的贵妇。雨中的海棠含着泪，凄凉堪怜；月下的海棠又像大家闺秀一般，清雅娴淑。我此时遭贬谪，每天吃饱了无事可做，用手抚摸着肚子逍遥自在地散步。不管是人家还是僧舍，看见修竹就上前敲门。忽然遇到这株奇树鲜艳夺目、光彩照人，使老朽我不禁叹息，惊奇地拭目端详。这样僻陋的地方怎么能有这样艳丽的奇花呢？莫非是好事之徒从蜀中移植过来的？很难从千里之外移植海棠，一定是天鹅叼来了它的种子。我和海棠都是从蜀中流落此地，命运相同，令人感慨不已，为你饮一杯酒，为你唱一首诗，明天酒醒后我再独自来此，海棠花纷纷如雪一般飘零，我怎么忍心再相见？

集 评

　　黄庭坚《跋所书苏轼海棠诗》："子瞻在黄州作《海棠诗》，殆古今绝唱也。"

晓至巴河口迎子由

题 解

　　宋神宗元丰三年（1080）五月，苏辙从南京应天府（今河南商丘南）陪同其嫂王闰之和侄子苏迨、苏过来黄州，苏轼前往巴河（今黄冈以东）口相迎，作此诗。

原 文

　　去年御史府，举动触四壁。

　　幽幽百尺井，仰天无一席。

隔墙闻歌呼，自恨计之失。

留诗不忍写，苦泪渍纸笔[1]。

余生复何幸，乐事有今日。

江流镜面净，烟雨轻幂幂[2]。

孤舟如凫鹥[3]，点破千顷碧。

闻君在磁湖[4]，欲见隔咫尺。

朝来好风色，旗脚西北掷。

行当中流见，笑眼清光溢。

此邦疑可老，修竹带泉石。

欲买柯氏林，兹谋待君必。

注释

①渍：浸湿。

②幂幂：形容轻烟笼罩的样子。

③凫鹥：水鸟。

④磁湖：在今湖北武昌。时苏辙一行从水路前往黄州，遇风浪，在磁湖停泊了两天。

译文

去年我身在狱中，被严密禁闭好似置身于深井中，稍一活动就碰到墙壁。这深深的牢笼黑暗异常，仰头看天，都没席子大。墙那边有人随着我的长叹也发出感慨，悔恨自己失了算计。我想写诗留给你，却不忍下笔，泪水浸湿了纸笔。那时不知后半生还有什么乐趣，却原来快乐就在今天。江面平静得像明镜一样，轻烟笼罩在水面上。那一艘小舟好似水鸟，让偌大碧绿的江面泛起了波澜。听说你停留在磁湖，虽相隔咫尺却无法相见，很是心焦。早晨刮起了东南风，你船上的旗子飘向西北，顺风之行真是太好了。我们马上就要在江上相见了，快乐的眼中闪出泪光。在黄州似乎可以做养老的打算了，这里有修长的竹子、清泉和山石。我想买下柯氏林，就等你来帮我拿主意。

迁居临皋亭

东坡集

题解

　　宋神宗元丰三年（1080），寓居定惠院的苏东坡因家眷二十多人的到来，在黄州太守的关照之下，迁居临皋亭。临皋亭又名回车院，是朝廷官员巡视黄州的官舍。

原文

　　我生天地间，一蚁寄大磨[①]。

　　区区欲右行，不救风轮左。

　　虽云走仁义，未免违寒饿。

　　剑米有危炊[②]，针毡无稳坐[③]。

　　岂无佳山水，借眼风雨过。

　　归田不待老，勇决凡几个。

　　幸兹废弃余，疲马解鞍驮。

　　全家占江驿，绝境天为破[④]。

　　饥贫相乘除，未见可吊贺。

　　淡然无忧乐，苦语不成些。

注释

　　①**一蚁寄大磨：**《晋书·天文志》载："譬之于蚁行磨石之上，磨左旋而蚁右去。"此处借这个典故比喻事与愿违。

　　②**剑米有危炊：**《世说新语·排调》载桓玄与殷堪仲作"危语"，桓曰："矛头淅米剑头炊。"殷曰："百岁老翁攀枯枝。"无论是在矛尖上淘米，还是在剑尖上做饭，或者是百岁老人爬枯枝，都够危险的。苏轼以此比喻自己的处境。

　　③**针毡无稳坐：**晋杜锡屡次进谏愍怀太子，太子不喜，命人在杜锡常坐的毡中放上针，杜锡被刺得流血。

④**破**：安排。

译 文

出生于天地之间，就像磨盘上的蚂蚁一样，你往左走，磨盘却向右转，人生是很难一帆风顺的，常常事与愿违。我的行为虽然遵守仁义，却总不免有衣食之忧。仕途艰险，想到此处我便坐卧不安。山水美景虽然很多，但都是转瞬即逝，如过眼烟云。不待衰老就退隐田园，可真正下决心这么做的又有几个呢？我如今被贬斥闲居，感觉好似疲惫的马儿解下了马鞍，终于解脱了负担。如今全家人住在江边的临皋亭，这个偏僻隔绝的地方是老天安排的。饥贫时消时长，不必为此难过。淡然处世便不会被忧愁或快乐左右情绪，也吟不成凄苦的诗章，如此才能超越忧乐。

闻 捷

题 解

宋神宗元丰四年（1081），西夏多次集结军队骚扰北宋边界。九月，鄜延路经略安抚副使种谔在米脂寨打败西夏大军六万人，次月攻下米脂寨，进驻银川。捷报送至朝廷，宋神宗大喜，但之后不久战局便逆转。此诗是苏轼闻得捷报时写下的。

原 文

元丰四年十二月二十二日，谒王文父齐愈于江南。座上得陈季常书报：是月四日，种谔领兵深入，破杀西夏六万余人，获马五千匹。众喜忭，各饮一巨觥。

闻说将军取乞阐①，将军旗鼓捷如神。

故知无定河边柳②，得共中原雪絮春。

注 释

①**乞阐**：即银川。

②**无定河**：源自今内蒙古自治区的鄂尔多斯，东南流经陕西榆林、米脂等县，因急流夹沙，深浅无定，故名无定河。

译文

听说官军攻下了乞阐，种谔将军如神兵天降。如今无定河边的柳树，将同中原的雪花一同迎接春天了。

正月二十日，与潘、郭二生出郊寻春，忽记去年是日同至女王城作诗，乃和前韵

题解

此诗作于宋神宗元丰五年（1082），是苏轼贬居黄州时写的一段君子逸事。潘指潘彦明，郭指郭兴宗，都是苏轼在黄州结识的朋友，以沽酒卖药为生。

原文

东风未肯入东门，走马还寻去岁村。

人似秋鸿来有信，事如春梦了无痕。

江城白酒三杯酽①，野老苍颜一笑温。

已约年年为此会，故人不用赋招魂②。

注释

①酽：浓，味厚。

②招魂：《楚辞》篇名，一说为宋玉所作。

译文

今年春天来得晚，春风久久不入城门，我们骑马一起去寻找去年游玩的乡村。人好似秋天的大雁，来去都会有个定准；可是往事就好像春天的一场梦，连一点儿痕迹都没有留下。让我们去江城边上的酒馆，喝上三杯酒家自酿的美酒吧。这里民风淳朴，乡间的老人会用饱经沧桑的面孔上的温暖笑容来迎接我们。我们已经约定了，每年春季的时候都要出东门踏青，所以，我的老朋友们啊，你们就不必因为此事担心挂念了。

鱼蛮子

题 解

此诗作于宋神宗元丰五年（1082）。时张芸叟（字舜民）谪官湖湘时曾作《渔父》一诗，苏轼遂取其意为鱼蛮子。后张芸叟谪官郴州（今湖南郴州），绕道来武昌与苏轼相会，苏轼作诗相和。此诗主旨写鱼蛮子的生活，笔之所至，亦讥新法病民。

原 文

江淮水为田，舟楫为室居①。

鱼虾以为粮，不耕自有余。

异哉鱼蛮子，本非左衽徒。

连排入江住，竹瓦三尺庐。

于焉长子孙，戚施且侏儒②。

擘水取鲂鲤，易如拾诸途。

破釜不著盐，雪鳞芼青蔬③。

一饱便甘寝，何异獭与狙④。

人间行路难，踏地出赋租。

不如鱼蛮子，驾浪浮空虚。

空虚未可知，会当算舟车。

蛮子叩头泣，勿语桑大夫⑤。

注 释

①**舟楫为室居**：说的是住在船上，以船为家。

②**戚施**：驼背。

③**芼**：杂在羹汤里的菜。

④獭：水獭，生活在水边，捕鱼为食。狙：猕猴。

⑤桑大夫：指桑弘羊，西汉武帝时的治粟都尉，领大司农，推行盐、铁、酒类由国家专营。此处暗喻执行新政的官吏。

译 文

江淮之地，以水为田，以船为屋。鱼虾即为百姓之粮，不用耕作也能有些余粮。渔民本不是少数民族，他们的生活方式真奇特啊。渔夫们都住在江中，浮水的木排上剖竹为瓦，做成了低矮的小屋。他们便在这里抚育后代，可子女因此发育不良，多是驼背或侏儒。渔夫捕鱼技术高超，劈开水面就能捕到大鱼，就好像在路上捡起东西一样。船上破锅煮饭，没有盐，只是把鲜鱼和青菜煮到一起充饥。吃饱了便睡觉，这和水獭、猕猴的生活有什么分别呢？如今谋生艰难，赋税苛重，就连立足之地也要纳税。还是渔夫好啊，脚下是江水浪涛，没有丝毫土地。不过没有土地也不保险，不知何时车船也要缴税了。渔民见到我便哀求，不要将他们的行踪告诉那些善于征敛的官员。

琴 诗

题 解

本诗约作于宋神宗元丰四年（1081）六月。苏轼称此琴诗为"偈"，但其中蕴含深刻哲理，亦可做普通佛偈观。

原 文

苏轼《与彦正判官》："古琴当与响泉韵磬并为当世之宝，而铿金瑟瑟，遂蒙辍惠，拜赐之间，赧汗不已。又不敢违逆来意，谨当传示子孙，永以为好也。然某素不解弹，适纪老杜道见过，令其侍者快作数曲，拂历铿然，正如若人之语也。试以一偈问之：'若言琴上有琴声，放在匣中何不鸣？若言声在指头上，何不于君指上听？'录以奉呈，以发千里一笑也。"

若言琴上有琴声，放在匣中何不鸣？

若言声在指头上，何不于君指上听？

译 文

如果说琴声发自琴，那把它放在匣子里为什么不响呢？如果说琴声来自弹奏它的手指，那何不就在你的手指上听呢？

闻子由为郡僚所捃恐当去官

题 解

宋神宗元丰六年（1083），苏辙任筠州（今江西高安）教授并监酒税，遭弹劾，辞去了筠州学官。苏轼遂作此诗。

原 文

少学不为身，宿志固有在。

虽然敢自必，用舍置度外。

天初若相我，发迹造弘大。

岂敢负所付，捐躯欲投会。

宁知事大谬，举步得狼狈。

我已无可言，堕甑难追悔①。

子虽仅自免，鸡肋安足赖。

低回畏罪罟②，黾勉敢言退③。

若人疑或使，为子得微罪。

时哉归去来，共抱东坡耒。

注 释

①堕甑：《后汉书·郭泰传》载：孟敏一次"荷甑堕地，不顾而去"。郭泰"见而问其意，对曰：'甑已破矣，视之何益！'"此处比喻不必对过去的失败感到后悔。

②罟：网。

③黾勉：尽力。

诗

　　自小求学不是为了博取功名，早年的志向和抱负今天依然在。虽然坚信自己的志向抱负是对的，但是被任用还是被舍弃，那就不是自己考虑的事情了。一开始时好像要助我，发展可谓通达，名噪一时。不敢辜负上天对自己的期许，总想寻求以身报国的机会。结果却是事与愿违，举步维艰。如今我也没什么可说的了，就像掉在地上的瓦罐，想追悔也来不及了。你是自己辞去了职位，眼前的功名也确实不值得留恋。我知道你徘徊忧郁总是害怕陷入罪网，但一向努力为官怎么能够轻易隐退呢？那些为你辩白的人可能是受人嘱托，因为你的罪名十分轻微，没有利害冲突。一旦得到时机，我们一起辞官吧，共同归隐山林该有多好。

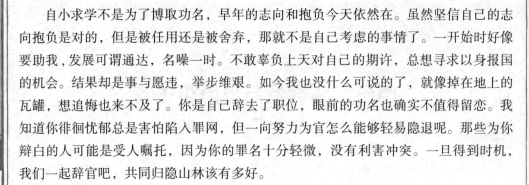

东　坡

题解

　　此诗作于宋神宗元丰六年（1083），时苏轼在黄州溪山的东坡拾瓦砾、刈草，于大雪中做成"雪堂"，题为"东坡雪堂"，自号东坡居士，躬耕自食。

原文

　　雨洗东坡月色清，市人行尽野人行。
　　莫嫌荦确坡头路①，自爱铿然曳杖声②。

注释

　　①**荦确**：高低不平的山石。
　　②**曳**：拖。

译文

　　大雨过后，东坡的月色更加清新，赶集的人已经散尽，只有像我这样的山野之人才踽踽独行。不要嫌弃山路满是巨石，坎坷难行，我独喜爱杖履声铿铿，清越可听。

海 棠

【题 解】

这首绝句写于宋神宗元丰七年（1084），当时苏轼在黄州。

【原 文】

东风袅袅泛崇光①，香雾空蒙月转廊②。

只恐夜深花睡去③，故烧高烛照红妆④。

【注 释】

①袅袅：微风吹拂。

②香雾：指海棠的香气。空蒙：雾气轻轻笼罩的样子。

③夜深花睡去：《太真外传》载：上皇登沉香亭，诏太真妃子。妃子时卯醉未醒，命高力士和侍儿扶妃而来。妃子醉颜残妆，鬓乱钗横，不能再拜。上皇笑曰："岂是妃子醉，真海棠睡未足耳。"

④红妆：此指海棠。

【译 文】

春风轻拂，海棠摇曳发出雅致的光泽。海棠的阵阵幽香在氤氲的雾气中弥漫开来，沁人心脾，月亮转过回廊那边去，照不到这海棠花。生怕夜深海棠睡了，因此取来烛火照耀它明媚的姿容。

别黄州

【题 解】

宋神宗元丰七年（1084），苏轼改官检校尚书水部员外郎汝州团练副使，四月离黄州时作此诗。

诗

病疮老马不任靮^①，犹向君王得敝帏^②。

桑下岂无三宿恋，樽前聊与一身归。

长腰尚载撑肠米^③，阔领先裁盖瘿衣^④。

投老江湖终不失，来时莫遣故人非。

注　释

①**不任靮**：受不了马络头的捆缚。

②**敝帏**：破旧的帷幔。

③**长腰**：时称黄州产的粳米为长腰米。

④**盖瘿衣**：汝州（今河南汝州）的饮水中缺碘，当地人因此多得粗颈病，常穿宽领衣。

译　文

　　我已经老了，又疾病缠身，自觉难成大事，没想到还能从皇帝那里得到一官半职来维持生计。我对黄州已经有了感情，如今却要只身一人前往汝州。我虽然还在吃着黄州的稻米，却已经准备宽领的衣裳了。老了再归隐江湖，自信不会失去时机，将来也不会遭人非议。

庐山二胜

题　解

　　宋神宗元丰七年（1084）四月，苏轼由黄州赴汝州，途经庐山，作此诗。

原　文

　　余游庐山，南北得十五六奇胜，殆不可胜纪，而懒不作诗，独择其尤佳者作二首。

开先漱玉亭^①

高岩下赤日，深谷来悲风。

擘开青玉峡，飞出两白龙^②。

东坡集

○七○

乱沫散霜雪，古潭摇清空。

余流滑无声，快泻双石谼^③。
_{hóng}

我来不忍去，月出飞桥东。

荡荡白银阙^④，沉沉水精宫。

愿随琴高生^⑤，脚踏赤鲩公^⑥。

手持白芙蕖^⑦，跳下清泠中^⑧。

注 释

①**开先**：佛寺名，南唐中主李璟所建，在庐山南麓星子县境内。漱玉亭在瀑布近旁。

②**两白龙**：形容两道瀑布。

③**谼**：大山沟。

④**白银阙**：指天上的宫殿。

⑤**琴高**：传说中的一位水仙，曾骑红色鲤鱼游戏人间。

⑥**鲩**：鲢鱼的尊称。段成式《酉阳杂俎》载：唐朝因皇帝姓李，李、鲤同音，所以尊鲤鱼为赤鲩公，不准捕捉。卖鲤鱼的要判刑，打六十棍。

⑦**芙蕖**：荷花。

⑧**清泠**：水名，见《山海经》，此处借指开先瀑布。

译 文

　　夕阳照在高高的岩石上，深谷里刮来阵阵悲风。山峡对立，瀑布流过寺前的青玉峡后，分为两股。水泡喷洒如霜雪，清澈的潭水震荡。流下去的潭水无声无息，迅速流进了山谷之中。观此美景不忍离去，直到月亮从桥东慢慢升起。这里宛如天上的宫殿，又似水中的龙宫。我想像琴高那样骑着红鲤鱼遨游在此仙境，手持洁白的荷花，尽情遨游水中。

原 文

栖贤三峡桥^①

吾闻太山石，积日穿线溜^②。

况此百雷霆，万世与石斗。

深行九地底③，险出三峡右④。

长输不尽溪，欲满无底窦⑤。

跳波翻潜鱼，震响落飞狖⑥。

清寒入山骨，草木尽坚瘦。

空蒙烟霭间，颒洞金石奏⑦。

弯弯飞桥出，潋潋半月彀⑧。

玉渊神龙近⑨，雨雹乱晴昼。

垂瓶得清甘，可咽不可漱。

译　文

　　我听说泰山之石积年为细细的流水所穿透，此处的波涛如雷霆般汹涌，历经万世与石头相互较量。瀑布的流水能深入到地底最深处，这里的峡谷比三峡还要险峻。长年奔流的水渊源无底，浩大的水势似乎要填满那无底之洞。波涛翻滚会冲出潜藏在水底的鱼，瀑布落下的巨大声响惊走了行动如飞的长尾猴。草木在石缝中生长，因清凉的水汽都生得十分细长。这里水势汹涌，水汽朦胧一片，声音洪亮如金石乐器在弹奏。弯弯的桥似从峡谷中飞出，水波中映出半月的倒影有如弯弓。在有神龙出没的玉渊潭，随云降落的冰雹让人分不清白天还是黑夜。从潭中舀出一瓶清甜的潭水，这水只可以饮用，千万不要用来漱口，因为那太可惜了。

题西林壁

题 解

苏轼于宋神宗元丰七年（1084）由黄州贬所改迁汝州（今河南临汝）团练副使，赴汝州时经过九江，与友人参寥同游庐山。瑰丽的山水触发逸兴壮思，于是写下了若干首庐山记游诗。《题西林壁》是游观庐山后的总结。

原 文

横看成岭侧成峰，远近高低各不同。

不识庐山真面目，只缘身在此山中。

译 文

横着看庐山，山岭连绵起伏；侧着看庐山，山峰高耸。从远处、近处、高处、低处看庐山，庐山呈现出各种不同的样子。之所以认不清庐山真正的面目，是因为自身处在庐山之中。

集 评

《苕溪渔隐丛话前集》卷三十九引《冷斋夜话》载黄庭坚语："此老于般若横说竖说，了无剩语，非其笔端有舌，亦安能吐此不传之妙。"

陈衍《宋诗精华录》："此诗有新思想，似未经人道过。"

自兴国往筠宿石田驿南二十五里野人舍

题 解

宋神宗元丰七年（1084），苏轼赴汝州上任前，自九江游庐山，并经兴国至筠州会见苏辙，此诗便是在前往筠州的途中所作。兴国即今江西兴国县。筠指筠县，即今江西高安。石田驿是驿站的名字。

溪上青山三百叠，快马轻衫来一抹。

倚山修竹有人家，横道清泉知我渴。

芒鞋竹杖自轻软，蒲荐松床亦香滑①。

夜深风露满中庭，惟见孤萤自开阖。

注 释

①蒲荐：蒲草编织的席子。

译 文

小溪边的青山层层叠叠，穿着轻衣，骑着快马，飞速而过。山脚下竹林里有户人家，一条清泉横在路中，似乎知道我渴了。穿着草鞋，拿着竹杖，自觉轻松柔软，用蒲草编的席子和松树做的床也感觉香滑。深夜屋中风露满堂，只看到萤火虫在空中飞舞。

郭祥正家，醉画竹石壁上，
郭作诗为谢，且遗二古铜剑

题 解

宋神宗元丰七年（1084）六月，苏轼路过郭祥正家，作此诗。郭祥正，字功父，当涂人。

原 文

空肠得酒芒角出①，肝肺槎牙生竹石②。

森然欲作不可回，吐向君家雪色壁。

平生好诗仍好画，书墙涴壁长遭骂③。

不瞋不骂喜有余，世间谁复有君者。

一双铜剑秋水光，两首新诗争剑铓④。

剑在床头诗在手，不知谁作蛟龙吼。

注 释

① 芒角：竹石的尖端。
② 槎牙：同"杈丫"。
③ 涴：污染。
④ 铓：光芒。

译 文

酒入空腹诗兴大发，就好像是初生的叶子冒出尖来，作画的兴致也油然而生，仿佛五脏六腑都能长出枝丫、怪石。峭拔的竹石直接画在了主人家雪白的墙壁上。平生喜欢作诗与绘画，常在墙壁上写诗作画，为此遭到不少非议和诽谤。今天，主人不仅没有责怪我，反而十分高兴，世上像您这样的人不多了。您赠给我的这方铜剑闪闪发光，仿佛要与劲拔的新诗一较锋芒。宝剑悬挂在床头，诗篇拿在手中，诗与剑争显锋芒，不知哪一个能如蛟龙作吼般掷地有声。

次荆公韵四绝

题 解

宋神宗元丰七年（1084）秋，苏轼赴汝州任途中路经金陵，逗留月余。时王安石二次罢相后退居金陵，与苏轼相见后唱和颇多。两人虽在政见上观点相左，但在文学和私交上却彼此欣赏并相谈甚欢。

原 文

其一

青李扶疏禽自来①，清真逸少手亲栽②。

深红浅紫从争发，雪白鹅黄也斗开。

其二

斫竹穿花破绿苔③，小诗端为觅榿栽④。

细看造物初无物，春到江南花自开。

骑驴渺渺入荒陂⑤，想见先生未病时。

劝我试求三亩宅，从公已觉十年迟。

其四

甲第非真有，闲花亦偶栽。

聊为清净供，却对道人开⑥。

注　释

①禽自来：指来禽，俗称花红、沙果。

②清真逸少手亲栽：将王安石比作王羲之。李白在《王逸少》中说："右军本清真，潇洒在风尘。"王羲之，字逸少，曾任右军参军，又称王右军。

③斫：砍、削。

④楷：一种植物名称，木质很软，叶子可作茶叶。

⑤陂：山坡。

⑥"聊为"二句：作者自注："公病后，舍宅作寺。"

译　文

其一：这里草木繁盛，枝叶繁茂，都是您亲手栽种的啊。姹紫嫣红的花朵争相开放，色彩绚烂。

其二：削砍竹子穿过花丛，踏破绿苔前来赏花，小诗正为植花栽树而作。细看上天创造万物，开始时好似无物，春天一到花儿自然便会开放。

其三：骑着毛驴一路走过旷远的荒野山坡，赶来看望先生。你劝我早日在金陵置下房屋田地，以便比邻相聚，可这本应是在十年前相从的呀。

其四：豪华显贵的宅第不能一直拥有，那些繁茂的花草不过是偶然的机缘种下。你这清净雅致的房舍，成了僧人的寺院，却对道人开放。

送沈逵赴广南

题解

宋神宗元丰七年（1084），苏轼在金陵晤沈逵，作此诗。沈逵曾任永嘉知县、大理寺丞等职。

原文

　　嗟我与君皆丙子①，四十九年穷不死。

　　君随幕府战西羌，夜渡冰河斫云垒②。

　　飞尘涨天箭洒甲，归对妻孥真梦耳。

　　我谪黄冈四五年，孤舟出没烟波里。

　　故人不复通问讯，疾病饥寒疑死矣。

　　相逢握手一大笑，白发苍颜略相似。

　　我方北渡脱重江，君复南行轻万里。

　　功名如幻何足计，学道有涯真可喜。

　　勾漏丹沙已付君③，汝阳瓮盎吾何耻④。

　　君归赴我鸡黍约⑤，买田筑室从今始。

注释

　　①**丙子**：苏轼与沈逵同年出生。苏轼生于宋仁宗景祐三年（1036）丙子十二月十九日。

　　②**斫云垒**：攻破高入云霄的堡垒。

　　③**勾漏**：山名，在今广西北流县。**丹沙**：传说中的一种仙药。晋葛洪听说交趾出丹沙，遂求为勾漏令。

　　④**瓮盎**：一种腹大口小的器皿，形容颈部浮肿。汝州缺碘，当地的人多脖子肿大。

⑤鸡黍约：形容聚会。《论语·微子》："止子路宿，杀鸡为黍而食之。"

译文

你我同年出生，度过了四十九年穷困的岁月，侥幸没有饿死。你行军征战西羌，深夜渡过冰封的河流，攻破了敌军高入云霄的堡垒。战场上烟尘弥漫，箭如骤雨般落向盔甲，战斗异常地激烈，战罢归来与妻子和家人团聚，恍如梦境。我被贬谪在黄冈，四五年间泛舟水上，独自寂寞缥缈。与过去的朋友不再通音信，连年疾病饥荒横行，许多人都怀疑我已经死了。遇到朋友后握手致意相互一笑，容貌相似，都已是白发上头苍老之态显现。此时我正要北上常州，你却要南下广南，彼此又要相隔万里。功名富贵如幻影，如今也不计较了。学道已经摸到了边际，心中很是欢喜。你南下可以得到传说中勾漏处的仙丹，我到汝州去，可能会患上大脖子病。这次分别后，希望你不要忘记今日的约定，日后还能如约聚会。

书林逋诗后

题 解

此诗作于宋神宗元丰八年（1085）。林逋死后，宋仁宗赐谥和靖先生。林逋住在西湖的孤山二十年，足迹不到城市，终生未娶，住处多种梅花、养鹤，称"梅妻鹤子"。他写的诗，随手散去，不留稿。有人问他为什么这样，他说："我不欲取名于时，况后世乎？"他的诗平淡深美，表达了高尚志趣。

原 文

吴侬生长湖山曲①，呼吸湖光饮山绿。

不论世外隐君子，佣奴贩妇皆冰玉。

先生可是绝俗人②，神清骨冷无由俗。

我不识君曾梦见，瞳子瞭然光可烛。

遗篇妙字处处有，步绕西湖看不足。

诗如东野不言寒③，书似留台差少肉④。

平生高节已难继，将死微言犹可录。

自言不作封禅书^⑤，更肯悲吟白头曲^⑥。

我笑吴人不好事，好作祠堂傍修竹。

不然配食水仙王，一盏寒泉荐秋菊。

注　释

①**吴侬**：此泛指江南人。

②**可是**：岂是，难道是。

③**东野**：指唐代诗人孟郊。

④**留台**：指宋代书法家李建中。李建中善行书，曾任西京留守御史台，因此称李留台。

⑤**自言不作封禅书**：作者自注："逋临终诗云：'茂陵他日求遗草，犹喜初无封禅书。'"林逋借司马相如死后汉武帝从其家中搜出一卷专谈封禅的遗书之事，表明自己以从不撰写阿谀谄媚一类的文字而深感自慰。

⑥**更肯悲吟白头曲**：《西京杂记》载："相如将聘茂陵人女为妾，卓文君作《白头吟》以自绝，相如乃止。"

译　文

　　吴人生长在湖山深曲处，呼吸着湖光山色，饮的是山间清泉。不用说超然世外的隐士，连奴仆商贩都清如冰玉。林先生并不是隔绝凡尘的人，但天生就神清骨冷、资质脱俗。我不认识林先生，却曾经梦见，他目光清炯，照人犹如明烛。遗留的诗篇和墨迹处处都有，环绕着西湖，总也看不足。诗歌像孟郊，但没有寒苦格调，书法似李建中，笔力瘦硬刚拙。平生高尚的风节无人能继，临终时精微的言语还值得记录。自己说没有写过封禅书一类的东西，难道他还肯把叹老嗟卑的诗句写出？我笑江南人并不好事，倒喜欢建造祠堂依傍着修竹。要不然就该让林先生的像配水仙王，将一盏寒泉、一枝秋菊向他献上。

归宜兴，留题竹西寺三首

东坡集

题解

宋神宗元丰八年（1085），苏轼赴南都（今河南商丘），请求留常州居住，四月到扬州，五月在宜兴写此三首诗，留题竹西寺。竹西寺，在扬州城北。

原文

其一

十年归梦寄西风，此去真为田舍翁①。
剩觅蜀冈新井水②，要携乡味过江东③。

其二

道人劝饮鸡苏水④，童子能煎莺粟汤⑤。
暂借藤床与瓦枕，莫教辜负竹风凉。

其三

此生已觉都无事，今岁仍逢大有年⑥。
山寺归来闻好语⑦，野花啼鸟亦欣然。

注释

①田舍翁：年老的庄稼汉，此为作者自喻。

②剩：更。

③乡味：指蜀冈水。蜀冈是竹西寺山上的一口井，其井水的味道有如蜀江之水，因此得名蜀冈。

④鸡苏水：鸡苏是一种植物的名称，也叫水苏。鸡苏水是当时的一种饮品。

⑤莺粟汤：莺粟也叫罂子粟，可以煮粥。

⑥大有年：丰收之年。

⑦**闻好语**：苏辙谓其兄所作墓志说："公（苏轼）至扬州，常州人为公买田，书至，公喜作诗，有'闻好语'之句。"

译 文

其一：很多年前我就有了弃官回乡务农的念头，这次终于能够如愿归田做一个老农了。今日更是找到了蜀冈的井水，我要带着这带有家乡味道的水到常州去。

其二：道士们总是劝人喝鸡苏水，童子会熬莺粟汤。暂时借着藤床和瓦枕，小睡一会儿，不要辜负了这竹林中凉爽的清风。

其三：今生应该不会再有什么磨难了，今年仍旧遇到了一个丰收之年。从山寺回来后听说常州人为我买田的消息，野花和鸟鸣也显露着愉快。

赠王寂

题 解

此诗作于宋神宗元丰八年（1085）八月，王寂是作者在扬州结识的朋友。

原 文

与君暂别不须嗟①，俯仰归来鬓未华。

记取江南烟雨里，青山断处是君家。

注 释

①嗟：此指难过。

译 文

你我只是暂时的别离，不必难过，不久之后就会再次相聚，决不会等到华发长出。记得在这江南的烟雨里，青山的尽头是您的居所。

怀仁令陈德任新作占山亭二绝

题 解

宋神宗元丰八年（1085）三月，哲宗赵煦即位。六月，苏轼接到诏令，

诗

复朝奉郎起知登州军州事。苏轼在赴任途中，行至怀仁县（今江苏赣榆）时，为县令陈德任题占山亭，作此诗。

原文

其一

尚父提封海岱间^①，南征惟到穆陵关^②。
谁知海上诗狂客^③，占得胶西一半山^④。

其二

我是胶西旧使君，此山仍合与君分。
故应窃比山中相，时作新诗寄白云^⑤。

注释

①**尚父提封海岱间**：尚父，指太公望，周武王尊称太公望为尚父。提封，指古代诸侯的封地。

②**穆陵关**：故址在今山东临朐东南的大岘山上。

③**海上诗狂客**：指陈德任。

④**胶西**：县名，在密州。"占得胶西一半山"，言占山亭之高，胶西一半山尽收眼底。

⑤**"故应"二句**：南朝陶弘景初仕于齐，入梁后隐居不出。梁武帝多次邀他出山，都被拒绝。但每逢大事，梁武帝还要向陶弘景咨询，时人称为"山中宰相"。陶弘景曾有诗云："山中何所有，岭上多白云。只可自怡悦，不堪持寄君。"

译文

其一：太公望封于齐地，向南远行也不过到穆陵关。谁知道你这个狂放的诗人，竟然占得胶西一半的山林。

其二：我曾是胶西的使君，胶西的山还是应该与你平分。所以理所应当地自比山中宰相，经常写点诗寄给自己。

再过常山和昔年留别诗

诗

题 解

　　此诗作于宋神宗元丰八年（1085）十月，苏轼在赴登州途中过密州。在密州时，苏轼经常到常山祈雨，感情至深。九年前离别密州时，曾作《留别雩泉》，今日方作和诗。

原 文

　　伛偻山前叟[1]，迎我如迎新。

　　那知梦幻躯，念念非昔人。

　　江湖久放浪，朝市谁相亲。

　　却寻泉源去，桃花逢避秦。

注 释

　　①伛偻：形容腰背弯曲，年岁渐老。

译 文

　　山前的老翁佝偻着身体，就像第一次那样高兴地迎接我归来。转眼间人已变老，我不禁感叹岁月无情。长期在江湖漂泊，官场和闹市早就没有了与我相亲近的人。密州的人依然对我情深意切，不如在这里寻找桃花源，就此休闲安居了。

再过超然台赠太守霍翔

题 解

　　此诗作于宋神宗元丰八年（1085），时苏轼赴登州，路经密州时，密州太守霍翔于超然台置酒宴招待苏轼。

原 文

　　昔饮雩泉别常山，天寒岁在龙蛇间[1]。

山中儿童拍手笑，问我西去何当还②。

十年不赴竹马约，扁舟独与渔蓑闲。

重来父老喜我在，扶挈老幼相遮攀③。

当时襁褓皆七尺，而我安得留朱颜。

问今太守为谁欤，护羌充国鬓未斑④。

躬持牛酒劳行役，无复杞菊嘲寒悭⑤。

超然置酒寻旧迹，尚有诗赋镌坚顽⑥。

孤云落日在马耳，照耀金碧开烟鬟。

郑淇自古北流水⑦，跳波下濑鸣玦环⑧。

愿公谈笑作石埭，坐使城郭生溪湾。

注 释

①"昔饮"二句：苏轼九年前离开密州时，曾在密州城南的常山雩泉饮酒作别。那年干支为丙辰，属龙，次年为丁巳，属蛇，故曰"龙蛇间"。

②"山中"二句：《后汉书·郭伋传》载：郭伋巡视西河，有儿童数百骑竹马迎接，及离开时，又有儿童送至郭外，问："使君何日当还？"此处即用了这个故事。

③遮攀：遮蔽了道路，攀着车辕。

④护羌：作者自注："翔自言在熙河作屯田有功。"这里以汉代赵充国喻指霍翔，赵充国曾任大将军护军都尉，后出平羌戎，并上屯田奏章。

⑤寒悭：寒酸。

⑥镌：刺、刻。

⑦郑淇：水名，由西南常山流向东北。

⑧濑：沙石滩。

译 文

上次在雩泉饮酒作别，已是丙辰和丁巳年间的事了。孩子们为我送行，笑着问我什么时候回来。十年来一直未能赴约归来，贬居黄州长期放浪形骸于山水之间。这次回来，密州的父老十分高兴，扶老携幼地来看我，街道上和车上都是人。我走时那些

東坡集

尚在襁褓中的孩子，如今都是七尺男儿了，我又怎么能够不老呢。今天的密州太守霍翔好似汉代的赵充国，曾在边防作战，可谓年轻有为。霍太守用酒肉慰劳行役之人，不像我当年那么寒酸了。今天在超然台设酒，寻访旧时的踪迹，尚有我题的诗赋，依然刻在石头上。日照马耳山，映出了斑斓的色彩，山峦上方的云雾皑皑，宛如女子的发髻。郑淇水一直流向北方，波涛溅在沙滩上，敲击着环形的石头发出悦耳的声音。希望霍太守能在郑淇水上修筑石坝，使密州城为溪流环绕，造福一方。

登州海市

题　解

　　宋神宗元丰八年（1085）十月，苏轼到登州（今山东蓬莱）上任。仅五日便又接到诰命，以礼部郎中召回京师，十日后便又登程。苏轼的这篇长诗刻于蓬莱石上，描述了海市奇景。海市就是海市蜃楼，为海滨的一种奇妙幻境，光线经过不同密度的空气层，发生折射作用，将远处的景物映现在空中。

原　文

　　予闻登州海市旧矣。父老云："尝出于春夏，今岁晚，不复见矣。"予到官五日而去，以不见为恨。祷于海神广德王之庙，明日见焉，乃作此诗。

东方云海空复空，群仙出没空明中。

荡摇浮世生万象，岂有贝阙藏珠宫。

心知所见皆幻影，敢以耳目烦神工。

岁寒水冷天地闭，为我起蛰鞭鱼龙。

重楼翠阜出霜晓，异事惊倒百岁翁。

人间所得容力取，世外无物谁为雄。

率然有请不我拒，信我人厄非天穷。

潮阳太守南迁归，喜见石廪堆祝融①。

自言正直动山鬼，岂知造物哀龙钟②。

伸眉一笑岂易得，神之报汝亦已丰。

〇八五

斜阳万里孤鸟没，但见碧海磨青铜。

新诗绮语亦安用，相与变灭随东风。

注释

①"潮阳"二句：韩愈因谏迎佛骨，被贬为潮州刺史。在《谒衡岳庙遂宿狱寺题门楼》中，韩愈写道："我来正值秋雨节，阴气晦昧无清风。潜心默祷若有应，岂非正直能感通。须臾静扫众峰出，仰见突兀撑青空。紫盖连延接天柱，石廪腾掷堆祝融。"紫盖、天柱、石廪、祝融都是山峰的名字，衡山七十二峰，终年在云雾中，不易看到。韩愈这次能够看到，喜出望外，写了这首诗。

②龙钟：形容潦倒的样子。

译文

东方的天空之上，无边的云海层层叠叠，那是众多神仙住的地方。神仙的寓所缥缈虚幻，哪里会有真的用贝壳装饰的宫殿呢。我知道眼前看到的都是幻影，岂敢为了满足耳目之欲来麻烦神力呢。如今正是隆冬时节，天寒地冻，神仙难道是为了让我看到这奇妙的景象而特地发挥了神力吗？海上出现了重叠的楼宇，这奇异的景象连百岁老翁也叹为观止。人间所有的收获都是人们经过自己的努力得来的，那么这世外无物的奇观是由谁来主宰的呢？我冒昧地祈祷能看到海市，结果真的实现了，可见我过去受到困厄并非是天在惩罚我。当初韩愈南迁潮州归来能够看到衡山诸峰秀美的景象，欣喜异常。那并不是韩愈的正直感动了山神，而是上天哀怜他生活坎坷，让他观赏衡山诸峰。如今也定是海神怜惜我穷困潦倒，让我见一见海市。能够舒展紧皱的眉头开颜一笑很是难得，这是天神对我的丰厚恩赐。很快海市就消失了，海面上只有碧波无边无际，如青铜镜面般平整清澈。诗写得再好，语句再漂亮有什么用？也和海市一起随风幻灭。

惠崇春江晚景二首

诗

题　解

　　元丰八年（1085）十二月作于汴京。惠崇为宋初"九诗僧"之一，善画鹅、雁、水乡等小景。惠崇跟苏轼不是一个时代的人。苏轼是只见其画，未见其人。王安石很推崇惠崇的画，在《纯甫出僧惠崇画要予作诗》中赞道："画史纷纷何足数，惠崇晚年吾最许。"《春江晚景》是惠崇的画作，共两幅，一幅是鸭戏图，一幅是飞雁图。这两幅画今已不存，但苏轼为之题写的诗却脍炙人口。

原　文

其一

竹外桃花三两枝，春江水暖鸭先知。

蒌蒿满地芦芽短①，正是河豚欲上时②。

其二

两两归鸿欲破群，依依还似北归人。

遥知朔漠多风雪，更待江南半月春。

注　释

　　①蒌蒿：一种生长在洼地的多年生草本植物，花淡黄色，茎高四五尺，刚生时柔嫩香脆，可以吃。

　　②河豚：鱼的一种，学名"鲀"，肉味鲜美，但是卵巢和肝脏有剧毒，肾脏、血液、眼鳃、皮肤也含毒素。产于我国沿海和一些内河。春天沿江上游，近海处先得，江南地区二月后方能见到。

译　文

　　其一：竹林之外，两三枝桃花初放，鸭子在水中游戏，它们最先察觉了初春江水的回暖。河滩上已经满是蒌蒿，芦笋也开始抽芽，这些可都是烹调河豚的好作料，而河豚此时正要逆流而上，从大海洄游到江河里来了。

其二：成群的大雁结队飞回北方，好似眷恋家乡般依依不舍。它们好似知晓现在的北方风雪尚多，还要在江南作半月的停留。

集　评

汪师韩《苏诗选评笺释》卷四："吹畦风馨，适然相值。"

纪昀《纪评苏诗》："此是名篇，兴象实为深妙。"

毛奇龄《西河诗话》卷五："春江水暖，定该鸭知，鹅不知耶？"

西太一见王荆公旧诗偶次其韵二首

题　解

宋哲宗元祐元年（1086），苏轼在朝任翰林学士知制诰，立秋奉敕致祭西太一宫神坛，看到宫内王安石的题壁诗二首。其时王安石已经在当年的四月去世，新丧未久，苏轼感念平生，遂次其韵。诗用六言，含思婉转，明朗流利。

原　文

其一

秋早川原净丽①，雨余风日清酣。

从此归耕剑外，何人送我池南②。

其二

但有尊中若下③，何须墓上征西④。

闻道乌衣巷口⑤，而今烟草萋迷⑥。

注　释

①川原净丽：原野明净美丽。

②池南：池阳县以南，今陕西泾阳西北方，此处代指归蜀之路。

③若下：酒名。

④墓上征西：《三国志·魏书·武帝纪》载：建安十五年，冬作铜雀台，注引《魏武故事》，说曹操自述生平，言其最初志向不大，后征为都尉，迁典军校尉，

遂欲为国家讨贼立功，欲望封侯作征西将军，然后题墓道言"汉故征西将军曹侯之墓"，此其志也。

　　⑤**乌衣巷**：东晋王、谢两大家族的居所，在今南京市东南。

　　⑥**萋迷**：迷茫的样子，形容草繁盛。

译　文

　　其一：秋天早晨的原野明净美丽，雨后秋风清爽，阳光妩媚。从此今后我辞官离京，返蜀耕田，有谁送我到池南？

　　其二：只要杯中总有美酒，墓上征西将军的字样又何须追求。听说现在的乌衣巷，如今已烟草凄迷令人生愁。

虢国夫人夜游图

题　解

　　此诗作于宋哲宗元祐元年（1086）。虢国夫人是唐朝杨贵妃三姐的封号。

原　文

　　佳人自鞚玉花骢①，翩如惊燕踏飞龙②。

　　金鞭争道宝钗落，何人先入明光宫③。

　　宫中羯鼓催花柳，玉奴弦索花奴手④。

　　坐中八姨真贵人⑤，走马来看不动尘。

　　明眸皓齿谁复见，只有丹青余泪痕。

　　人间俯仰成今古，吴公台下雷塘路⑥。

　　当时亦笑张丽华，不知门外韩擒虎。

注　释

　　①**鞚**：勒马的绳。**玉花骢**：唐玄宗的名马。

　　②**飞龙**：指快马。

　　③**明光宫**：汉代长安宫殿的名字，此处代指唐朝宫殿。《旧唐书·杨贵妃传》载："十载正月望夜，杨家五宅夜游，与广平公主骑从争西门寺，杨氏奴挥鞭及公主衣，

公主堕马。"

④**玉奴**：杨贵妃小名。**花奴**：汝阳王的小名，善击羯鼓。

⑤**八姨**：秦国夫人。

⑥**吴公台、雷塘**：隋炀帝葬身之地，均在扬州。

译 文

这位佳人亲自驾驭玉花骢马，淡妆多态。她骑在骏马上，身段轻盈，恍如惊飞的春燕。飞龙骏马娇驰在进宫的大道上，婉若游龙。为了抢先进入明光宫，杨家豪奴，挥动金鞭与公主争道，致使公主惊吓马来，宝钗堕地。此时宫中羯鼓纵击，催发得花开柳放。贵妃亲自弹拨琵琶，汝阳王在敲击羯鼓。秦国夫人已经先期艳妆就座，打扮得非常娇贵。虢国夫人素妆淡雅，走马而来，路上却不见飞尘。这绝代的佳人，如今又在何处呢？她那明眸皓齿，除了图画之外，谁又曾见到过呢？当年的欢笑，似乎今天在丹青上只留下点点惨痛的泪痕了。人在世上，俯仰之间，已成今古。隋炀帝与陈叔宝一样国破家亡，身死人手，埋葬于吴公台下、雷塘路边。可是当年他却曾嘲笑过陈叔宝、张丽华，说他们一味享乐，不恤国事，不知道韩擒虎已经带领隋兵迫近宫门。

书鄢陵王主簿所画折枝二首

题 解

此诗作于宋哲宗元祐二年（1087），当时苏轼在京任翰林学士知制诰。鄢陵，今河南省鄢陵县。王主簿，不详。

原 文

其一

论画以形似，见与儿童邻。

赋诗必此诗，定非知诗人。

诗画本一律，天工与清新①。

边鸾雀写生，赵昌花传神②。

如何此两幅，疏淡含精匀。

谁言一点红，解寄无边春。

其二

瘦竹如幽人，幽花如处女。

低昂枝上雀，摇荡花间雨。

双翎决将起^③，众叶纷自举。

可怜采花蜂，清蜜寄两股。

若人富天巧，春色入毫楮^④。

悬知君能诗^⑤，寄声求妙语。

注 释

①**天工**：指艺术造诣极高。

②**赵昌**：北宋画家，字昌之，善画花。

③**决**：快速、急速。

④**毫楮**：笔和纸。

⑤**悬知**：猜想。

译 文

其一：人们在品评画作之时总是看它是否形似，这种见识过于幼稚。作某诗必须刻镂形似，那一定不是懂诗之人。诗、画本质上是一样的，都要浑然天成且清雅脱俗。边鸾善于画写实鸟雀，赵昌的花卉画得十分传神。不过在我看来，倒不如王主簿这两幅画作，着色清淡匀称，仅用一朵红色的花便反映出无限的春光。

其二：细长的竹子好似深沉的人，幽雅的花朵一如恬静的少女。枝头的雀鸟微微翘首，好似在蒙蒙细雨中摇摆。忽然间雀鸟展翅疾飞，树叶纷纷飘落。可爱的小蜜蜂在花间飞舞，清新的花蜜就沾在两股之间。王主簿这个人具有天赋之能，可以将这春色融入笔端跃于纸上。猜想你一定会作诗，能以佳句写出这画中的鸟鸣雨声。因此我抛砖引玉，求你高妙之作。

集 评

王若虚《滹南诗话》："论妙于形似之外，而非遗其形似，不窘于题，而要不失其题，如是而已耳。"

晁以道《和苏翰林题李甲画雁》二首其一："画写物外形，要物形不改，诗传画外意，贵有画中态。"

庆源宣义王丈人，以累举得官，为洪雅主簿，雅州户掾。遇吏民如家人，人安乐之。既谢事，居眉之青神瑞草桥，放怀自得。有书来求红带，既以遗之，且作诗为戏，黄鲁直学士、秦少游贤良各赋一首，为老人光华

题解

王庆源，苏轼的叔丈人。宣义指的是宣义郎，官名。洪雅、雅州均是四川的地名。此诗作于宋哲宗元祐三年（1088），苏轼当时为翰林学士。

原文

青衫半作霜叶枯，遇民如儿吏如奴。

吏民莫作官长看，我是识字耕田夫。

妻啼儿号刺史怒，时有野人来挽须。

拂衣自注下下考①，芋魁饭豆吾岂无②。

归来瑞草桥边路，独游还佩平生壶。

慈姥岩前自唤渡③，青衣江畔人争扶④。

今年蚕市数州集，中有遗民怀袴襦⑤。

邑中之黔相指示⑥，白髯红带老不癯⑦。

我欲西归卜邻舍，隔墙拊掌容歌呼。

不学王山乘驷马，回头空指黄公垆⑧。

注释

①拂衣：愤怒的样子。

②**芋魁**：芋头。

③**慈姥岩**：在四川青神县，为当地名胜。

④**青衣江**：四川一水名。

⑤**怀袴襦**：《后汉书·廉范传》载：廉范曾任蜀郡太守，关注民生，百姓称便，曾作歌表示怀念，有"廉叔度（廉范的字），来何暮，平生无襦今五绔"。

⑥**邑中之黔**：《左传·襄公十七年》载：宋国皇国父要为平公筑台，子罕请待农闲动工，百姓作歌谣说："泽国之晳，实兴我役。邑中之黔，实慰我心。"皇国父因皮肤白，称作"晳"；子罕皮肤黑，称为"黔"。

⑦**癯**：清瘦。

⑧**"不学"二句**：魏晋时期，嵇康、阮籍、刘伶、王戎、山涛、向秀、阮咸七人常在竹林中聚会，被称为"竹林七贤"。后山涛、王戎做了高官，王戎身穿官服，乘着车再次经过当年聚会的黄公酒垆，感叹自己"为时所羁绊"。

译 文

你的布衫很破旧，一向是衣着朴素，对待百姓如子女，对待同僚不逢迎。你从来不让官吏和百姓把你当成官，只当自己是个识字的农民。你的生活清苦，还遭到上司的厌恶，但同那些庄稼人却始终保持着融洽的关系。每到政绩考察，你总是愤然认为自己的政绩属于下下等，说难道不做官就没有粗劣的饭食维持生计了吗？丢掉官职，回家还是会路过长满青草的桥边，出外游玩依然带着那只旧壶。慈姥岩前呼叫渡船，青衣江边人们争相搀扶。今年的蚕市上，还有不少人怀念你曾经的德政。你是地方上得到人心之人，白白的须髯系着红色的带子，老而不瘦，一如当年皮肤黑黑的子罕。我想回到四川家乡与你比邻而居，两家自此亲密无间，拍掌和歌声都能听得到。不用学王戎、山涛去追求富贵功名，安于清贫休闲就很好了。

与莫同年雨中饮湖上

题 解

宋哲宗元祐四年（1089）三月，苏轼以龙图阁学士除知杭州军州事，七月到达杭州上任。莫同年指莫君陈，字和中，时任两浙提刑官。两人早有交游，此次在杭州相遇，同在雨中观赏西湖，作此诗。

到处相逢是偶然，梦中相对各华颠①。

还来一醉西湖雨，不见跳珠十五年。

注释

①华颠：头发花白。

译文

人生在各处的相遇都是偶然的，此次相聚仿佛是梦中，但你我的头上都有了白发了。远离杭州许久了，这次回来又能够一醉西湖的雨景，不见这雨珠跳落湖面的景象已经十五年了。

送子由使契丹

题解

宋哲宗元祐四年（1089），苏辙为贺辽国生辰国信使出使契丹，苏轼在杭州得知后，写诗送行。诗中抒写了兄弟远离的惜别之情，并以壮语鼓励弟弟：所以不辞辛劳、不畏严寒出使，为的是使异族之邦了解宋朝杰出的人才和高度的文明。

原文

云海相望寄此身，那因远适更沾巾。

不辞驿骑凌风雪，要使天骄识凤麟①。

沙漠回看清禁月②，湖山应梦武林春③。

单于若问君家世，莫道中朝第一人④。

注释

①凤麟：不可多得的人才，此处指苏辙。

②清禁：指皇宫。

③武林：杭州钱塘县有武林山，因此杭州亦称武林。

④**中朝第一人**：《新唐书·李揆传》载：肃宗称李揆"门地、人物、文学，皆当世第一"。后入蕃为会盟使，酋长问："闻唐有第一人李揆，公是否？"李揆畏留，就骗酋长说："彼李揆安肯来邪？"

译 文

　　我寄身此地和你隔着云海遥遥相望，何必因为你要远行又泪湿衣巾。你不辞劳苦冒着风雪充当信使，为的是要让异族认识朝廷杰出的精英。你将在沙漠留恋地回望京都夜月，梦魂定会越过湖山见到杭城春景。辽国国主若是问起你的家世，可别说自己是朝中第一等人物。

赠刘景文

题 解

　　此诗作于宋哲宗元祐五年（1090）。刘景文，名季孙，祥符（今河南开封）人，刘平的儿子。年长于苏轼，是年近六十，故苏轼以"菊残犹有傲霜枝"、好景"正是橙黄橘绿时"相勉励。

原 文

　　荷尽已无擎雨盖①，菊残犹有傲霜枝②。

　　一年好景君须记，正是橙黄橘绿时。

注 释

　　①**擎**：举，向上托。
　　②**傲霜**：不怕霜冻，坚强不屈。

译 文

　　荷花凋谢，连那擎雨的荷叶也枯萎了，只有那开败了菊花的花枝还傲寒斗霜。一年中最好的景致你一定要记住，那就是在橙子金黄、橘子青绿的秋末冬初的时节啊。

予去杭十六年而复来，留二年而去。平日自觉出处老少，粗似乐天，虽才名相远，而安分寡求，亦庶几焉。三月六日，来别南北山诸道人，而下天竺惠净师以丑石赠行，作三绝句

东坡集

题解

宋哲宗元祐六年（1091），苏轼以翰林学士承旨被召回朝，离别杭州时作此诗。

原文

其一

当年衫鬓两青青，强说重临慰别情。

衰发只今无可白，故应相对话来生。

其二

出处依稀似乐天，敢将衰朽较前贤。

便从洛社休官去①，犹有闲居二十年②。

其三

在郡依前六百日，山中不记几回来③。

还将天竺一峰去④，欲把云根到处栽⑤。

注释

①**洛社**：白居易退居洛阳，晚年与僧如满结香火社。

②**犹有闲居二十年**：苏轼以白居易自居，白居易七十致仕，休居洛阳，诗酒

自娱四五年，享年七十五岁。苏轼时年五十六岁，如从此休官，那么还有二十年的悠闲生活。

③ **"在郡"二句**：苏轼于元祐四年三月除知杭州，七月到任，至元祐六年三月别南北诸道人，故曰："六百日"。白居易《留题天竺灵隐二寺》："在郡六百回，入山十二回。"

④**天竺**：天竺寺，在杭州天竺峰。

⑤**云根**：奇异的山石。

译文

其一：当年离开杭州之时，头发还是黑色的，强自宽慰离别之情，展望再会之时。如今又要离开杭州，我的头发已经白了，看来只能来生再会杭州了。

其二：我的仕履进退有些像白居易，但也不敢因为自己老迈就和前贤相比。想要弃官去追随白居易的洛社，还能有二十年的闲居生活。

其三：和白居易一样在杭州为官六百多天，不记得去过天竺峰多少次了。此次行踪难定，要是能把天竺峰上奇异的山石带走该多好啊。

感旧诗

题解

宋哲宗元祐六年（1091），苏轼任翰林学士，时苏辙任尚书右丞，为避嫌疑，苏轼多次要求调离京师。这时，贾易、赵君锡等举《归宜兴留题竹西寺》一诗，弹劾苏轼在神宗死后作诗自庆。苏轼上奏章辩解，并奏请回避贾易。不久，苏轼以龙图阁学士派知颍州，遂作此诗留别苏辙。

原文

嘉祐中，予与子由同举制策，寓居怀远驿，时年二十六，而子由二十三耳。一日，秋风起，雨作，中夜翛然，始有感慨离合之意。自尔宦游四方，不相见者十常七八。每夏秋之交，风雨作，木落草衰，辄凄然有此感，盖三十年矣。元丰中谪居黄冈，而子由亦贬筠州，尝作诗以记其事。元祐六年，予自杭州召还，居子由东府数月，复出领汝阴，时予年五十六矣，乃作诗留别子由而去。

床头枕驰道①，**双阙夜未央**。

车毂鸣枕中②，**客梦安得长**。

新秋入梧叶，风雨惊洞房③。

独行残月影，怅焉感初凉。

筮仕记怀远④，谪居念黄冈。

一往三十年，此怀未始忘。

扣门呼阿同⑤，安寝已太康。

青山映华发，归计三月粮⑥。

我欲自汝阴⑦，径上潼江章⑧。

想见冰盘中，石蜜与柿霜⑨。

怜子遇明主，忧患已再尝。

报国何时毕，我心久已降。

●秋夜

注释

①枕驰道：指靠近官道。

②车毂：车轮中心的圆木。

③洞房：深邃的内房。

④筮仕：古人外出做官要事先占卜吉凶，称为筮仕。

⑤阿同：作者自注：子由一字同叔。

⑥三月粮：《庄子·逍遥游》载："适千里者三月聚粮。"

⑦汝阴：颍川，今安徽阜阳。

⑧潼江：水名，属潼川府，府治在今四川三台县，也称东川。

⑨"想见"二句：作者此处自注：予欲请东川而归，二物皆东川所出。

译文

床头靠近官道，宫廷的深夜没有尽头。车轮声仿佛总是在耳边作响，睡梦怎么能够安稳。秋天刚到，梧桐叶子就变了颜色，风雨凄凉，即使住在深邃的内室也能感到寒冷。我独自行走在残月影中，心内怅然，感到了丝丝凉意。还记得当年我们一同出仕为官，后来我被贬谪到了黄冈。这一晃就是三十年的光阴啊，实在无法忘怀。叩门叫你，你已经睡熟了，十分安适宁静。青山映衬着我花白的头发，是该早做归隐的打

算了。我想自颍川上表，请求到潼江就任。因为想得到石蜜与柿霜，这两样东西只有潼江出产。你经历了不少忧愁，如今终于得到重用。报效国家是没有尽头的，而我的心已经平静如水了。

泛 颍

题 解

宋哲宗元祐六年（1091）八月，苏轼改知知州。到任不久后，与友人泛于颍水之上，作此诗。

原 文

我性喜临水，得颍意甚奇。

到官十日来，九日河之湄。

吏民笑相语："使君老而痴"①。

使君实不痴，流水有令姿。

绕郡十余里，不驶亦不迟。

上流直而清，下流曲而漪。

画船俯明镜，笑问 "汝为谁"。

忽然生鳞甲，乱我须与眉。

散为百东坡，顷刻复在兹。

此岂水薄相②，与我相娱嬉。

声色与臭味③，颠倒炫小儿。

等是儿戏物，水中少磷缁。

赵陈两欧阳④，同参天人师⑤。

观妙各有得，共赋泛颍诗。

●与客泛舟

注 释

①**使君**：作者自称。

②**薄相**：轻薄，开玩笑。

③**臭味**：美味，香气。臭，香气。

④**赵陈两欧阳**：与苏轼同游的四位好友：赵令畤、陈师道、欧阳叔弼、欧阳季默。

⑤**天人师**：佛之别号，以其为天与人之师，故称。

译 文

　　我天生就爱临水而居，能得到颍州之任实在是意外。到达任所才不过十天，却有九天到颍河之滨来。小吏和百姓互相说笑："这个太守真是又老又痴。"其实并不是太守痴迷，而是流水美好的姿态让我驻足。环绕郡城十多里，水流不急也不慢。上流的水笔直而清澈，下流的水曲折多波澜。我从画船上俯视明镜般的水面，笑问水中身影你到底是哪位？忽然间风过处水面生出鳞甲般细细的波纹，一下子吹乱了我的胡须和双眉。水中波底分散成一百个东坡，一会儿风平浪静，我的身影又清晰出现在此地。这难道是河水在和我做游戏吗，是在以此和我娱乐嬉戏啊！声色和香气让小孩子神魂颠倒，但同样是戏弄人的游戏，这河水就没有污染。和我同游的四位好友，一起来参验自然人事的妙谛。每个人都有不同的心得，共同赋写这泛舟颍川河水的诗篇。

淮上早发

题 解

　　宋哲宗元祐七年（1092），苏轼得朝廷命移知扬州，二月末离开颍州，三月经淮上作此诗。

原 文

　　澹月倾云画角哀①，小风吹水碧鳞开。

　　此生定向江湖老，默数淮中十往来。

注 释

①**画角**：古乐器名。

淡淡的月光洒向薄薄的云层，报晓声响起，有些凄凉。微风吹着水面，碧绿的水面上泛起了细小的波纹。这一生注定是要在江湖上漂泊终老了，心里默默地数着往返这淮河，到如今已有十次了。

送晁美叔发运右司年兄赴阙

题 解

宋哲宗元祐七年（1092）三月，苏轼到扬州上任。七月，晁美叔自扬州还朝，苏轼作此诗相送。晁美叔，字端彦，与苏轼同年登科。

原 文

我年二十无朋俦①，当时四海一子由。

君来扣门如有求，颀然鹤骨清而修②。

醉翁遣我从子游③，翁如退之蹈轲丘④。

尚欲放子出一头⑤，酒醒梦断四十秋。

病鹤不病骨愈虬，惟有我颜老可羞。

醉翁宾客散九州，几人白发还相收。

我如怀祖拙自谋⑥，正作尚书已过优。

君求会稽实良筹⑦，往看万壑争交流。

注 释

①俦：同伴。

②颀然：修长的样子。

③醉翁：欧阳修自号醉翁，曾介绍苏轼与晁美叔相识。

④退之：韩愈的字。轲丘：指孟子和孔子。

⑤尚欲放子出一头：作者自注：嘉祐初，轼与子由寓兴国浴室，美叔忽见访云：吾从欧阳公游久矣，公令我来，与子定交，谓子必名世，老夫亦须放他出一头地。

⑥**怀祖**：晋代王述，字怀祖，与王羲之齐名。王羲之轻视他，曾对宾客说："怀祖只可作尚书。"

⑦**君求会稽实良筹**：作者自注："美叔方乞越。"

译　文

　　我在二十多岁时并没有什么朋友，四海之内也只有弟弟子由算是我的知己。你登门来访一副有事相求的神色，身材修长仪容清秀。原来是醉翁介绍你与我相交，醉翁是同韩愈一样的人，一生恪守孔孟之道的名士。回想当初醉翁说过的话，至今犹响在耳畔，昨日情景恍如梦中，距今已经四十年了。你修长的身材虽然清瘦如鹤，却是矫健有力，只有我老态龙钟真是惭愧。欧阳修的门客如今已经星散，在世的也大多白发苍颜，还有几人能互相接纳，保持旧交呢。我拙于谋身，能像怀祖那样做到尚书已经是大过所望了。会稽山川壮美，你要求到那里任职正是良好的计划。

送襄阳从事李友谅归钱塘

题　解

　　宋哲宗元祐八年（1093）初作于汴京。李友谅，字仲益，钱塘人，即将到襄阳赴任，苏轼写诗为其送行。

原　文

　　居杭积五岁，自意本杭人。

　　故山归无家，欲卜西湖邻。

　　良田不难买，静士谁当亲。

　　髯张既超然①，老潜亦绝伦②。

　　李子冰玉姿③，文行两清淳。

　　归从三人游，便足了此身。

　　公堤不改昨④，姥岭行开新⑤。

　　幽梦随子去，松花落衣巾。

注　释

①髯张：字秉道，苏轼的友人。

②老潜：道潜，也叫参寥子。

③李子：指李友谅。

④公堤：苏轼当年所筑。

⑤姥岭：杭州一山岭名。

译　文

我在杭州任官前后五载，自认为已经是杭州人了。故乡已经没有家人了，不如就与这西湖为邻吧。不是买不起此地的好田地，只是这里还有谁能和我亲近往来呢。髯张已经超然世外，老潜也是这样。友谅姿容俊美，文章和为人都一样清雅淳厚。不如我跟随你三人的踪迹，从此游历老此一生吧。我昔日筑的长堤还是旧时样貌，姥岭行将开辟出新的道路。多想随你一同上路，看落花沾满衣襟。

送黄师是赴两浙宪

题　解

此诗作于宋哲宗元祐八年（1093）。黄师是，名实，为苏轼姻亲，其两女为苏辙的儿媳。黄师是被派为两浙提点刑狱，苏轼作诗送别。

原　文

世久无此士，我晚得王孙①。

宁非叔度家，岂出次公门②。

白首沉下吏，绿衣有公言③。

哀哉吴越人，久为江湖吞。

官自倒tǎng lǐn帑廪，饱不及黎元④。

近闻海上港，渐出水底村。

愿君五袴手⑤，招此半菽魂⑥。

一见刺史天，稍忘狱吏尊。

诗

一〇三

会稽入吾手⑦，镜湖小于盆。

比我东来时，无复疮痍存。

注释

①**王孙：**古时对出身高贵的人的通称，此处指黄师是。

②**叔度：**东汉黄宪，字叔度，心胸宽宏，以德行见重于世。**次公：**西汉黄霸，字次公，政绩卓著。

③**绿衣有公言：**苏轼为黄师是饯行时，侍妾朝云劝酒黄师是，说："他人皆进用，而君数补外，何也？"此处"绿衣"指朝云。

④**倒帑廪：**把粮库和钱库翻倒，指挥霍无度。**黎元：**百姓。

⑤**五袴手：**使百姓富裕的能手。《后汉书·廉范传》载：廉范迁蜀郡太守，施法便民，百姓为歌谣说："不禁火，民安作。平生无襦今五袴。"

⑥**半菽魂：**指因饥饿而濒临死亡的百姓。半菽，指粗劣的食物。

⑦**会稽入吾手：**白居易《游坊口悬泉偶题石上》："济源山水好，老尹知之久。常日听人言，今秋入吾手。"又，据王十朋注引赵次公语："是时先生欲乞守钺。"

译文

世上已经很久没有你这样的人才了，我自恨与你相识太晚。你岂非出自黄叔度、黄次公的门庭吗？颇有他二人的遗风。你在官场一直得不到重用，我很是心酸，朝云对此倒是说过一句公道话。如今江浙一带水灾严重，许久得不到缓解。官员挥霍钱粮无度，而百姓饥饿却无人过问。听说近日洪水渐退，露出了被淹没的村庄。希望你到任后能采取措施，解救那些饥饿的百姓。百姓见到你这样正直的清官，就不怕那些擅自作威作福的官吏了。等我到会稽上任后，水灾必定已经消失，镜湖也就变小了。那时浙东的疮痍在你的治理下一定已经不复存在了。

东府雨中别子由

题解

宋哲宗元祐八年（1093）八月，苏轼以端明殿学士兼翰林侍读学士出知定州（今河北定州）。九月十四日，苏轼至东府告别苏辙，作此诗。

庭下梧桐树，三年三见汝。

前年适汝阴^①，见汝鸣秋雨。

去年秋雨时，我自广陵归。

今年中山去，白首归无期。

客去莫叹息^②，主人亦是客^③。

对床定悠悠，夜雨空萧瑟。

起折梧桐枝，赠汝千里行。

归来知健否，莫忘此时情。

注　释

①**汝阴**：指颍州。

②**客**：指苏轼。

③**主人**：指苏辙。

译　文

庭院中的梧桐树，三年来见你三次。前年我被派往了汝阴，在秋雨中与你话别。去年的秋天，我又从广陵被召回京师，在此与你相见。今年我要到定州赴任了，又在雨中与你话别，年纪大了，不知道还有没有回来的日子。我走了你不要悲伤，你在仕途上也和我一样，很不安稳，至今仍是如此。我们对床而语，绵绵不尽，与此相伴的是不尽的萧索的夜雨。你折下一枝梧桐给我送行，嘱咐我要健康地回来，依依别情令我难以忘怀。

鹤　叹

题　解

宋哲宗元祐八年（1093），苏轼到定州后作此诗，描绘了鹤的形与神。

园中有鹤驯可呼，我欲呼之立坐隅。

鹤有难色侧睨予^①，岂欲臆对如鹏乎^②。

我生如寄良畸孤^③，三尺长胫阁瘦躯。

俯啄少许便有余，何至以身为子娱。

驱之上堂立斯须^④，投以饼饵视若无。

戛然长鸣乃下趋^⑤，难进易退我不如^⑥。

注 释

①侧睨：不正视。

②鹏：又名山鸮，夜鸣，声恶，古人认为是不祥之鸟。贾谊《鵩鸟赋》："请问于鹏兮，予去何之？吉乎告我，凶言其灾。……鹏乃叹息，举首奋翼。口不能言，请对以臆。"

③畸孤：奇异孤独。

④斯须：同"须臾"，一会儿，形容时间短。

⑤戛然：鸟鸣声。

⑥进、退：出仕与退隐。此处是以鹤喻人。

译 文

园中有鹤驯服可呼唤，我想喊它站在我坐的角落里。鹤显得十分为难，侧眼睛看我，难道是要我像面对山鸮一样猜测它的心思吗？这鹤依靠别人生活，身材长得奇异修长，长长的腿上是瘦瘦的身体。低头吃少许食物便能存活，又何必以自身供人娱乐呢。强行把鹤弄到堂上，喂给它食物它视若无睹。站了一会儿，长长地鸣叫一声便又飞了下去。让它上前难，下去却很容易，这种品性使我自叹不如。

临城道中作

题 解

宋哲宗元祐时期，高太后听政，在政治上倾向于守旧派。高太后死后，哲宗于元祐八年（1093）十月亲政，次年改年号为绍圣，起用变法派。苏轼因此遭到迫害，被罢黜定州任，责知英州（今广东英德），此诗便作于南行途中。

　　予初赴中山，连日风埃，未尝了了见太行也。今将适岭表，颇以是为恨。过临城内丘，天气忽清彻，西望太行，草木可数，冈峦北走，崖谷秀杰。忽悟叹曰：吾南迁其速返乎？退之衡山之祥也。书以付迈，使志之。

逐客何人著眼看，太行千里送征鞍。

未应愚谷能留柳①，可独衡山解识韩②。

　　①未应愚谷能留柳：唐朝柳宗元在永贞革新失败后长期贬居永州，寄情山水，傍溪而居，并将冉溪改称愚溪，自称"余以愚触罪"。

　　②可独衡山解识韩：韩愈因上表实报关中旱灾，要求停征赋税，得罪了幸臣而被贬到连州阳山（今属广东），两年后遇到朝廷赦免，改任江陵（今属湖北）法曹参军，赴任途中幸运地看到了衡山诸峰。

　　我这个被贬之人，怕是没有人愿意看上一眼，只有太行山多情为我送行。也许我不能像柳宗元那样，在边郡长久停留吧。也许能像韩愈那样，还能看到衡山诸峰的奇景，只希望我能够早日北归。

南康望湖亭

　　宋哲宗绍圣元年（1094），苏轼在赴英州的途中经过安徽当涂，接到了谪贬惠州的诰命，便让次子苏迨到宜兴长子苏迈处暂居，自己和侍妾朝云、三子苏过奔赴惠州。八月经过南康时，苏轼作此诗。南康，在今江西省。

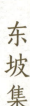

原文

八月渡长湖，萧条万象疏。

西风片帆急，暮霭一山孤^①。

许国心犹在，康时术已虚^②。

岷峨家万里^③，投老得归无。

注释

①一山孤：指鄱阳湖中的大孤山。

②康时：匡时、治世。

③岷峨：岷指的是岷山，在今四川松潘县北；峨指的是峨眉山。它们都是苏轼家乡的名山。

译文

八月渡过了彭蠡湖，万物萧条。秋风吹动船帆走得飞快，天色渐暗，只能望见孤零零的山峰。报效国家的心意未变，然而治世的谋略却很不实际。家乡的群山在万里之外，不知道老了还有没有机会再回故乡。

秧马歌

题解

宋哲宗绍圣元年（1094），苏轼南行途中路过庐陵（今江西吉安），见到曾安止（字移忠）。曾安止出示了自己写的《禾谱》，苏轼惜其不谱农器。苏轼曾在武昌看到农民骑着秧马插秧，比起弓着腰手植要大大节省劳力。苏轼于是作《秧马歌》，宣传这种新式农具的良好效能。后来苏轼到了惠州，将此诗出示给惠州博罗县令林抃，林抃试用并推广了这种农具。

原文

过庐陵，见宣德郎致仕曾君安止，出所作《禾谱》，文既温雅，事亦翔实，惜其有所缺，不谱农器也。予昔游武昌，见农夫皆骑秧马，以榆枣为腹，欲其滑；以楸桐为背，欲其轻；腹如小舟，昂其首尾；背如覆瓦，以便两髀雀跃于泥中；系束藁其首以缚秧。日行千畦，较之伛偻而作者，劳佚相绝矣。《史记》：禹乘四载，泥行乘橇。解者曰，橇形如箕，摘行泥上。岂秧马之类乎？作《秧马歌》一首，附于《禾谱》之末云。

春云濛濛雨凄凄，春秧欲老翠剡齐^①。

嗟我妇子行水泥，朝分一垅暮千畦。

腰如箜篌首啄鸡，筋烦骨殆声酸嘶。

我有桐马手自提，头尻轩昂腹胁低^②。

背如覆瓦去角圭，以我两足为四蹄。

耸踊滑汰如凫鹥，纤纤束藁亦可赍^③。

何用繁缨与月题^④，揭从畦东走畦西^⑤。

山城欲闭闻鼓鼙，忽作的卢跃檀溪^⑥。

归来挂壁从高栖，了无刍秣饥不啼^⑦。

少壮骑汝逮老羸^⑧，何曾蹶轶防颠隮。

锦鞯公子朝金闺，笑我一生踏牛犁，

不知自有木驷骎？

注 释

①剡：尖。

②头尻：头和屁股。

③赍：带。

④繁缨：马的腹带和颈革。**月题**：马的络头。

⑤揭：去。

⑥的卢：马名，指额部有白色斑点的马。《三国志》记载，刘备曾骑着这匹马逃脱险境。

⑦刍秣：饲养牛马的草料。

⑧老羸：颜色黑黄。

译 文

　　春雨凄凄，播种的青翠的稻苗整整齐齐。可叹妇女和孩子们要在泥水中插秧，从早干到晚，一天要插上千畦。插秧的人弯着腰，低着头，好像啄米的鸡，筋骨疲惫酸痛，不时发出嘶哑的叹息声。我曾看见过可以自动插秧的桐马，马的头和屁股高，腹部胁骨低。马背好像倒置的瓦去掉了角棱，人拿着它，用自己的双足替代马的四肢。用这种桐马插秧，可以像凫鸟一样跳跃，细小的秧苗也可以被带起来。不需要马的腹带、颈革和络头，就可以在田垄上东奔西走。听见鼓响，山城要关门就可以像宝马的卢一样越过深潭。插秧回来后，桐马挂在墙上就可以休息了，一点儿也不用吃草料。使用这种秧马，无论壮年还是老人都不会摔跤，很是安全。那些骑着锦鞍骏马的贵公子入朝时，会笑我一生驾牛耕田，他们哪里知道，我有这木制的良马呢。

八月七日初入赣，过惶恐滩

东坡集

题 解

宋哲宗绍圣元年（1094），苏轼在河北定州知州任上，先后被贬官到广东英州、广西宁远、广东惠州。苏轼在赴惠州途中，乘船入赣江，经过江西万安县的惶恐滩。面对险滩，远离故乡与朝廷，前途渺茫的苏轼，以达观的精神写下了这首诗。

原 文

七千里外二毛人①，十八滩头一叶身②。

山忆喜欢劳远梦③，地名惶恐泣孤臣④。

长风送客添帆腹，积雨浮舟减石鳞⑤。

便合与官充水手，此生何止略知津。

注 释

①**七千里**：指作者家乡距离赣江里程的约数，意遥远。**二毛人**：头发兼有黑白二色的人，垂老的人。

②**十八滩**：赣江有十八处险滩。**一叶身**：乘坐一叶扁舟的人。

③**山忆喜欢劳远梦**：作者自注："蜀道有错喜欢铺，在大散关上。"

④**惶恐**：惶恐滩，赣江十八险滩之一。

⑤**减石鳞**：多日下雨，水涨高没过石头，原来水流石上形成的鱼鳞式的波纹就减少了。

　　我这个头发斑白的老人，只身飘零于离故乡七千里外的荒野，乘着小舟穿越赣江十八个险滩，就像在激流旋涡中翻滚的一片树叶。看到江两岸的山峰，梦中就想起了蜀道上的错喜欢铺；而过惶恐滩的时候，又令我这被贬之人伤心落泪。风一直不停地吹，鼓起船帆来送客；雨在不停地下，江水上涨浮动着行船，水面的石鳞波纹也少了许多。我就应该去当个水手，为官府驾船；我一生经历如此多的风浪，岂止是仅仅知道几个渡口而已。

十月二日初到惠州

题　解

　　宋哲宗绍圣元年（1094）十月，苏轼到达惠州后作此诗。

原　文

　　仿佛曾游岂梦中，欣然鸡犬识新丰①。

　　吏民惊怪坐何事，父老相携迎此翁。

　　苏武岂知还漠北，管宁自欲老辽东。

　　岭南万户皆春色②，会有幽人客寓公。

注　释

　　①**鸡犬识新丰**：《西京杂记》卷二载：刘邦之父徙居长安，凄怆不乐，刘邦为建新丰，"并移旧社，衢巷栋宇，物色惟旧，士女老幼，相携路首，各知其室。放犬羊鸡鸭于通途，亦竞识其家"。

　　②**岭南**：泛指两广一带。**春色**：作者自注："岭南万户酒。"此处的"春色"指酒。

译　文

　　我仿佛曾经游历过这里，并非梦中，眼前的一切仿佛如旧识。官吏和百姓都奇怪我是犯了什么罪才会来这里，父老相互搀扶着来迎接我这老头。当年苏武难以预料能否从漠北归还，而管宁则自愿定居在辽东，我的情形也正是如此。这里家家户户都酿造美酒，应当会有高雅的人士来招呼我一同饮酒啊。

游博罗香积寺

题解

此诗作于宋哲宗绍圣二年（1095）三月。博罗是惠州的属县，香积寺在博罗县的西山脚下。

原文

寺去县七里，三山犬牙，夹道皆美田，麦禾甚茂。寺下溪水可作碓磨，若筑塘百步，闸而落之，可转两轮举四杵也。以属县令林抃，使督成之。

二年流落蛙鱼乡①，朝来喜见麦吐芒。

东风摇波舞净绿，初日泫露醋娇黄。

汪汪春泥已没膝，剡剡秋谷初分秧。

谁言万里出无友，见此二美喜欲狂。

三山屏拥僧舍小②，一溪雷转松阴凉。

要令水力供臼磨，与相地脉增堤防。

霏霏落雪看收面，隐隐叠鼓闻春糠。

散流一啜云子白③，炊裂十字琼肌香。

岂惟牢丸荐古味④，要使真一流天浆⑤。

诗成捧腹便绝倒，书生说食真膏肓⑥。

注释

①蛙鱼乡：低湿多水之地而多蛙和鱼，此指惠州。

②三山：指当地的大北山、象头山和白水山。

③啜：喝。

④牢丸：作者自注："束皙《饼赋》云：'馒头、薄持、起搜、牢丸。'"牢丸指的是蒸煮成的米团一类的食品。

⑤真一：酒名，用米、麦、水酿造而成，苏轼曾在岭南自酿此酒。

⑥**膏肓：**重病。

译文

流落惠州两年，欣喜地看到麦子生出了嫩芽。微风吹拂，麦浪舞动着嫩绿的叶子，清晨阳光照耀，露珠欲滴，麦穗呈现出浓浓的娇艳黄色。汪洋一片的春泥没过了膝盖，青翠发光的秋谷刚刚分秧。谁说万里之外的惠州没有朋友，我见到这麦苗和禾稻欣喜若狂。惠州邻近的三座大山像屏风一样簇拥靠近，其间的僧寺便显得分外小了。溪水如雷般流转之处，松树荫中，空气凉爽宜人。应该利用这溪水来建立碓磨，观察地形筑堤修塘。那时用水力磨面、舂米，水碓声响，白面纷纷落下，该多好啊。用稻米做成洁白的粥，用白面蒸出香酥的炊饼。碓磨不但可以加工米面，做出讲究的食品，还可以用来酿造美酒呢。写完这首诗不禁感到有些可笑，我这样一介书生一本正经地谈论吃喝真是有病啊。

赠王子直秀才

题解

此诗作于宋哲宗绍圣二年（1095）。王子直，名原，号鹤田处士。此诗描绘了王子直闲居田园的潇洒生活。

原文

万里云山一破裘，杖端闲挂百钱游。

五车书已留儿读，二顷田应为鹤谋①。

水底笙歌蛙两部，山中奴婢橘千头。

幅巾我欲相随去②，海上何人识故侯③。

●**闲居田园**

住处幽雅，溪边有蛙欢叫，果树成荫，不用担心衣食。闲居田园的日子让人何等艳美！

诗

一一三

注 释

①**为鹤谋：**王子直家住鹤田山。

②**幅巾：**古时男子用一幅绢来束发，是一种儒生的装束。

③**故侯：**旧时的官员，此处是作者自指。

译 文

穿着一件破旧的裘衣游历万里山水，百钱就这样随意挂在手杖上。丰富的藏书留在家中给儿孙诵读，鹤田山上还有两顷薄田是为鹤留着的。住处幽雅，溪边有蛙欢叫，果树成荫，不用担心衣食。我愿头戴幅巾随你归隐江湖，海滨还有什么人能认出我从前是做官的？

四月十一日初食荔支

题 解

宋哲宗绍圣二年（1095），苏轼在惠州初食荔枝后作此诗。

原 文

南村诸杨北村卢①，白花青叶冬不枯。

垂黄缀紫烟雨里，特与荔子为先驱。

海山仙人绛罗襦，红纱中单白玉肤②。

不须更待妃子笑③，风骨自是倾城姝。

不知天公有意无，遣此尤物生海隅。

云山得伴松桧老，霜雪自困楂梨粗。

先生洗盏酌桂醑④，冰盘荐此桢虬珠⑤。

似闻江鳐斫玉柱，更洗河豚烹腹腴⑥。

我生涉世本为口，一官久已轻莼鲈⑦。

人间何者非梦幻，南来万里真良图。

注 释

①**南村诸杨北村卢**：作者自注："谓杨梅、卢橘也。"

②**中单**：内衣。

③**妃子笑**：指唐朝杨贵妃。杜牧的《过华清宫绝句三首》中有"一骑红尘妃子笑，无人知是荔枝来"的诗句。

④**桂醑**：美酒。

⑤**赪虬珠**：红色的龙珠，此处指荔枝。

⑥**"似闻"二句**：作者自注："予尝谓荔支厚味高格两绝，果中无比，惟江鳐柱、河豚鱼近之耳。"斫，用刀切开。江鳐，蛤蜊一类的海产品。腹腴，鱼腹下的肥肉。

⑦**莼鲈**：莼菜和鲈鱼，代指乡味或乡思。《世说新语·识鉴》载：吴郡人张翰在异地为官，"在洛见秋风起，因思吴中菰菜羹、鲈鱼脍，曰：'人生贵得适意尔，何能羁宦数千里以要名爵！'遂命驾便归"。

译 文

　　南村有杨梅，北村有卢橘，白色的花朵、青青的叶子，冬天也不落败。烟雨蒙蒙的春天里，它们的果实开始成熟，特意给荔枝做先驱。荔枝的外壳好似海上仙女的大红袄，荔枝的内皮便是仙女红纱的内衣，里面包裹着洁白的皮肤。根本无须美人杨贵妃的赏鉴，荔枝本身自有动人的资质、绝世的容颜。天公遗留这仙品在凡尘，不知是有意还是无意，让它生在这偏僻的海隅。这荔枝与松树一同生长，不同于山楂、梨子那样，会因霜雪变得果质粗糙。主人清洗杯盏，斟满了美酒，用洁白的盘子端来了这红色龙珠般的荔枝。我听说荔枝的美味好似烹制好的江鳐柱，又像鲜美的河豚腹。我一生做官不过是为了糊口养家，为求得一官半职，早把乡土之念看轻了。人间什么不是梦幻？能在异乡品尝到如此美味的果实，贬谪到这遥远的南方真是一件好事啊！

荔支叹

题 解

　　宋哲宗绍圣二年（1095），苏轼在惠州初次尝到荔枝，不禁联想到汉、唐贡荔枝害民、扰民之事，乃作此诗。

十里一置飞尘灰[①]，五里一堠兵火催[②]。

颠坑仆谷相枕藉[③]，知是荔支龙眼来。

飞车跨山鹘横海[④]，风枝露叶如新采。

宫中美人一破颜，惊尘溅血流千载。

永元荔支来交州，天宝岁贡取之涪[⑤]。

至今欲食林甫肉，无人举觞酹伯游。

我愿天公怜赤子，莫生尤物为疮痏[⑥]。

雨顺风调百谷登，民不饥寒为上瑞。

君不见武夷溪边粟粒芽[⑦]，前丁后蔡相笼加[⑧]。

争新买宠各出意，今年斗品充官茶[⑨]。

吾君所乏岂此物，致养口体何陋耶。

洛阳相君忠孝家，可怜亦进姚黄花[⑩]。

①**置**：古代的驿站，差馆歇脚换马的地方。

②**堠**：古代路旁的里程堡，此处也指驿站。

③**枕藉**：重叠堆积。

④**鹘**：一种海鸟，此处喻指海船。

⑤**"永元"二句**：作者自注："汉永元中交州进荔支龙眼，十里一置，五里一堠，奔驰死亡，罹猛兽毒虫之害者无数。唐羌字伯游，为临武长，上书言状，和帝罢之。唐天宝中盖取涪州荔支，自子午谷路进入。"

⑥**疮痏**：疮伤，此处指灾害。

⑦**粟粒芽**：武夷茶的最上品。

⑧**前丁后蔡相笼加**：作者自注："大小龙茶始于丁晋公，成于蔡君谟。欧阳永叔闻君谟进小龙团，惊叹曰：君谟士人也，何至作此事！"前丁，指丁谓，字谓之，北宋真宗时为参知政事。后蔡，指蔡襄，字君谟，北宋仁宗初年的进士。

⑨**"争新"二句**：作者自注："今年闽中监司乞进斗茶，许之。"

⑩ **"洛阳"二句**：作者自注："洛阳贡花，自钱惟演始。"姚黄花，一种牡丹名品。

译 文

　　五里路、十里路设一驿站，运送荔枝的马匹，扬起满天灰尘，急如星火；路旁坑谷中摔死的人交杂重叠，百姓都知道，这是进贡的荔枝龙眼经过。飞快的车儿越过了重重高山，似隼鸟疾飞过海；到长安时，青枝绿叶，仿佛刚从树上摘采一样新鲜。为了宫中美人开口一笑，那扬起的尘土，那飞溅的鲜血，就要持续千年之久！永元年间的荔枝来自交州，天宝年间的荔枝来自涪州，人们到今天还恨不得生吃李林甫的肉，有谁把酒去祭奠唐伯游？我只希望天公可怜可怜老百姓，不要生这样的尤物成为祸害。只愿风调雨顺百谷丰收，人民免受饥寒就是最好的祥瑞。你没见到武夷溪边名茶粟粒芽，前有丁谓，后有蔡襄，装笼加封进贡给官家？争新买宠各出巧意，弄得今年斗品也成了贡茶。我们的君主难道缺少这些东西？只知满足口体欲望，见识是何等的浅陋！可惜洛阳留守钱惟演是忠孝世家，也为邀宠进贡牡丹花！

章质夫送酒六壶，书至而酒不达，戏作小诗问之

题 解

　　此诗作于宋哲宗绍圣二年（1095）。章质夫时任广州知府，给苏轼送来酒，没想到送酒的官吏在路上摔倒，酒都洒了，苏轼遂作此诗，幽默地答谢了一番。

原 文

　　白衣送酒舞渊明①，急扫风轩洗破觥②。
　　岂意青州六从事③，化为乌有一先生④。
　　空烦左手持新蟹⑤，漫绕东篱嗅落英。
　　南海使君今北海⑥，定分百榼饷春耕⑦。

注 释

　　①**白衣送酒舞渊明**：《续晋阳秋》载："王弘为江州刺史。陶潜九月九日无酒，于宅边东篱下菊丛中摘盈把，坐其侧。未几，望见一白衣人至，乃刺史王弘送酒也。即便就酌而后归。"此处以王弘比章棻，而自比陶渊明。

②觥：古时的一种酒器。

③青州六从事：美酒的隐语。《世说新语·术解》载：桓公（桓温）有主簿善别酒，有酒辄令先尝，好者谓"青州从事"，恶者谓"平原督邮"。

④乌有一先生：乌有先生，司马相如《子虚赋》中虚拟之人。

⑤左手持新蟹：《世说新语·任诞篇》载：毕卓（字茂世）语："一手持蟹螯，一手持酒杯，拍浮酒池中，便足了一生。"

⑥南海使君：指章质夫，广东古有南海之称。北海：指孔融，因其曾任北海相，故人称孔北海。《后汉书·孔融传》载：孔融"宾客日盈其门，常叹曰：'坐上客恒满，尊中酒不空，吾无忧矣。'"

⑦榼：盛酒的器具。

译文

听闻你要来给我送酒，就像当年白衣人给陶渊明送酒一样，我急忙清扫凉轩，洗涤酒器。可没想到这六壶美酒没有等来。徒然手持蟹螯，却没有美酒相伴，只能环绕篱笆嗅落花。我知道你就像孔融一样慷慨好客，一定会拿出百盏美酒来款待春耕的人。

纵 笔

题解

宋哲宗绍圣四年（1097），苏轼寓居惠州嘉祐寺，作此诗。据《艇斋诗话》载：此诗传至汴京，章惇读后笑曰："苏子尚尔快活邪？"又贬苏轼到昌化军（今海南儋州）。

原文

白头萧散满霜风，小阁藤床寄病容。

报道先生春睡美，道人轻打五更钟。

译文

白发稀疏，在霜风中飘散，养病卧在寺中小小阁楼的一张藤床上。有人禀报说：东坡先生此刻春睡香甜，道人不敢打扰，轻轻敲打五更的更鼓。

吾谪海南，子由雷州，被命即行，了不相知，至梧乃闻尚在藤也。旦夕当追及，作此诗示之

题解

宋哲宗绍圣四年（1097）四月，苏轼再次被贬为琼州（今海南海口）别驾，昌化军安置，不得签书公事。苏辙也由筠州贬为化州别驾，雷州（今广东海康）安置。苏轼将家属安置在惠州，自己带三子苏过奔赴贬所。行至梧州（今广西梧州），闻苏辙尚在藤州（今广西藤县），乃作此诗。

原文

> 九疑联绵属衡湘[1]，苍梧独在天一方。
>
> 孤城吹角烟树里，落月未落江苍茫。
>
> 幽人拊枕坐叹息，我行忽至舜所藏[2]。
>
> 江边父老能说子，白须红颊如君长。
>
> 莫嫌琼雷隔云海[3]，圣恩尚许遥相望。
>
> 平生学道真实意，岂与穷达俱存亡。
>
> 天其以我为箕子[4]，要使此意留要荒。
>
> 他年谁作舆地志[5]，海南万里真吾乡。

注释

①**九疑**：指九嶷山，在湖南南部。

②**舜所藏**：大舜的葬身之地。《史记·五帝本纪》载：舜"南巡狩，崩于苍梧之野，葬于江南九疑"。

③**琼雷**：琼州和雷州，分别是苏轼和苏辙的贬所，两地隔海相对。

④**箕子**：殷商贵族，周武王灭商后，被封于朝鲜。

⑤**舆地志**：古代地理方面的书籍。

　　九嶷山盘亘在衡阳、湘北一带，苍梧郡则独踞南方。边塞孤城，号角声在烟树里回荡，月亮则挂在苍茫的江面上。我抱着枕头无法入睡，独自叹息，想不到竟然来到了当年大舜的葬身之地。江边的父老见过你，纷纷对我说起你的相貌，白色的胡须、红红的脸颊和我很是相像。你不要叹息琼州和雷州隔着大海，这是皇帝的恩德，允许你我兄弟二人隔海相望。我们平生真心学道，不会因为穷困或是发达而改变心性。上天是把我当作箕子一样，因此才让我流落异乡偏远的地方。以后谁来编撰这里的地方志，万里海南真的是我的家乡。

行琼儋间，肩舆坐睡，梦中得句云："千山动鳞甲，万谷酤笙钟。"觉而遇清风急雨，戏作此数句

　　宋哲宗绍圣四年（1097），苏轼在赴海南的途中，于藤州遇到了贬官雷州的苏辙，二人一同行至雷州，然后苏轼告别苏辙，渡海南去。此诗是苏轼渡海后，由琼州到儋州途中遇雨所作。

　　四州环一岛①，百洞蟠其中。

　　我行西北隅，如度月半弓。

　　登高望中原，但见积水空。

　　此生当安归，四顾真途穷。

　　眇观大瀛海，坐咏谈天翁②。

　　茫茫太仓中③，一米谁雌雄。

　　幽怀忽破散，永啸来天风。

　　千山动鳞甲，万谷酤笙钟。

　　安知非群仙，钧天宴未终④。

东坡集

一二〇

喜我归有期，举酒属青童⑤。

急雨岂无意，催诗走群龙。

梦云忽变色，笑电亦改容。

应怪东坡老，颜衰语徒工。

久矣此妙声，不闻蓬莱宫⑥。

注　释

①**四州**：指琼州、崖州、儋州和万安州。
②**谈天翁**：战国时，齐人邹衍善谈论天象，人称"谈天衍"。
③**太仓**：古代京城中的谷仓。
④**钧天宴**：神仙的宴会。
⑤**青童**：神仙的名字。
⑥**蓬莱宫**：唐代宫殿名。

译　文

　　琼州、崖州、儋州和万安州环绕组成海南岛，黎族人居住的洞穴盘结其中。我从琼州走到儋州，正好是在海南岛的西北方走了一条弧形的道路，有如半弦月的形状。登上高处向北方中原望去，只见一片汪洋大海。这辈子还能否走出这个岛呢？想来是不太可能了。远望域外的大海，想到了谈论天体的邹衍。海南岛对于中国来说，就像谷仓中的一粒米，有谁会在乎它的大小呢。想到这些，抑郁的心结忽然开了，仰天长啸，忽如天风自来。此时山间的草木都如鳞甲般扇动，谷穴中风的回声如仙乐弹奏。有谁知道这一定是洞穴的风声，也许是神仙的宴会还未结束，仙乐飘散而来吧。高兴的是我回归有望，举酒向青童仙人敬酒。这风卷暴雨不是无意而落，是群龙降雨催动了我的诗兴。看到我的诗作，云团变了颜色，闪电改了笑容。它们可能是惊异我虽然老了，容颜衰老，可诗句依然有力，这么美妙的声音在蓬莱宫中很久没听到过了。

和陶与殷晋安别，送昌化军使张中

【题解】

宋哲宗元符二年（1099），昌化军使（由儋州知州兼任）张中为了照顾苏轼，让他暂住行衙，后来派了军士修葺伦江驿供其居住。张中时常给苏轼送酒，陪他下棋，两人相处甚欢。不久后湖南提举常平官董必察访岭南，将苏轼逐出了官舍，张中也被罢职，调往他处。苏轼写诗送别，表达了自己对张中的感激。

【原文】

孤生知永弃，末路嗟长勤。

久安儋耳陋，日与雕题亲①。

海国此奇士②，官居我东邻。

卯酒无虚日③，夜棋有达晨。

小瓮多自酿，一瓢时见分。

仍将对床梦，伴我五更春。

暂聚水上萍，忽散风中云。

恐无再见日，笑谈来生因。

空吟清诗送，不救归装贫。

【注释】

①雕题：古代指南方的少数民族，此处特指黎族。

②海国：指海南岛。

③卯酒：早晨喝的酒。

【译文】

这一生依然清楚地知道要被永远留在此地了，在儋州僻陋之地居住的时间长了，也安稳习惯了，每天往来的都是黎族的百姓。海南岛有一个叫张中的人，在此地为官，与我相邻。我们每天一起下棋、饮酒，通宵达旦。张中的酒多是自己酿造的，哪怕有一瓢酒，也会和我分着喝。有时同卧一室，伴我度过不眠之夜。短暂的相聚如水上浮萍，忽然分散，好像被狂风吹散的云。此生恐怕是无缘再相见了，只能把见面的希望寄托来生。我只能写这样一首诗给你送行，你的行囊简陋，我却无力相助。

●祭礼服

纵笔三首

题解

宋哲宗元符二年（1099），苏轼由惠州贬所再贬儋州，时已六十四岁，且病魔缠身，正处于"食无肉，居无室，病无药，出无友"的困境。此年岁末，作《纵笔三首》。

原文

其一

寂寂东坡一病翁，白须萧散满霜风①。
小儿误喜朱颜在，一笑那知是酒红。

其二

父老争看乌角巾②，应缘曾现宰官身③。
溪边古路三叉口，独立斜阳数过人。

其三

北船不到米如珠，醉饱萧条半月无。

明日东家当祭灶^④，只鸡斗酒定膰吾^⑤。

译文

其一：孤苦寂然的东坡老翁（我）在病中，须发萧然，就像一世不散的霜风。邻家儿童欣喜地夸我脸色泛红，我淡然一笑，他们哪里知道这原来是酒后的醉容。

其二：父老们争着看我这黑色的头巾，是因为我这个平民，曾有过官职在身。而如今，百无聊赖，站在溪边古路的三叉路上，看夕阳西沉，数过路行人。

其三：北来的粮船未到，近来米贵如珍珠，半月不知饱和醉，好清苦。好在明天是祭灶日，难得这年末岁尾，东邻杀了鸡，酿了酒，定会馈赠我一些。

集评

纪昀《纪评苏诗》卷四：（其一）"叹老意如此出之，语妙天下。"（其二）"含情不尽。"（其三）"真得好。"

王文浩《苏文忠公诗集编注集成》卷四十二："此三首平淡之极，却有无限作用在内，未易以情景论也。"

汲江煎茶

题解

此诗是苏轼于宋哲宗元符三年（1100）在儋州贬所所作。

原文

活水还须活火烹①，自临钓石取深清②。

大瓢贮月归春瓮③，小杓分江入夜瓶④。

雪乳已翻煎处脚⑤，松风忽作泻时声。

枯肠未易禁三碗⑥，坐听荒城长短更⑦。

注释

①**活水**：从流动的江水中取来的水。**活火**：作者自注："唐人云：茶须缓火炙，活火煎。"

②**深清**：指既深又清的江水。

③**贮月**：月亮映在水中。

④**分江**：舀出江水。

⑤**雪乳**：浓茶。**脚**：茶脚。

⑥**枯肠未易禁三碗**：唐代卢仝《谢孟谏议寄新茶》中说："一碗喉吻润；二碗破孤闷；三碗搜孤肠，惟有文字五千卷；四碗发轻汗，平生不平事，尽向毛孔散；五碗肌骨清；六碗通仙灵；七碗吃不得也，惟觉两腋习习清风生。"描写了饮茶的欢快。

⑦**长短更**：打更敲梆子，敲击次数少叫短，次数多叫长。

译文

烹茶要用流动的活水，还要用旺火来煎。我亲自到江中突兀的石头上，取来既深又清的江水。用大瓢舀水，将水中的月亮也一同舀进瓮中，再用小勺舀出江水分装入瓶。煎煮时浓茶和茶脚翻滚，水沸腾时的声音好像风吹松林。我的枯肠喝不了三碗，独坐听着这荒凉的山城的声声更鼓。

集评

　　杨万里《诚斋诗话》："东坡《煎茶》诗云：'活水还须活火烹，自临钓石取深清。'第二句七字而具五意：水清，一也；深处清，二也；石下之水，非有泥土，三也；石乃钓石，非寻常之石，四也；东坡自汲，非遣奴卒，五也。'大瓢贮月归春瓮，小杓分江入夜瓶。'其状水之清美极矣。分江二字，此尤难下。'雪乳已翻煎处脚，松风忽作泻时声。'此倒语也，尤为诗家妙法，即少陵'红稻啄余鹦鹉粒，碧梧栖老凤凰枝'

也。'枯肠未易禁三碗，卧听荒城长短更。'又翻却卢仝公案。仝吃到七碗，坡不禁三碗。山城更漏无定，长短二字，有无穷之味。"

儋 耳

东坡集

题 解

此诗作于北宋元符三年（1100）。此年正月，宋哲宗去世，宋徽宗继位，宋神宗皇后向氏以皇太后身份处理军国大事，政局在短时间内发生了有利于元祐党人的变化。原来被贬的元祐党人，已死的追复原官，未死的都迁回内郡居住。六十五岁高龄的苏轼于五月内迁廉州（今广西合浦）。这首诗即作于此时。

原 文

霹雳收威暮雨开，独凭阑槛倚崔嵬^{wéi}①。

垂天雌霓云端下②，快意雄风海上来。

野老已歌丰岁语，除书欲放逐臣回③。

残年饱饭东坡老，一壑能专万事灰④。

注 释

①**崔嵬**：山峰高峻。
②**雌霓**：双虹中色彩浅淡的叫霓，也叫副虹。
③**除书**：古代拜官授爵的公文，此处指令苏轼移廉州的诰命。
④**一壑能专**：占有一丘一壑。

译 文

临近傍晚，云开雨散，雷电收起淫威。倚靠着栏杆，我独自观赏大自然的瑰丽。一道雌虹自云端垂天而下，雄风从海上吹来，顿感快意。田间的老人已经发出丰年的赞歌颂语，圣上的赦书将把流放的大臣放回。苏东坡已经老了，只求余生吃饱饭，只要一个山沟能安心养神，其他万事俱成灰。

澄迈驿通潮阁二首

题解

宋哲宗元符三年（1100）六月，苏轼赴廉州途中经过澄迈驿，作此两诗。澄迈是县名，在今海南。通潮阁，在澄迈县西，又名通明阁。

原文

其一

倦客愁闻归路遥，眼明飞阁俯长桥①。
贪看白鹭横秋浦，不觉青林没晚潮。

其二

余生欲老海南村，帝遣巫阳招我魂②。
杳杳天低鹘没处③，青山一发是中原。

注释

①俯：下临。

②帝遣巫阳招我魂：《楚辞·招魂》载："帝告巫阳曰：'有人在下，我欲辅之。魂魄离散，汝筮予之。'巫阳焉乃下招曰：'魂兮归来。'"

③杳杳：幽远的样貌。

译文

其一：北归的路如此遥远，令倦游的人听着就发愁，眼前飞檐四张的通潮阁下便是长桥，景象明丽喜人。看不够白鹭横飞过秋水之滨的美景，不知不觉间傍晚已到，潮水退去，隐没在青林之后。

其二：本来剩下的日子就要在海南岛这个偏僻的地方度过了，没想到朝廷又将我召回。天空幽远，鹘飞去消失的地方，连绵的青山犹如头发丝一样若有若无，那里就是遥远的中原啊。

六月二十日夜渡海

东坡集

题 解

苏轼在宋哲宗元符三年（1100）六月二十日渡海北上往廉州，在海南岛稽留的时间正好是三年零八天。这首诗就是写渡海北上那个晚上的情景。

原 文

　　参横斗转欲三更①，苦雨终风也解晴②。

　　云散月明谁点缀，天容海色本澄清。

　　空余鲁叟乘桴意③，粗识轩辕奏乐声④。

　　九死南荒吾不恨，兹游奇绝冠平生。

注 释

①**参横斗转**：参星横挂在天上，北斗七星的斗柄已转得很低。

②**终风**：整天风不停。

③**空余鲁叟乘桴意**：孔子曾经说："道不行，乘桴浮于海。"意思说如果政治主张行不通就算了，可以乘坐小木筏漂到海上去。

④**粗识轩辕奏乐声**：《庄子·天运》："北门成问于黄帝曰：'帝张《咸池》之乐于洞庭之野，吾始闻之惧，复闻之怠，卒闻之惑，荡荡默默，乃不自得。'"此处苏轼以北门成听懂黄帝之乐来表达通过自己的人生经历而粗识得失两忘、荣辱等齐的人生哲理。

译 文

发船渡海正是三更时分，参星横挂在天上，北斗七星的斗柄已转得很低。连绵下个不止的阴雨，总有停的时候；成天刮个不停的风，也总有止住的时候。天上的乌云散了，一弯明月挂在天空，不知这景致是什么人安排点缀的？其实天空的面貌，海水的颜色，本来就是澄澈清白的。我本想学孔子"乘桴浮于海"退出官场，现在孔子的主意对我来说是用不着的了。如今政局转为平和，我也大略领会到黄帝的乐曲《咸池》的温润乐声了。被贬到这南方边远的荒岛上虽然是九死一生，但最后一行，我并不悔恨，因为这次南游见闻奇绝，实是我平生所仅见。

赠岭上老人

题解

元符三年（1100），哲宗病死，苏轼遇赦北还，此时已是六十五岁，携子苏过从海南乘一叶扁舟渡过琼州海峡，过赣北行。据《独醒杂志》卷二载：苏轼走到庾岭上，少憩一小村店，有一老翁出来问从者："这个当官的是谁？"从人回答："苏尚书。"老翁说："是苏子瞻吗？"从人："是。""我闻人害公者百端，今日北归，是天佑善人也。"东坡微笑而谢之，于是题了这首诗在墙壁上。

原文

鹤骨霜髯心已灰，青松合抱手亲栽。

问翁大庾岭头住，曾见南迁几个回？

译文

瘦骨嶙峋，胡须花白，早已没有了当年的雄心壮志。当年栽下的松树，如今已经十分粗大了。问老翁：您一直在这大庾岭上居住，曾经见过几个被贬的人回来？

虔州吕倚承事，年八十三，读书作诗不已，好收古今帖，贫甚，至食不足

题解

宋哲宗元符三年（1100）三月，苏轼在虔州会晤吕倚（字梦得）。吕倚出示了古今书一轴，苏轼写此诗，表示了对吕倚倾情诗书的敬重和老境贫寒的同情。虔州，今赣州。

原文

扬雄老无子①，冯衍终不遇②。

一二九

不识孔方兄③，但有灵照女④。

家藏古今帖，墨色照箱筥⑤。

饥来据空案，一字不堪煮。

枯肠五千卷，磊落相撑拄⑥。

吟为蜩蛁声，时有岛可句⑦。
（tiáo）

为语里长者，德齿敬已古。

如翁有几人，薄少可时助⑧。

译文

扬雄年老无子，冯衍仕途上总是不顺。吕倚承事一生没有多少钱，只有一个善解人意的女儿。家中收藏着古今的帖，竹子编成的筐中满是墨色。空空的案子上没有食物，却舍不得卖掉古今帖换粮食。读书很多，满腹的文章。吟诗声情美妙，好似唐代的贾岛和诗僧无可。我告诉乡里的负责人，尊重年长德高之人是自古以来的传统，像吕倚这样的老人很是少见，应当不时给予他少许的资助。

自题金山画像

题 解

　　元符三年（1100），被放逐到儋州的苏轼遇赦北返，途经润州（今江苏镇江），游览了金山寺，看到寺内好友李公麟为他画的画像还在。这是李公麟十年前所画，后来苏轼接连遭受贬谪，寺里的住持冒着极大的危险才使画像保存下来。他眼见画作，回顾平生，感慨万千，写下了这首诗。

●身如不系之舟

一生漂泊不定，就像无法拴系的小船。

原 文

　　心似已灰之木，身如不系之舟。

　　问汝平生功业，黄州惠州儋州。

译 文

　　心如死灰，寂静无欲，一生漂泊不定，就像无法拴系的小舟。若问我平生的功业在哪里，那就是黄州、惠州和儋州。

诗

一三一

词

行香子·过七里滩

题解

这首词作于宋神宗熙宁六年（1073）春二月。苏轼时任杭州通判。他巡查富阳，由新城至桐庐，经过七里滩时作此词。七里滩，在浙江桐庐县境，东汉严光曾在此垂钓。

原文

一叶舟轻，双桨鸿惊。水天清、影湛波平。鱼翻藻鉴，鹭点烟汀①。过沙溪急，霜溪冷，月溪明。

重重似画，曲曲如屏。算当年、虚老严陵。君臣一梦，今古空名②。但远山长，云山乱，晓山青。

注释

①汀：水中或水边的平地、小洲。

②空名：严光与光武帝刘秀少年时是同学，光武即位，访聘严光至京师，夜共偃卧，除谏议大夫，不就，归耕富春山，垂钓七里滩。词意谓光武帝和严光空成一段虚名佳话，却未能君臣相济，真正成就一番事业。

译文

一叶小舟轻快，双桨荡起如翻飞的惊鸿。水、天一色清明，水下倒影澄澈，水面波平如镜。长着水草的江水像镜子般清明，可以看见鱼儿在水中游动；水边沙洲，烟霭朦胧，白鹭点点隐现。船儿驶过湍急的沙溪、冰冷的霜溪，又驶过明亮的月溪。

两岸山连山，重重叠叠有如画景；水流曲曲折折，又好似展开的屏风。笑严光当年白白地终老在此，而今黄帝和隐士也已如梦一般消失，只留下一个空名。眼前只剩下远山连绵不断，云山朦胧迷乱，还有晓来山峰的一片翠青。

行香子·丹阳寄述古

港鹰牌

题解

宋神宗熙宁六年（1073），苏轼受转运司征召，赴常、润、苏、秀州赈济饥民。次年正月，过丹阳，作此词。述古，即陈襄，时为杭州知州。丹阳，属浙江西路润州，在润州东南。

原文

携手江村，梅雪飘裙①。情何限、处处消魂。故人不见②，旧曲重闻。向望湖楼，孤山寺，涌金门③。

寻常行处，题诗千首，绣罗衫、与拂红尘④。别来相忆，知是何人。有湖中月，江边柳，陇头云⑤。

注释

①**梅雪飘裙**：梅花似雪，洒落衣裙上。

②**故人**：这里指陈襄。

③**望湖楼**：亦称看经楼，在杭州西湖旁，五代吴越王钱俶所建。**孤山寺**：在西湖里、外二湖之间，有孤峰耸立，名曰孤山，山上有寺，南朝陈代所建。**涌金门**：杭州城旧有十门，正西门称涌金门。

④**绣罗衫、与拂红尘**：《青箱杂记》卷六载，寇准与魏野同游僧寺，有留题处，寇准诗都用碧纱笼着，魏野诗则尘蒙其上。从行歌妓看到，就用红袖把魏题诗处的尘土拂去。苏词是以寇准比陈襄，以魏野自比。

⑤**湖**：指西湖。**江**：指钱塘江。**陇**：冈垄，指孤山。

译文

正值梅花似雪，飘沾衣襟的时候，和老朋友携手到城外游春。游赏时无比欢乐，销魂陶醉。此时不见老朋友，不禁想起了昔日一同游玩的情景。那些我们在杭州西湖诗酒游乐的地方——望湖楼、孤山寺、涌金门，一一浮现眼前。

那时游乐所至，都有题诗，不下千首。身边有佳人相伴，罗衫轻拂。自离开杭州后，是谁在思念我呢？还有西湖的残月、钱塘江边的柳树和孤山上的白云。

瑞鹧鸪·观潮

题 解

此词作于宋神宗熙宁六年（1073）八月十五日的杭州。

原 文

碧山影里小红旗，侬是江南踏浪儿①。拍手欲嘲山简醉②，齐声争唱浪婆词③。

西兴渡口帆初落④，渔浦山头日未欹⑤。侬欲送潮歌底曲⑥？尊前还唱使君诗⑦。

注 释

①**踏浪儿**：参加水戏的选手。

②**拍手欲嘲山简醉**：《晋书·山涛传》载：山涛之子山简嗜酒，常出游，每饮必醉，时有儿童歌曰："山公出何许？往至高阳池。日夕倒载归，酩酊无所知。"唐李白的《襄阳歌》说："襄阳小儿齐拍手，拦街争唱《白铜鞮》。旁人借问笑何事，笑杀山公醉似泥。"

③**浪婆**：波涛之神。古时弄潮儿要饮酒拜波涛之神。

④**西兴渡口**：在今浙江杭州市萧山区西，与杭州隔江相对，是当时吴越一带重要的渡口。

⑤**渔浦**：位于杭州，与六和塔隔江相对，是当时的繁华之地。**欹**：斜。

⑥**底**：什么。古时弄潮，开头唱迎潮曲，结束唱送潮曲。

⑦**尊**：通"樽"，酒器。**使君**：汉代称太守为使君，此处指当时与其同游的杭州知州陈襄。

译 文

巨浪影里舞动着小红旗，我是江南踏浪弄潮的小伙子。拍手想笑我如山简酩酊醉，两岸观众齐唱浪婆词。

西兴渡口赛舟的帆刚落，渔浦山头的太阳还没有偏移。我想送潮该唱哪一支曲？

对酒还应高歌陈太守作的诗。

昭君怨·金山送柳子玉

东坡集

题 解

这首词作于熙宁七年（1074）二月苏轼杭州通判任上。熙宁六年（1073）十一月，苏轼赴常州、润州一带赈饥，柳瑾（字子玉）赴怀宁之灵仙观，二人结伴而行。次年二月，苏轼在金山送别子玉，遂作此词以赠。金山今位于江苏镇江，宋时为长江中岛屿，现与长江南岸相连。柳子玉（即柳瑾），北宋书法家，苏轼的亲戚。

原 文

谁作桓伊三弄①，惊破绿窗幽梦②。新月与愁烟，满江天③。

欲去又还不去④，明日落花飞絮。飞絮送行舟，水东流。

注 释

①桓伊三弄：桓伊，字叔夏，小字子野。东晋时音乐家，善吹笛，为江左第一。据《世说新语》载，王徽之遇桓伊，闻其善吹笛，于是请其一奏。桓伊下车，踞坐胡床，为作三调。三弄，即三调。

②绿窗：罩有碧纱的窗子，诗词中多指女子居室。

③"新月"二句：客将远行，故如此说。张继《枫桥夜泊》："月落乌啼霜满天，江枫渔火对愁眠。姑苏城外寒山寺，夜半钟声到客船。"

④欲去又还不去：欲去还留恋，不忍离去。

译 文

午夜时分，不知是谁吹起了悠扬的笛曲，惊扰了我的好梦。推开窗户，只见江天茫茫，天上挂着一弯新月。

想要离开却还留恋，迟迟没有成行，明天则是花落絮飞的季节，多情的柳絮，像是明白我的心意，追逐行舟，代人送行。而滔滔江水，依旧东流入海。

蝶恋花·京口得乡书

宋神宗熙宁七年（1074），苏轼在杭州通判任上，曾到京口（今镇江市北，宋时为浙江西路之丹徒。），得乡书，遂作此词，抒发了浓厚的思乡之情。

原 文

雨后春容清更丽，只有离人，幽恨终难洗。北固山前三面水①，碧琼梳拥青螺髻②。

一纸乡书来万里，问我何年，真个成归计。白首送春拚一醉③，东风吹破千行泪。

注 释

①**北固山**：在镇江北，北峰三面临水，地势险要，故称。

②**碧琼梳**：指江水如碧玉做的梳子。**青螺髻**：螺壳状的女子发髻，此处喻指北固山的峰峦。

③**拚一醉**：不顾自己酒量，只求一醉方休。

译 文

雨后春天的景色更加清秀美丽。只有那远离故乡的人，深沉的愁恨总洗不去。北固山下三面都是水。弧形的江面，仿佛碧玉梳子；苍翠的山峰，好像美人的发髻。

万里外的家乡来了一封信，问我什么时候能回家团聚？鬓已白，春将尽，不惜一醉送春去，春风倒还多情，抹去我的行行泪涕。

醉落魄·离京口作

题 解

此词作于宋神宗熙宁七年（1074）苏轼任杭州通判时。

轻云微月，二更酒醒船初发。孤城回望苍烟合①。记得歌时，不记归时节。

巾偏扇坠藤床滑，觉来幽梦无人说。此生飘荡何时歇？家在西南，常作东南别②。

注 释

①**合**：笼罩。

②**"家在"二句**：苏轼的家乡在四川眉山，所以说"西南"。他这时正任杭州通判，经常来往于镇江、丹阳、常州一带，所以说"东南别"。此句写作者仕宦飘零。

译 文

轻轻的云絮，微微的月色，二更天时从酒醉中醒来，船刚开始出发。回头望，孤城笼罩在青烟之中。还记得离别时起舞作歌的情景，却记不起什么时候乘船离去。

酒醒后头巾偏斜，扇子坠落，藤床格外细腻光滑。一觉醒来，忧愁的梦无人可倾诉。此生的飘荡什么时候才能休止呢？家住西南眉山，却在东南一次次地作别。

少年游·润州作，代人寄远

题 解

此词作于宋神宗熙宁七年（1074），苏轼时任杭州通判，因赈济灾民而去润州（今江苏镇江）。词作于是时。"代人寄远"，代别人拟作寄给远方的人。或谓苏轼代夫人王闰之寄给自己的词。

原 文

去年相送，余杭门外①，飞雪似杨花。今年春尽，杨花似雪，犹不见还家。

对酒卷帘邀明月②，风露透窗纱。恰似姮娥怜双燕③，分明照、画梁斜。

注 释

①**余杭门**：北宋时杭州的北门之一。

②**对酒卷帘邀明月**：写月下独饮。

③**姮娥**：即嫦娥，月中女神，亦代指月。

译 文

去年相送于余杭门外，大雪纷飞如同杨花。如今春天已尽，杨花飘絮似飞雪，却不见离人归来，怎能不叫人牵肠挂肚呢？

卷起帘子举起杯，邀明月对饮，可是风露又乘隙而入，透过窗纱，扑入襟怀。月光无限怜爱那双宿双栖的燕子，把它的光辉与柔情斜斜地洒向画梁上的燕巢。

江城子·湖上与张先同赋，时闻弹筝

题 解

此词作于宋神宗熙宁五年（1072），苏轼时任杭州通判，与当时已八十余岁的著名词人张先同游西湖，此词为咏筝之作。上片写弹筝女，而以雨后水上风物和听筝者的爱慕做烘衬。下片以"闻"字领起写筝声，却用湘灵来听和曲终人不见，只有数峰青做渲染，写弹筝的高超技艺和感人的音乐效果。

原 文

凤凰山下雨初晴，水风清，晚霞明。一朵芙蕖，开过尚盈盈①。何处飞来双白鹭②？如有意，慕娉婷③。

忽闻江上弄哀筝④，苦含情⑤，遣谁听？烟敛云收，依约是湘灵。欲待曲终寻问取，人不见，数峰青⑥。

注 释

①**盈盈**：轻盈美丽的样子，此处用来映衬弹筝女子的姿容。

②**白鹭**：鹭的一种，又称鹭鸶。此处暗指爱慕弹筝人的男子。

③**娉婷**：形容女子美好的姿态。

④**弄**：弹奏。

⑤**苦**：甚、极的意思。

⑥**"欲待"三句**：用唐钱起《湘灵鼓瑟》中"曲中人不见，江上数峰青"的诗意。

译文

雨后初晴的凤凰山下，水清，风轻，明丽的晚霞映衬着湖光山色。湖面上的一朵荷花亭亭玉立，虽然开过了，但是仍然美丽、清净。不知从何处飞来一对白鹭，它们就好像有意来倾慕弹筝人的美丽一样，故意停留在水面上。

忽然听见江上有人弹筝，筝声凄清哀婉，似含无尽悲情，可这又有谁人来听，谁人能懂呢？烟霭为之敛容，云彩为之收色，这曲子就好像是湘水女神在倾诉自己的哀伤。一曲终了，她已经飘然远逝，只见青翠的山峰，仍然静静地立在湖边，那哀怨的乐曲仿佛依然在山水间回荡。

虞美人·有美堂赠述古

题解

此词作于宋神宗熙宁七年（1074）七月苏轼任杭州通判时。时杭州太守陈襄（字述古）调任，即将离杭，设宴于杭州城中吴山上之有美堂。应陈襄之请，苏轼即席写下了此词。

原文

湖山信是东南美①，一望弥千里。使君能得几回来？便使樽前醉倒更徘徊。

沙河塘里灯初上②，水调谁家唱。夜阑风静欲归时③，惟有一江明月碧琉璃。

注释

①**湖山**：嘉祐初，学士梅挚任杭州太守，宋仁宗曾作诗送行曰："地有湖山美，东南第一州。"此句即从仁宗诗来。梅挚到任后筑有美堂于吴山。**信**：的确。

②**沙河塘**：在杭州城南，宋时为杭州繁华之地。

③**阑**：残，尽，晚。

译 文

　　最美的湖山的确是在东南，在杭州吴山有美堂远望，千里湖光山色尽入眼底。使君能来几回呀？好不容易来了，那就请痛饮几杯吧，但愿醉倒再不离去。

　　看，沙河塘里华灯初放。听，是谁把动人心弦的《水调》来弹唱？当夜深风静我们扶醉欲归时，只见在一轮明月的映照下，钱塘江水澄澈得像一面绿色的玻璃一样。

江城子·孤山竹阁送述古

题 解

　　这首词作于宋神宗熙宁七年（1074），是苏轼早期送别词中的佳作。词中传神地描摹歌伎的口气，代他向即将由杭州调知应天府（今河南商丘南）的僚友陈襄（字述古）表示惜别之意。此词风格柔婉却又哀而不伤，艳而不俗。作者对于歌伎的情态和心理描摹得细致入微，栩栩如生。

原 文

　　翠蛾羞黛怯人看①。掩霜纨②，泪偷弹。且尽一尊，收泪唱《阳关》③。漫道帝城天样远④，天易见，见君难⑤。

　　画堂新创近孤山⑥。曲阑干，为谁安？飞絮落花，春色属明年。欲棹小舟寻旧事，无处问，水连天。

注 释

　　①**翠蛾羞黛**：蛾，指蛾眉。黛，指青黛，女子画眉颜料。

　　②**霜纨**：指白纨扇。纨，细绢。

　　③**阳关**：古琴曲《阳关三叠》，又称《阳关曲》《渭城曲》，据唐代王维《送元二使安西》谱写而成。

　　④**帝城**：指南都，陈述古将由杭州调任那里。

　　⑤**天易见，见君难**：化用"举目则见日，不见长安"语，言再见陈述古不容易了。

　　⑥**画堂**：指孤山寺内与竹阁相连接的柏堂。柏堂，僧志诠（与苏轼同时）建，事在熙宁六年（1073）七月，苏轼有《孤山二咏》诗文，故此处曰"新创"。

美丽的歌女为离别而伤心，却又怕人看见而被取笑，于是手执白纨扇掩遮面容，让泪珠儿暗暗流下。请再饮一杯酒，收起离别的泪，唱起一曲《阳关》。人们都说帝城像天一样遥远，可天再远也易见，再想见你却是难上加难！

画堂新建，色彩斑斓，依山傍水在孤山上，还有精巧玲珑的曲栏杆，可以凭栏远眺西湖景色。可是你一离去，画堂栏杆将为谁安置？眼前花絮飘落，与春色相逢只有待来年。明年春日驾着小舟寻觅旧迹，怕也难寻到往日欢踪，只有天连水，水连天，渺茫一片。

南乡子·送述古

题解

宋神宗熙宁七年（1074）七月，陈襄移任南都（今河南商丘南），苏轼追送于临平舟中，作此词。

原文

　　回首乱山横，不见居人只见城①。谁似临平山上塔②，亭亭，迎客西来送客行。

　　归路晚风清，一枕初寒梦不成。今夜残灯斜照处，荧荧③，秋雨晴时泪不晴。

注释

①城：指临平山所在的临平镇，在今杭州东北四十五里。唐欧阳詹《初发太原途中寄太原所思》："高城已不见，况复城中人。"苏词用其意而略有变化。

②临平山：在临平镇东十余里，山上有塔。

③荧荧：微光闪亮的样子，此处指灯下泪光。

译文

回头乱山横亘的远山，已看不见城中的人影，只隐隐看见一座城。谁像那临平山上的高塔，亭亭仝立，迎送西来东往的客人。

回家的路上，晚风凄清，枕上初寒，辗转反侧，难以入眠。今夜残灯斜照，微光闪烁，绵绵的秋雨虽然停了，但我思念的泪水还没有流干。

南乡子·自述

题解

据孔凡礼《苏轼年谱》考证，《苏轼佚文汇编》卷三《与范子丰》二首之一："外郡虽粗俗，然每日惟早衙一时辰许纷纷，余萧然皆我有也。"与此词中所写为同一景象，当作于徐州，时在宋神宗元丰元年（1078）。

原 文

凉簟碧纱厨^{dian}①，一枕清风昼睡余。睡听晚衙无个事②，徐徐，读尽床头几卷书。

搔首赋归欤，自觉功名懒更疏。若问使君才与术，何如？占得人间一味愚③。

注 释

①纱厨：古人挂在床的木架子上，夏天用来避蚊蝇的纱帐。
②晚衙：古时官署一日两次坐衙办公，晚间的那次称晚衙。
③一味：一向，总是。

译 文

竹席清凉，纱帐碧绿，白天枕着阵阵清风睡觉，晚间坐在衙门办公，没有一点儿公事，太悠闲了，靠着床读书打发时间。

挠挠头，作了一首归隐之诗，自认为自己是疏于功名了，要问使君我的才学和气度怎么样，只占得人间的一个"愚"字。

醉落魄·席上呈元素

题　解

　　宋神宗熙宁七年(1074)六月,陈襄除知应天府(今商丘),杨绘继任。九月,杨绘召还为翰林学士,苏轼亦移知密州(今山东诸城),二人同行。十月至润州,与杨绘别,苏轼作此词。杨元素,名绘,四川绵竹人,苏轼的同乡和友人。

原　文

　　分携如昨①,人生到处萍飘泊。偶然相聚还离索。多病多愁,须信从来错。

　　尊前一笑休辞却,天涯同是伤沦落②。故山犹负平生约,西望峨眉,长羡归飞鹤③。

注　释

　　①分携:熙宁四年苏轼到杭州为官,时杨绘任御史中丞,二人曾在汴京相别。

　　②天涯同是伤沦落:杨元素与苏轼一样,都对变法持有异议,因此外放为官。

　　③归飞鹤:陶潜《搜神后记》载:"丁令威本辽东人,学道于灵虚山,后化鹤归辽,集城门华表柱。时有少年举弓欲射之,鹤乃飞,徘徊空中而言曰:'有鸟有鸟丁令威,去家千年今始归。城郭如故人民非,何不学仙冢垒垒。'遂高上冲天。"

●鹤

译　文

　　今日的分别恍如昨日的汴京相别,人生漂泊如同浮萍,相聚只是偶然,马

东坡集

上又是分别，陪伴的是孤独寂寞。叹只叹，体弱多病，愁肠百转，才知道一开始就都错了。

在这酒席之上，我们开怀痛饮吧，千万不要推辞啊，因为同是天涯沦落人。早就约定辞官归隐，回归故里，可叹哪，一次又一次地失信。翘首西望，峨眉依稀可见，只能徒然地羡慕奋翅归飞的白鹤。

浣溪沙·菊节

[题解]

此词作于宋神宗熙宁七年（1074）重阳节前一日（九月初八），是苏轼与杨元素杭州宴别时所作。菊节，菊花节，即重阳节，因重阳节有饮酒赏菊之俗，故称。

[原文]

自杭移密守，席上别杨元素，时重阳前一日。

缥缈危楼紫翠间①，良辰乐事古难全②。感时怀旧独凄然。

璧月琼枝空夜夜③，菊花人貌自年年。不知来岁与谁看？

[注释]

①缥缈：隐隐约约、若有若无的样子。

②**良辰乐事古难全**：谢灵运《拟魏太子邺中集诗八首序》："天下良辰、美景、赏心、乐事，四者难并。"

③**璧月**：月亮像璧玉一样。《陈书·张贵妃传》："其曲有《玉树后庭花》《临春月》等。其略曰：'璧月夜夜满，琼树朝朝新。'"**琼枝**：像美玉一样的树枝。《酉阳杂俎》卷一："旧言月中有桂，有蟾蜍。"此处琼枝当指月中桂树。

[译文]

高楼在紫云翠峰之间若隐若现，良辰与乐事都凑齐全，从古至今，着实很难。感时怀旧，不觉凄然落泪。

圆月和玉树徒然出现于夜间，菊花岁岁相似，人貌却一年年不同。不知来年我将跟谁一同饮酒赏菊？

沁园春·赴密州早行，马上寄子由

题解

　　这首词是宋神宗熙宁七年（1074），苏轼在由杭州移守密州的途中寄给其弟苏辙的。

原文

　　孤馆灯青，野店鸡号，旅枕梦残。渐月华收练①，晨霜耿耿，云山摛锦②，朝露泫泫。世路无穷，劳生有限③，似此区区长鲜欢。微吟罢，凭征鞍无语，往事千端。

　　当时共客长安④，似二陆初来俱少年⑤。有笔头千字，胸中万卷，致君尧舜⑥，此事何难。用舍由时，行藏在我⑦，袖手何妨闲处看。身长健，但优游卒岁⑧，且斗尊前。

注释

①**渐月华收练**：本句意谓拂晓时月亮渐渐收起光辉。

②**摛锦**：铺开锦绣，形容景色美丽。

③**劳生**：劳累的人生。《庄子·大宗师》载："夫大块载我以形，劳我以生。"

④**共客长安**：宋仁宗嘉祐元年（1056）苏轼二十一岁，苏辙十八岁，到汴京举进士，声名大振。

⑤**二陆**：西晋陆机、陆云。太康末年，兄弟二人到晋都洛阳，才气横溢，深受张华推重。

⑥**"有笔"三句**：化用杜甫《奉赠韦左丞丈二十二韵》中"读书破万卷，下笔如有神""致君尧舜上，再使风俗淳"等句。苏轼兄弟在汴京时都曾写出大量策论和奏议文章，提出许多

●陆机

　　陆机，字士横，吴郡吴县（今江苏苏州）人，西晋文学家、书法家，与其弟陆云合称"二陆"。

政治社会改革建议，后因反对王安石的新法，出任外地官。"致君尧舜"意谓使君主成为如尧舜一样的圣人。

⑦"用舍"二句：翻用《论语·述而》"用之则行，舍之则藏"句，意谓用不用我由时势决定，行与藏则凭我们自己选择。

⑧优游卒岁：怡然自得地度过岁月。《左传·襄公二十一年》载："优哉游哉，聊以卒岁。"

译 文

孤零零的旅舍灯光青冷，荒野中一声声鸡鸣，旅枕的梦也残缺不清。渐渐地，晓月淡去了白绢似的皎洁，早晨的霜透着一片晶莹，山上白云如展开的锦缎，朝露点点与晨光辉映。人间的行程没个尽头，有限的是这劳顿的人生，似这般无足称道的平庸，难得有欢愉的心境。低首微吟罢，骑在征鞍上，默默无语，无尽往事涌入心中。

当年客居汴京，我们风华正茂，如同陆机、陆云兄弟初到京城一样年轻。觉得有妙笔在手，文思泉涌，诗书万卷在胸，自以为辅佐圣上使其成为尧舜一样的明君圣主，这事儿有什么难的？（没料到却是如今这番光景。）重用与否在时在势，入世、出世，却由自己把握，不妨袖手闲看风云。但愿你我身体永远康健，只须终年悠闲游乐，姑且杯中取醉寻欢。

永遇乐

题 解

宋神宗熙宁七年（1074）八月十五日，孙巨源离海州赴京，任修起居注、知制诰。苏轼九月下旬离杭赴知密州，两人会于润州甘露寺多景楼，同至楚州相别。十一月苏轼至海州，与海州知州陈某会于景疏楼，作此词寄孙巨源。孙巨源，名洙，扬州人。因反对王安石新法，请求外任，知海州（今江苏连云港）。

原 文

孙巨源以八月十五日离海州，坐别于景疏楼上，既而与余会于润州，至楚州乃别。余以十一月十五日至海州，与太守会于景疏楼上，作此词以寄巨源。

长忆别时，景疏楼上①**，明月如水。美酒清歌，留连不住，月随人千里。别来三度，孤光又满**②**，冷落共谁同醉。卷珠帘，凄然**

词

顾影，共伊到明无寐③。

今朝有客，来从澭上④，能道使君深意。凭仗清淮⑤，分明到海，中有相思泪。而今何在？西垣清禁⑥，夜永露华侵被。此时看、回廊晓月，也应暗记。

【注 释】

①景疏楼：在海州东北。

②"别来"二句：孙巨源离开海州是八月十五，至十一月十五苏轼在景疏楼作此词，恰好是三度月圆。

③伊：身影。

④澭：水名，由河南开封东流，经安徽、江苏入泗水。

⑤清淮：淮水，发源于河南，经安徽、江苏北部入海。

⑥西垣清禁：西垣指中书省。清禁指皇宫。北宋时中书省设在禁中，是为皇帝写诏令的机构。孙巨源任修起居注、知制诰，在宫值宿。

【译 文】

想象你当时离开海州的场景，在景疏楼上，那月光像水一般。喝着美酒，唱着清歌，可惜你还是得离开，只有月光跟随你一同到千里之外。现在是你走之后的第三个月，又是一个月圆之夜，我一个人喝着酒，冷冷清清，与谁同醉着？卷上珠帘，凄然地看着月影，伴着月光，一宿无眠。

今天有个客人，来自澭水旁，他告诉我你也很想我，那思念的泪水融入清清的淮水，流进大海。而今你在哪儿呢？你在中书省，你在宫中，在漫漫长夜里，露水沾湿了被子。这时的你，在回廊里看着月亮，心里也应想起我们从前的相聚吧。

蝶恋花·密州上元

【题 解】

此词作于宋神宗熙宁八年（1075），苏轼当时在密州。词中描绘了杭州上元节和密州上元节的不同景象，流露了对杭州的思念和初来密州时的寂寞之情。上元，即元宵节。

原文

灯火钱塘三五夜①，明月如霜，照见人如画②。帐底吹笙香吐麝③，更无一点尘随马④。

寂寞山城人老也⑤！击鼓吹箫，却入农桑社⑥。火冷灯稀霜露下，昏昏雪意云垂野⑦。

注释

①三五夜：即十五日夜，此处指元宵节。

②照见人如画：形容杭州城元宵节的繁华、热闹景象。

③帐：富贵人家元宵节时悬挂在堂前的帏帐。香吐麝：富贵人家的帐底吹出一阵阵的麝香气。

④更无一点尘随马：江南气清土润，行马无尘。

⑤山城：此处指密州。

⑥农桑社：农家社日祭神的场所。

⑦昏昏雪意云垂野：密州的元宵节十分清冷，不仅没有笙箫，连灯火也很稀少，只有云垂旷野。

译文

杭州城的元宵夜，明月好似霜，照得人好似画一般好看。帐底吹笙，飘来一阵阵燃麝的香气，香车宝马更无一点灰尘卷起。

密州城的元宵节一片寂寞，好像人都老了。人们沿街击鼓吹箫而行，最后却转到农桑社祭祀土地神。灯火清冷稀少，霜露降下，阴暗昏沉的乌云笼罩着原野，要下雪了。

江城子·乙卯正月二十日夜记梦

题解

宋神宗熙宁八年（1075，岁次乙卯）正月二十日，苏轼在密州梦见爱妻王氏，于是写下了这首传诵千古的悼亡词。苏轼十九岁时，与年方十六的王弗结婚，二人情意甚笃。可惜天命无常，王弗二十七岁就去世了，这对苏轼是绝大的打击，其心中的沉痛、精神上的痛苦，是不言而喻的。这首词于平静语气下，寓绝大沉痛。

十年生死两茫茫，不思量，自难忘。千里孤坟^①，无处话凄凉。纵使相逢应不识，尘满面，鬓如霜^②。

夜来幽梦忽还乡^③，小轩窗，正梳妆。相顾无言，惟有泪千行。料得年年肠断处，明月夜，短松冈。

注 释

①**千里**：王弗葬地四川眉山，与苏轼任所山东密州相隔遥远，故称"千里"。苏轼在《亡妻王氏墓志铭》里说："治平二年（1065）五月丁亥，赵郡苏轼之妻王氏（名弗），卒于京师。六月甲午，殡于京城之西。其明年六月壬午，葬于眉之东北彭山县安镇乡可龙里先君、先夫人墓之西北八步。"

②**"尘满"二句**：形容饱经沧桑，面容憔悴。

③**幽梦**：梦境隐约，故云幽梦。

译 文

你我夫妻诀别已经整整十年，强忍不去思念，可终究难相忘。千里之外那座遥远的孤坟啊，竟无处向你倾诉满腹的悲凉。纵然夫妻相逢，你也认不出我，我已经是灰尘满面、两鬓如霜。

昨夜我在梦中又回到了家乡，你正在小屋窗口打扮梳妆。你我二人默默相对惨然不语，只是流不尽的热泪千行。料想你年年伤心肠断的地方，就在那明月的夜晚，矮松的山冈。

江城子·密州出猎

题 解

此词作于宋神宗熙宁八年（1075）冬，苏轼在密州，祭常山回，与同官习射放鹰，因作此词。词中表达了强烈的爱国情怀和渴望报效朝廷的壮志豪情。

老夫聊发少年狂①，左牵黄，右擎苍，锦帽貂裘②，千骑卷平冈③。为报倾城随太守④，亲射虎，看孙郎⑤。

酒酣胸胆尚开张。鬓微霜，又何妨！持节云中⑥，何日遣冯唐⑦？会挽雕弓如满月⑧，西北望，射天狼⑨。

●孙权

注 释

①**老夫**：作者自称，时年四十。

②**锦帽貂裘**：戴着华美鲜艳的帽子，穿着貂皮做的衣服。貂是一种鼠类动物，皮黄色或紫黑色，为珍贵的皮料。

③**千骑**：形容出行时随从众多。"骑"是一人一马的合称。

④**报**：告知。**倾城**：全城。**太守**：指作者自己。苏轼当时担任密州知州，其职位相当于汉代的太守。

⑤**孙郎**：指孙权。这里是作者自喻。

⑥**节**：符节，古代使者所执，以作凭证。**云中**：郡名，治所在今内蒙古自治区托克托东北。

⑦**冯唐**：汉文帝刘恒时的一个年老的郎官。《史记·冯唐列传》载：时云中太守魏尚打败匈奴后，上书报功，因杀敌数字与实际情况稍有出入，获罪削职。冯唐向刘恒直言劝谏，刘恒便遣他持节赦魏尚，使复任云中守。此处作者以魏尚自比，希望朝廷能够起用自己。

⑧**会**：将要。**雕弓**：饰有彩绘的弓。

⑨**天狼**：星名。古代传说，天狼星出现必有外来者的侵略。这里用天狼隐指当时的西夏。

译 文

老夫我姑且抒发一下少年的豪情壮志，左手牵着黄犬，右臂擎着苍鹰，戴着锦缎做的帽子，穿着貂皮做的衣服，带着上千骑的随从疾风般席卷平坦的山冈。为了报答满城的人跟随我出猎的盛情，我要像孙权一样，亲自射杀猛虎。

痛饮美酒，心胸开阔，胆气更为豪壮，虽然两鬓微微发白，但又有何妨？什么时候皇帝会派人来，就像汉文帝派遣冯唐去云中一样。我将用尽全力把雕弓拉得就像满月一样，朝着西北瞄望，射向西夏军队。

南乡子·梅花词和杨元素

题解

宋神宗熙宁八年（1075）春，杨绘以《梅花词》相寄，苏轼作此词和之。全词以纪事来咏物，描写了词人和文人雅士以梅花为因缘，把酒欢聚的情形，刻画了梅花绽放的神韵。

原文

寒雀满疏篱，争抱寒柯看玉蕤^①。忽见客来花下坐，惊飞。踏散芳英落酒卮^②。

痛饮又能诗，坐客无毡醉不知^③。花谢酒阑春到也，离离^④，一点微酸已著枝^⑤。

注释

①柯：树枝。蕤：花茂盛的样子。
②酒卮：酒杯。
③无毡：指贫穷。
④离离：繁盛的样子。
⑤著：附着。句谓梅花谢后梅子将结。

译文

稀疏的篱笆上落满了寒雀，他们争着飞到梅花树上，欣赏白玉一样的梅花。忽见一群喝酒的客人来到梅花树下，麻雀惊飞踏散梅花，梅花尽落酒杯之中。

坐客能饮又能诗，可是身下无毡，醉倒在雪地上而不自知。花已凋谢，酒已尽兴，春天已经来临。那花落后的梅枝上已经结出了梅子。

减字木兰花·送东武令赵昶失官归海州

题解

宋神宗熙宁八年（1075），东武（密州署县高密）县令赵昶被罢官，归海州，苏轼作此词相赠。

原文

贤哉令尹，三仕已之无喜愠①。我独何人，犹把虚名玷缙绅②。
不如归去，二顷良田无觅处③。归去来兮④，待有良田是几时？

注释

①**三仕已之无喜愠**：出自《论语·公冶长》："令尹子文三仕为令尹，无喜色；三已之，无愠色。"

②**玷**：玷污。**缙绅**：士大夫的别称。

③**二顷良田无觅处**：《史记·苏秦传》载："使我有洛阳负郭田二顷，吾岂能佩六国相印乎？"

④**归去来兮**：陶渊明《归去来兮辞》："归去来兮，田园将芜胡不归？"

译文

令尹啊，你真是贤德出众，不管是做官、罢官，总是无喜无忧，不萦于心中。我算得了什么？竟然贪图虚名为官做宦，真的是玷污了士林。不如退归田园吧，可惜连二顷良田都无觅处。归去啊归去，可是等到有良田又是什么时候呢？

一丛花·初春病起

题解

宋神宗熙宁九年（1076）早春，苏轼作此词于密州。

原文

今年春浅腊侵年①，冰雪破春妍②。东风有信无人见，露微意、柳际花边。寒夜纵长，孤衾易暖，钟鼓渐清圆③。

朝来初日半衔山，楼阁淡疏烟。游人便作寻芳计④，小桃杏、应已争先。衰病少悰⑤，疏慵自放，惟爱日高眠。

注 释

①**春浅腊侵年**：在阴历遇有闰月的年，下一年的立春日出现在上一年的腊月中。
②**春妍**：妍丽春光。
③**清圆**：声音清亮圆润。
④**寻芳计**：踏青游览的计划。
⑤**悰**：心情，情思。

译 文

今年的春天比往年来得早，天气还很寒冷，但是春天却已冲破冰雪，露出了美丽的容颜。东风带来的消息被人们忽略了，可是在柳树、花朵上还是露出了些许春意。初春时节纵然夜寒且长，毕竟已经是大地春回，厚被子盖着有些热了，就连那报时的钟鼓声也清脆圆润起来。

早上初升的太阳被山遮住了一半，远处的楼阁笼罩在淡淡的晨雾中，人们开始计划着外出踏青了。想必郊外的桃花、杏花已经争相开放了。我因为生病没有心情外出游玩，只想懒散地躺着，一直睡到日上三竿。

满江红·正月十三日送文安国还朝

题 解

宋神宗熙宁九年（1076），文安国入朝供职，苏轼在密州作此词相赠。文安国，名勋，庐江人，善篆刻，苏轼好友。

原 文

天岂无情？天也解、多情留客。春向暖、朝来底事，尚飘轻雪？君遇时来纡组绶①，我应归去耽泉石。恐异时、杯酒忽相思，云山隔。

浮世事，俱难必。人纵健，头应白。何辞更一醉，此欢难觅。

欲向佳人诉离恨②，泪珠先已凝双睫。但莫遣、新燕却来时③，音书绝。

注 释

①纡：系，结。**组绶**：官员系玉的丝带。"纡组绶"即佩带官印，做官。

②**佳人**：君子贤人。此处指文勋。

③**新燕**：来信。

译 文

谁说上天无情？上天懂得殷勤地挽留客人，春天天气渐渐变暖，可是早晨为什么还飘起了轻雪？你如今时来运转，入朝为官，我则应当告老还乡，与泉为伴。将来想举杯共饮，但远隔云山，只怕再也不能了。

世事复杂，谁都难断定以后怎么样。纵使我们两人身体康健，恐怕也已白发苍苍了吧？既然如此，何不痛饮一醉？这样的挚友欢饮，实在太难寻求了。本想向你诉说难忍的离情别绪，可话未出口，双眼早已满含泪水。当新燕飞来时，千万别忘了捎封信来。

满江红·东武会流杯亭

题 解

此词是宋神宗熙宁九年（1076）三月三日苏轼在密州所作。古以农历三月上旬巳日饮濯于水滨，被除不祥，称修禊。魏晋以后定为农历三月初三，置酒杯于弯曲的水道，酒杯流至某人面前则饮酒，称"流杯曲水"或"流觞曲水"。东武即密州，郑淇是水名，流经东武城南。

原 文

东武会流杯亭，上巳日作。城南有坡，土色如丹，其下有堤，壅郑淇水入城。

东武南城，新堤固、郑淇初溢。隐隐遍、长林高阜①，卧红堆碧。枝上残花吹尽也，与君更向江头觅。问向前、犹有几多春，三之一②。

官里事，何时毕。风雨外，无多日。相将泛曲水，满城争出。

君不见兰亭修禊事，当时坐上皆豪逸。到如今、修竹满山阴^③，空陈迹！

注 释

①阜：土丘。

②向前：未来。是说从上巳日（三月初三）算起，春天还剩下了三分之一。

③山阴：今浙江绍兴。

译 文

东武城南刚刚筑就新堤，郑淇河水开始流溢。微雨过后，浓密的树林，苍翠的山冈，红花绿叶，满地堆积。枝头残花早已随风飘尽，我与朋友同到江边把春天寻觅。试问未来还有多少春光？算来不过三分之一。

官衙里的公事纷杂堆积，风雨过后更无几多明媚春日。今日相约，泛杯曲水，全城百姓也争相聚集。您不曾闻知东晋兰亭修禊的故事？当日满座都是豪俊高洁之士。到如今只有长竹布满会稽山冈，往日陈迹，已无从寻觅。

望江南·超然台作

题 解

宋神宗熙宁九年（1076），苏轼登密州超然台，作此词。

原 文

春未老，风细柳斜斜。试上超然台上看^①，半壕春水一城花。烟雨暗千家。

寒食后^②，酒醒却咨嗟。休对故人思故国^③，且将新火试新茶^④。诗酒趁年华。

注 释

①超然台：筑在密州北城上，登台可眺望全城。

②寒食：清明节前两天为寒食节。晋国介之推辅助晋文公夺位后，隐居绵山。晋文公为了逼介之推出山，放火焚烧山林。介之推不肯出，抱树被焚而死。为了

悼念介之推，晋文公宣布此后该日禁止百姓举火，遂称为寒食节。

③**故国**：故乡。

④**新火**：寒食禁火，清明节后生火，称为新火。

　　春天还没有过去，微风细细，柳枝斜斜随之起舞。登上超然台远远眺望，护城河半满的春水微微闪动，城内则是缤纷竞放的春花。更远处，家家瓦房均在雨影之中。

　　寒食节过后，酒醒反而因思乡而叹息不已。只得自我安慰：不要在老朋友面前思念故乡了，姑且点上新火来烹煮一杯刚采的新茶，作诗醉酒都要趁年华尚在啊。

水调歌头

题 解

　　此词作于宋神宗熙宁九年（1076）中秋，当时苏轼四十一岁，为密州太守，中秋之夜，饮酒赏月，不禁浮绪联翩，从天上到人间，从月之阴晴圆缺到人之悲欢离合，世事感怀，人生哲思，尽入笔端。

原 文

　　丙辰中秋，欢饮达旦①，大醉，作此篇，兼怀子由。

　　明月几时有？把酒问青天。不知天上宫阙②，今夕是何年③。我欲乘风归去，又恐琼楼玉宇④，高处不胜寒。起舞弄清影⑤，何似在人间。

　　转朱阁，低绮户⑥，照无眠。不应有恨，何事长向别时圆？人有悲欢离合，月有阴晴圆缺，此事古难全。但愿人长久，千里共婵娟⑦。

注 释

①**达旦**：到天亮。

②**宫阙**：宫殿。

③**今夕是何年**：古代神话传说，天上只三日，世间已千年。古人认为天上神仙世界年月的编排与人间是不相同的。

④**琼楼玉宇**：白玉砌成的楼阁。

⑤**弄清影**：在月光下起舞，自己的影子也翻动不已，仿佛自己和影子一起嬉戏。

⑥**朱阁**：朱红色的楼阁。**绮户**：刻有纹饰的门窗。

⑦**婵娟**：月里的嫦娥，代指月亮。

译　文

明月从什么时候才开始出现的？我端起酒杯遥问苍天。不知道天上的宫殿，今夕是何年何月？我想要乘御清风回到天上，又恐怕在美玉砌成的楼宇中，受不住高耸九天的寒冷。翩翩起舞玩赏着月下清影，天上哪里比得上人间这般？

月儿转过朱红色的楼阁，低低地挂在雕花的窗户上，照着没有睡意的自己。明月不该对人有怨恨吧，为什么偏在人离别时才圆呢？人有悲欢离合，月有阴晴圆缺，这种事自古以来难以周全。只希望人能平安健康，即便相隔千里，也能共享这美好的月光。

集　评

宋胡仔《苕溪渔隐丛话后集》卷三十九："中秋词，自东坡《水调歌头》一出，余词尽废。"

江城子

题　解

宋神宗熙宁九年（1076）十一月，苏轼接到朝廷诰命，移知河中府。在启程前，苏轼登超然台望月，作此词。

原　文

前瞻马耳九仙山，碧连天，晚云间。城上高台，真个是超然①。莫使匆匆云雨散，今夜里，月婵娟。

小溪鸥鹭静联拳②，去翩翩，点轻烟。人事凄凉，回首便他年。莫忘使君歌笑处，垂柳下，矮槐前。

注释

①**超然**：即超然台。

②**联拳**：相依相聚的样子。

译文

向前看便望见马耳山和九仙山，天色碧蓝，傍晚的云朵间或点缀其中。站在城中的超然台上，可以遍览群山，心情舒畅。千万别让此情此景像云雨一样匆匆消散，今夜里，月亮特别美好。

溪边的野鸟蜷聚在一起，忽然飞起，翩翩离去，如点滴轻烟消失在天边。想到人世沧桑，蓦然回首，便成往事。不要忘记这个曾使我感到快乐的超然台吧，就在低垂的柳树旁，矮矮的槐树前。

江城子·冬景

题解

宋神宗熙宁九年（1076），苏轼在密州送客人章传，作此词。章传，字传道，时任密州教授。

原文

相逢不觉又初寒，对尊前，惜流年。风紧离亭，冰结泪珠圆。雪意留君君不住，从此去，少清欢。

转头山下转头看①，路漫漫，玉花翻。银海光宽，何处是超然②。知道故人相念否，携翠袖③，倚朱栏。

注释

①**转头山**：在诸城县南四十里。

②**超然**：指超然台。

③**翠袖**：女人的衣袖，此处代指姬妾。

译文

从熙宁八年（1075）初寒时相逢，转眼又到了熙宁九年的初寒，面对离别的酒，不禁感慨那些逝去的年华。风雪也知离别在即，风越来越急地吹，伤别落泪，冰珠结起。这大雪似乎是为了要挽留你，但你还是要远行。唉，这一别，以后少了许多乐趣。

站在转头山上转头望去，只见长路漫漫，大雪纷飞。地上都是雪，宛似无垠银海，看不见超然台在哪里。知道故友也在怀念吗？伴着美姬，倚在栏杆上，十分惆怅。

洞仙歌·咏柳

题解

宋神宗熙宁十年（1077）三月，苏轼应朋友之请作此词，以拟人方法咏柳。

原文

江南腊尽，早梅花开后，分付新春与垂柳①。细腰肢自有入格风流②。仍更是、骨体清英雅秀。

永丰坊那畔，尽日无人，金丝谁见弄晴昼③？断肠是飞絮时，绿叶成阴，无个事、一成消瘦④。又莫是东风逐君来⑤，便吹散眉间一点春皱。

注释

①**分付**：交付，托付。

②**入格**：有品格。

③**永丰坊**：唐代洛阳坊名。白居易有歌姬樊素，舞姬小蛮。白居易曾作《杨柳枝词》托喻小蛮："一树春风万万枝，嫩于金色软于丝。永丰坊里东南角，尽日无人属阿谁？"苏词用其意。

④**无个事**：无缘无故。**一成**：竟成。杜牧《叹花》诗："狂风落尽深红色，绿叶成阴于满枝。"

⑤**莫是**：莫非是，难道是。

译文

江南年底，早梅花开后，就把新春托付给了垂柳。纤细的柳枝自有一种风流品格，

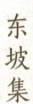

不仅如此，更有一种清新雅秀的气质。

永丰坊那畔，已无人来游，谁还能看到那金柳丝在晴日春风中的曼妙舞姿？最令人肠断的是柳絮飘飞的时候，绿树成荫，无缘无故，竟成消瘦。莫非是要待东风追随你而来，才能吹散你眉间一点闲愁？

阳关曲·中秋作

题　解

此词作于宋神宗熙宁十年（1077）八月十五日徐州，记述的是作者与其胞弟苏辙久别重逢，共赏中秋月的赏心乐事，同时也抒发了聚后不久又得分离的哀伤与感慨。这首词从月色的美好写到"人月圆"的愉快，又从当年当夜推想次年中秋，归结到别情。语言清丽，而意味深长。

原　文

暮云收尽溢清寒①，银汉无声转玉盘②。此生此夜不长好，明月明年何处看。

注　释

①清寒：清朗而有寒意。
②银汉：银河。

译　文

晚间云雾全部收尽，高空中溢出一片清寒。银河悄然无声，天上缓缓移动着白玉圆盘般的月亮。此生此夜不能始终这样美好，明年的明月将在什么地方赏观？

水调歌头

题　解

宋神宗熙宁十年（1077），苏轼改派徐州知州，与苏辙同行。八月十五，苏辙作《水调歌头》告别，苏轼赋此篇相和。

余去岁在东武，作《水调歌头》以寄子由。今年子由相从彭门百余日，过中秋而去，作此曲以别。余以其语过悲，乃为和之，其意以不早退为戒，以退而相从之乐为慰云耳。

安石在东海，从事鬓惊秋①。中年亲友难别，丝竹缓离愁②。一旦功成名遂，准拟东还海道，扶病入西州③。雅志困轩冕④，遗恨寄沧洲⑤。

岁云暮⑥，须早计，要褐裘⑦。故乡归去千里，佳处辄迟留⑧。我醉歌时君和，醉倒须君扶我，惟酒可忘忧。一任刘玄德，相对卧高楼。

①**从事鬓惊秋**：意为谢安出仕时鬓发已开始变白。谢安少有重名，屡征不起，直到四十多岁才出仕从政。从事，汉代刺史佐史之称。

②**"中年"二句**：《晋书·王羲之传》载："谢安尝谓羲之曰：'中年以来，伤于哀乐，与亲友别，辄作数日恶。'羲之曰：'年在桑榆，自然至此。顷正赖丝竹陶写，恒恐儿辈觉，损其欢乐之趣。'"丝竹，泛指管弦乐器。

③**"一旦"三句**：意思是说谢安功成名就之后，一定准备归隐会稽，不料后来抱病回京了。西州，东晋都城建康（今江苏南京）的西州门。《晋书·谢安传》："（谢安）遂还都，闻当于舆入西州门，自以本志不遂，深自慨失。"

④**雅志**：指退隐东山的高雅志趣。**轩冕**：古代官员的车服。借指做官。

⑤**沧洲**：水滨，古代多用以指隐士的住处。

⑥**岁云暮**：即岁暮。云，语助词。

⑦**要褐裘**：指换上粗布袍，意为辞官归乡，做普通百姓。

⑧**迟留**：逗留，停留。

当年谢安隐居在东海，出仕做官的时候鬓发已霜秋，中年难与亲友别，唯有丝竹缓离愁。一旦功成名就，准备返归东海，谁料抱病入西州。做官困扰了隐居的雅志，遗恨寄托于山丘。

既已年高衰朽，便当及早筹划，穿粗布裘，迢迢千里地返回故乡，佳美之地停留欣赏。我酒醉放歌时你来相和，我醉倒在地时你来扶我，只有醉时才能忘忧愁。任凭刘备笑我无大志，我却甘愿身居平地，仰看他高卧百尺楼。

蝶恋花·暮春别李公择

此词作于宋神宗元丰元年（1078）三月。李公择是东坡朋友，因反对新法遭贬，是年春赴淮南西路提刑任，途经徐州与东坡相聚月余，分别时，东坡以此词相送。

原 文

簌簌无风花自堕①。寂寞园林，柳老樱桃过。落日有情还照坐②，山青一点横云破。

路尽河回人转舵。系缆渔村，月暗孤灯火。凭仗飞魂招楚些③，我思君处君思我。

注 释

①**簌簌**：拟声，指花落。

②**照坐**：照在对坐话别的两人身上。坐，通"座"。

③**凭仗飞魂招楚些**：即"凭仗楚些招飞魂"。意即像《招魂》召唤屈原那样召唤离去的李公择。古时招魂既用于亡人，也用于遭贬放或在客中的生人。些，《楚辞》中句末语助词。

译 文

虽然没有风，但花还是自己簌簌地飘落。寂寞园林里，柳枝柳叶已老了，樱桃花也开过了。似乎有情的落日照耀着客座，高耸的青山仿佛刺破了横云。

送者在岸上已走到"路尽"，行者在舟中却已转舵。今夜泊于冷落的渔村，独对孤灯，通宵不寐，唯有暗月相伴。我像《楚辞·招魂》召唤屈原那样，召唤离去的友人。

浣溪沙·徐门石潭谢雨道上作五首

东坡集

题解

　　宋神宗元丰元年（1078）徐州发生严重春旱，苏轼作为徐州太守，曾往石潭求雨，得雨后，又往石潭谢雨。这组"浣溪沙"词即为途中观感，共五首，主要写作者途中的所见、所闻与所感。这五首词文风朴实，格调清新，不取艳辞，不采僻典，洗尽华靡见真淳。

原文

　　徐门石潭谢雨，道上作五首。潭在城东二十里，常与泗水增减清浊相应。

其一

　　照日深红暖见鱼，连溪绿暗晚藏乌①，黄童白叟聚睢盱②。

　　麋鹿逢人虽未惯，猿猱闻鼓不须呼③，归家说与采桑姑。

（睢盱 suī xǔ）

注释

　　①乌：乌鸦。

　　②黄童：儿童，因其头发黄色，故云。睢盱：淳朴、喜悦的样子。

　　③猱：猿猴的一种。

译文

　　深红温暖的夕阳斜斜地映照潭水，游鱼好似披上了一层红光，溪水两岸柳叶茂密，颜色暗淡，傍晚时分乌鸦都藏身其间。孩子和老人齐聚潭边观看谢神，满是喜悦的神情。

　　平时温驯的麋鹿未曾见过如此多的人，但也没有惊慌失措四处奔跑；调皮的猿猴听见祭神的鼓声，不用招呼就跑来凑热闹。人们一定会把今天看到的热闹景象当作稀奇事，回去讲给采桑的姑娘们听。

其二

原文

　　旋抹红妆看使君，三三五五棘篱门①，相排踏破茜罗裙②。

老幼扶携收麦社③，**乌鸢翔舞赛神村**④，**道逢醉叟卧黄昏**。

注 释

①**棘篱门**：以荆棘围成的篱笆。

②**茜**：草名，根紫红色，可做染料。

③**收麦社**：祭土地以祈麦收丰产的地方。

④**鸢**：老鹰。**赛神**：酬祭神灵的各种活动和仪式。

译 文

村中的姑娘急急忙忙地抹上红妆去观看路过的使君，三五成群站在棘篱门前，她们相互推挤，连新换的美丽的红裙子都被踩破了。

麦收季节临近，村民们扶老携幼，聚集在社庙里祭拜神灵，以求有个好收成。乌鸦和老鹰盘旋在天空，为了吃剩余的祭品。此时喝醉酒的老翁，已经酣睡在黄昏的道路上了。

其三

原 文

麻叶层层苘叶光①，**谁家煮茧一村香**②？**隔篱娇语络丝娘**③。

垂白杖藜抬醉眼，**捋青捣麨软饥肠**④，**问言豆叶几时黄**？

注 释

①**苘**：青麻，可制布或绳。

②**煮茧**：即缫丝，用热水煮蚕茧，抽出蚕丝。

③**络丝娘**：虫名，又称莎鸡，因鸣声似纺丝得名。此处喻指缫丝姑娘。古时养蚕人家多禁忌，煮茧缫丝时节不能串门，缫丝姑娘只能在各自院中隔着篱笆交谈。

④**捋青捣麨软饥肠**：脱下新麦，炒后捣成粉末做干粮以充饥。捋，脱下物体表面的东西。青，新麦。麨，干粮。软，俗称以酒食相慰劳。

译 文

村外的层层苘麻叶因雨的滋润而泛着光泽，村内处处飘散着煮茧的清香。不时听到篱笆边传来缫丝女子悦耳的谈笑声。

须发将白的老翁拄着藜杖，老眼迷离似醉，捋下新麦捣成粉末用来果腹。我关切地询问老翁：豆类作物何时能成熟？

其四

原文

> 簌簌衣巾落枣花，村南村北响缲车①，牛衣古柳卖黄瓜②。
>
> 酒困路长惟欲睡，日高人渴漫思茶，敲门试问野人家。

注释

①缲车：缫丝的纺车。

②牛衣：冬季覆盖牛马之物，用草或乱麻制成。此处比喻衣服的简陋。

译文

枣花纷纷飘落在衣巾之上，村南村北响起了缫丝的纺车声，远方传来一阵阵的吆喝声，循声望去，原来是阴凉的古柳之下正有农人在卖着黄瓜。

太阳渐高，酒困路长，使人备感困倦和干渴，直想沉沉睡去，或者痛饮一顿凉茶，于是敲门试问，看能否讨一杯茶喝。

其五

原文

> 软草平莎过雨新①，轻沙走马路无尘。何时收拾耦耕身②。
>
> 日暖桑麻光似泼，风来蒿艾气如薰③。使君元是此中人④。

注释

①莎：草本植物，野生于田野沙地。

②耦耕：两人并耕，后泛指耕种。

③蒿艾：野草名，茎叶有香味。薰：香草名，亦指香味。

④元：通"原"。

译文

雨后土地上长出新草，十分柔软，骑马行走在沙地上，没有一丝尘土。我什么时候才能回归乡间做一个耕种之人呢？

日光渐暖，照在桑麻上，麻叶层层闪光，凉风吹过，传来阵阵蒿艾的香气。我原本是这乡间的人。

永遇乐

题 解

这首词写于宋神宗元丰元年（1078）苏轼任徐州知州时。白居易《燕子楼》诗叙："徐州故尚书有爱妓盼盼，善歌舞，雅多风态。……尚书既殁，归葬东洛，而彭城有张氏旧第，第中有小楼名燕子。盼盼念旧爱而不嫁，居是楼十余年。"张尚书为张建封之子张愔。燕子楼，为张愔旧第中小楼名。张尚书、盼盼、燕子楼俱彭城（徐州）之人、之事，而苏轼为徐州知州，故有此梦。此词即记梦之作，但重点却是由此引发的一番感慨。

原 文

彭城夜宿燕子楼，梦盼盼，因作此词。

明月如霜，好风如水，清景无限。曲港跳鱼，圆荷泻露，寂寞无人见。紞如三鼓①，铿然一叶②，黯黯梦云惊断。夜茫茫、重寻无处，觉来小园行遍。

天涯倦客，山中归路，望断故园心眼。燕子楼空，佳人何在，空锁楼中燕。古今如梦，何曾梦觉，但有旧欢新怨。异时对、黄楼夜景③，为余浩叹。

注 释

①**紞如**：击鼓声。**如**：同"然"。**三鼓**：古人分一夜为五更，每更击鼓报时。三鼓为一二时。《晋书·邓攸传》引吴人歌："紞打五鼓，鸡鸣天欲曙。"

②**铿然**：常形容金石或琴瑟声，此处喻树叶落地声，侧写夜之宁静。

③**黄楼**：上年八月，黄河决堤殃及徐州，苏轼亲率百姓抗洪，并于次年建楼于城东门上。古人认为水受制于土，土为黄色，故取此名。

一六九

词

译 文

月光皎洁像给大地铺上清霜，秋风送爽犹如流水一般清凉。这清秋的夜色令人如此沉醉。曲折的港湾里鱼儿跳出了水面，圆圆的荷叶上露珠儿晶莹流转，这份寂静却是无人见。三更鼓嗵的一声响，秋叶铿的一声落地，惊醒了睡梦。夜色茫茫无处重寻梦里悲欢，醒来只能在这寂静的园林中独自徘徊。

久居官场已经感到十分疲倦，一心想归隐到山林之中去，但是故园遥遥令人望眼欲穿。燕子楼，佳人今日又在何处？空锁了楼中梁上的那些燕子，古今都如一梦，人们何曾醒过？只有旧欢新怨缠绵不断。后人面对这黄楼的夜景，也会为我叹息吧？

集 评

郑文焯《大鹤山人词话》："'燕子楼空'三句之妙云：'殆以示咏古之超宕，贵神情不贵迹象也。'"

江城子·别徐州

题 解

此词作于宋神宗元丰二年（1079），苏轼由徐州调知湖州。本篇是临离徐州，与友人告别时所作。抒发了作者对徐州风物人情的无限留恋之情，并在离愁别绪中融入了深沉的身世之感。

原 文

天涯流落思无穷，既相逢，却匆匆。携手佳人①，和泪折残红。为问东风余几许？春纵在，与谁同。

隋堤三月水溶溶②，背归鸿③，去吴中。回首彭城④，清泗与淮通⑤。欲寄相思千点泪，流不到，楚江东。

注 释

①佳人：友人。

②隋堤：隋炀帝时开凿通济渠，沿渠筑堤，人称隋堤。溶溶：水流动的样子。

③ **背归鸿**：作者南下吴地，此时正是春天，大雁飞回北方，因此说"背归鸿"。

④ **彭城**：徐州。

⑤ **清泗**：泗水，源出山东，南下流经徐州，注入淮河。**淮**：今江苏秦淮河。

译文

    一生飘零，茫茫愁思无穷无尽。刚刚邂逅相逢，却又要骤然分别。携手友人，含泪折花相送，作为道别。为问东风还有多少？纵使春光仍在，可是我即将离开，这美好的春光还能与谁共享呢？

    三月的隋堤中的水势浩浩荡荡，好似我无限的离愁别绪。鸿雁北归，而我却与雁行相反，南去吴中。频频回首彭城，只见清澈的泗水由西北而东南，向着淮水脉脉流去。我想托清泗的流水把千滴相思之泪寄往徐州，怎奈泗水东流，相思难寄。

西江月·平山堂

题 解

    此词写于宋神宗元丰二年（1079），苏轼第三次到扬州平山堂，缅怀恩师欧阳修，感慨世事人生，遂作此词。

原 文

    三过平山堂下①，半生弹指声中②。十年不见老仙翁③，壁上龙蛇飞动④。

    欲吊文章太守⑤，仍歌杨柳春风⑥。休言万事转头空⑦，未转头时皆梦。

注 释

    ①**平山堂**：在扬州大明寺侧，欧阳修所建。《舆地纪胜》："负堂而望，江南诸山拱列檐下，故名。"

    ②**弹指**：佛教用语，比喻时间短暂。

    ③**十年**：熙宁四年（1071），苏轼曾于颍州谒见欧阳修，距此时实为九年，这里取其整数。**老仙翁**：指欧阳修。

⑤**文章太守**：指欧阳修。

⑥**杨柳春风**：欧阳修有词云："手种堂前垂柳，别来几度春风。"此处借指欧阳修的诗词。

⑦**转头空**：世事变化快。白居易有诗："百年随手过，万事转头空。"

译　文

三次来访平山堂，好似半生的光阴在弹指声中就过去了。已经有十年没见老仙翁了，只有墙上他的墨迹，仍是那样气势雄浑，犹如龙飞蛇舞。

我想悼念文坛太守欧阳修公，仍然歌奏欧公的杨柳春风歌词。别说万事转头空，还没转头呢，一切都已成了一场大梦！

南歌子·湖州作

题　解

宋神宗元丰二年（1079）四月，苏轼到湖州（今浙江吴兴）。五月，友人刘拐（字行甫）赴余姚，途经湖州，苏轼在钱氏园为之饯行，写此词。

原　文

山雨潇潇过，溪桥浏浏清①**。小园幽榭枕蘋汀，门外月华如水、彩舟横。**

苕岸霜花尽②**，江湖雪阵平。两山遥指海门青**③**，回首水云何处、觅孤城**④**。**

注　释

①**浏浏**：水流清澈的样子。

②**苕岸**：苕溪岸边。苕溪在今浙江北部，由湖州附近注入太湖。

③**海门**：钱塘江两岸有山峰相对，人称海门。

④**孤城**：指湖州。

译 文

山雨潇潇，溪水清澈。小园中幽静的台榭枕卧在长有草的小洲上，门外月光如水清凉，湖上彩舟横陈。

舟入苕溪，两岸的苕花洁白如霜，湖面明亮如雪。海门由两座青秀的山峦包围，回首望去，烟雨朦胧中的湖州城内，有思念你的朋友。

卜算子·黄州定惠院寓居作

题 解

宋神宗元丰二年（1079）八月，苏轼因乌台诗案入狱，十二月，责授水部员外郎、黄州团练副使，本州安置。元丰三年（1080）二月一日到黄州，寓居黄州东南的定惠院，五月迁居临皋亭。词作于二至五月间。

原 文

缺月挂疏桐①，漏断人初静②。谁见幽人独往来③，缥缈孤鸿影。

惊起却回头，有恨无人省④。拣尽寒枝不肯栖，寂寞沙洲冷。

注 释

①**疏桐**：枝叶稀疏的桐树。
②**漏断**：夜已深。
③**幽人**：隐士。此处是作者自指。
④**省**：了解。

译 文

弯弯的月亮挂在枝叶稀疏的梧桐树上，漏尽夜深人声已静。有谁见到幽居人独自往来，仿佛那缥缈的孤雁身影。

突然惊起又回过头来，心有愁怨却无人知情。挑遍了寒枝也不肯栖息，甘愿在沙洲忍受寂寞凄冷。

集 评

胡仔《苕溪渔隐丛话前集》卷三九："此词本咏夜景，至换头但只说鸿。正如《贺新郎》词'乳燕飞华屋'，本咏夏景，至换头但只说榴花。

盖其文章之妙，语意到处即为之，不可限以绳墨也。"

陈廷焯《词则·大雅集》卷二："寓意高远，运笔空灵，措语忠厚，是坡仙独至处，美成、白石亦不能到也。"

南乡子·春情

题 解

宋神宗元丰四年（1081）春，苏轼作此词于黄州临皋亭。在一个春天的傍晚，词人在临皋亭上倚栏观江，见落日斜照、春意盎然，又逢短暂的春雨令水天生出奇妙的景致，心神激荡，便将这美好的景色记录了下来，即成此篇。

原 文

晚景落琼杯，照眼云山翠作堆①。认得岷峨春雪浪②，初来，万顷蒲萄涨渌醅③。
　　　　　　　　lù pēi

春雨暗阳台，乱洒歌楼湿粉腮。一阵东风来卷地，吹回，落照江天一半开。

注 释

①**照眼**：耀眼。
②**岷峨**：四川境内岷山山脉北支，峨眉山傍其南。作者常以之代指家乡。
③**渌醅**：美酒，此处与"蒲萄"均喻江水澄澈碧绿。

译 文

夕阳美丽的景色倒映在手中的玉杯里，青山绿树把一杯的玉液都染绿了。认得这临皋亭下江水半是故乡岷山和峨眉山上的积雪融化而来。雪水浪涛初来好似蒲萄酿制的万顷美酒在翻涌。

阳台山上春雨忽至，胡乱地洒在歌楼，打湿了美人的粉腮。忽然一阵东风卷地而来，吹散了云雨，落日的余晖从乌云缝隙中斜射出来，染红了半边天。

定风波·重阳

题 解

　　宋神宗元丰三年（1080）重阳，苏轼与徐君猷等客人登高赏菊，饮酒赋诗。苏轼檃括杜牧《九日齐山登高》诗而为此词。括，即檃括，本为矫正曲木的工具。词的檃括则是将诗文剪裁成词的形式，称为檃括词。文学中的"檃括"一词是苏轼首次使用，而檃括词体更是苏轼开风气之先。

　　杜牧《九日齐山登高》云："江涵秋影雁初飞，与客携壶上翠微。尘世难逢开口笑，菊花须插满头归。但将酩酊酬佳节，不用登临叹落晖。古往今来只如此，牛山何必独沾衣。"

原 文

　　重阳，括杜牧之诗。

　　与客携壶上翠微①，江涵秋影雁初飞。尘世难逢开口笑，年少。菊花须插满头归。

　　酩酊但酬佳节了②，云峤③。登临不用怨斜晖。古往今来谁不老，多少。牛山何必更沾衣④。

注 释

　　①携壶：带酒。

　　②酬：应对。

　　③峤：陡峭的高山。

　　④牛山何必更沾衣：齐景公登牛山，北望齐国河山，想到自己终将死去，"俯而泣沾襟"。晏婴说，如果古人不死，齐国始祖姜太公至今犹存，您今天将披蓑戴笠耕种于田间，操心农事都来不及，哪有工夫担心死的事情呢？牛山，在今山东淄博东。

释 文

　　与客人带着美酒登上青山，江面映涵着一片秋日美景，南归的大雁也好像从中飞过。尘世奔波难得欢笑，也学一学年轻人头上插满菊花回家。

重阳佳节就应在喝得酩酊大醉中度过，远处陡峭的山峰云雾缭绕。登高远眺不用在意已是夕阳西下。古往今来，谁能不老呢？实在没有必要为生死之事担心挂怀。

水龙吟·次韵章质夫杨花词

东坡集

这首词于宋神宗元丰四年（1081）春作于黄州。章质夫，名楶，福建蒲城人，是苏轼的同僚和好友。当时章质夫曾写《水龙吟》一首，内容是咏杨花的。因为该词写得形神兼备、笔触细腻、轻灵生动，达到了相当高的艺术水平，因而受到当时文人的推崇赞誉，盛传一时。苏东坡也很喜欢章质夫的《水龙吟》，于是和写了这首词。次韵，即依照别人词的原韵，作词答和，连次序也相同的叫"次韵"或"步韵"。

原　文

似花还似非花①，也无人惜从教坠。抛家傍路，思量却是，无情有思②。萦损柔肠③，困酣娇眼④，欲开还闭。梦随风万里，寻郎去处，又还被、莺呼起。

不恨此花飞尽，恨西园、落红难缀⑤。晓来雨过，遗踪何在，一池萍碎⑥。春色三分，二分尘土，一分流水。细看来，不是杨花，点点是离人泪。

注　释

①**似花**：像花。

②**无情有思**：杨花看似无情，却自有它的愁思。韩愈《晚春》诗："杨花榆荚无才思，唯解漫天作雪飞。"这里反用其意。思，心绪，情思。

③**萦**：萦绕、牵念。**柔肠**：柳枝细长柔软，故以柔肠为喻。白居易《杨柳枝》："人言柳叶似愁眉，更有愁肠如柳枝。"

④**困酣**：困倦至极。**娇眼**：美人娇媚的眼睛，比喻柳叶。古人诗赋中常称初生的柳叶为柳眼。

⑤**落红**：落花。**缀**：连接。

⑥**萍碎**：相传杨花入水化为浮萍。苏轼《再次韵曾仲锡荔支》："杨花著水万浮萍。"自注云："柳至易成，飞絮落水中，经宿即为浮萍。"

译 文

像花又好像不是花，无人怜惜任凭衰零坠地。杨花抛离家乡飘堕路旁，看似无情之物，细细思量，又仿佛饱含情思。受伤柔肠婉曲，娇眼迷离，想要睁开却又紧紧闭上。梦魂随风飘去，千里万里把心上人寻觅，却又被黄莺儿无情叫起。

不恨杨花儿飘飞落尽，恨只恨那个西园满地落红枯萎难再重缀。清晨雨后，何处还有落花遗踪？飘入池中化成一池浮萍。如果把春色姿容分三份，其中的两份儿化作了尘土，一份儿坠入流水了无踪影。细看来那全不是杨花啊，是那离人晶莹的眼泪啊。

集 评

王国维《人间词话》："东坡杨花词，和韵而似原唱；章质夫词原唱而似和韵。"

唐圭璋等《唐宋词选注》："此词是和作。咏物拟人，缠绵多态。词中刻画了一个思妇的形象。萦损柔肠，困酣娇眼，随风万里，寻郎去处，是写杨花，亦是写思妇，可说是遗貌而得其神。而杨花飞尽化作'离人泪'，更生动地写出她候人不归所产生的幽怨。能以杨花喻人，在对杨花的描写过程中，完成对人物形象的塑造。这比章质夫的闺怨词要高一层。"

魏庆之《诗人玉屑》卷二一："章质夫咏杨花词，东坡和之，晁叔用以为：'东坡如王嫱、西施，净洗脚面，与天下妇人斗好，质夫岂可比哉！'是则然也。余以为质夫词中所谓'傍珠帘散漫，垂垂欲下，依前被风扶起'，亦可谓曲尽杨花妙处，东坡所和虽高，恐未能及，诗人议论不公如此。"

朱弁《曲洧旧闻》卷五："章质夫杨花词，命意用事，潇洒可喜。东坡和之，若豪放不入律吕。徐而视之，声韵谐婉，反觉章词有织绣工夫。"

满江红·寄鄂州朱使君寿昌

东坡集

一七八

题解

此词是作者贬居黄州期间寄给时任鄂州太守的友人朱寿昌（字康叔）的，作于宋神宗元丰四年（1081）秋。词中寓情于景，关照友我双方，又开怀倾诉，谈古论今。作者用直抒胸臆的方式表情达意，既表现出朋友间的深厚情谊，又在发自肺腑的议论中表现自己的内心世界，表达出苍凉悲慨、郁勃难平的激情。

原文

江汉西来①，高楼下②、蒲萄深碧。犹自带、岷峨雪浪③，锦江春色④。君是南山遗爱守⑤，我为剑外思归客⑥。对此间、风物岂无情，殷勤说。

《江表传》⑦，君休读。狂处士⑧，真堪惜。空洲对鹦鹉⑨，苇花萧瑟。不独笑书生争底事⑩，曹公黄祖俱飘忽。愿使君、还赋谪仙诗，追黄鹤⑪。

注释

①西来：从西方奔流直下。

②高楼：由末句可知，指面江耸立于武昌蛇山之上的黄鹤楼。始建于223年，与湖南岳阳楼、江西滕王阁并称"江南三大名楼"。

③岷峨：四川境内岷山山脉北支。

④锦江：川中水名，横穿成都，经岷江而入长江。此均代指家乡。

⑤南山：出自《诗经·小雅·南山有台》，其中有"乐只君子，民之父母"，是颂美为民父母的君子的。遗爱守：遗留下恩泽的太守。

⑥剑外：唐都长安在剑阁（今属四川）东北，因称剑阁以南为剑外。

⑦《江表传》：书名，记三国吴事，裴松之注《三国志》多引及，今已佚。此代指三国典籍。

⑧狂处士：指祢衡，字正平，汉末人。《后汉书》称他"少有才辩，而尚气刚傲，好矫时慢物"。处士，未出仕者。

⑨**空洲对鹦鹉**：意思是"空对鹦鹉洲"。鹦鹉，鹦鹉洲，在今武汉汉阳江中。黄祖之子黄射在此会宾客，有人献鹦鹉，祢衡作《鹦鹉赋》，洲因而得名。

⑩**底**：什么。

⑪**黄鹤**：此指崔颢的《黄鹤楼》。

译文

　　长江、汉江从西奔流直下，从黄鹤楼望去，浩渺的江水如葡萄般碧绿澄澈。江水还带着岷山和峨眉山融化的雪水浪花，以及锦江的春色。你是在陕州留有爱民美誉的太守（知州），我却是思乡未归的浪子。面对这里的景色怎能不动情，我将会殷切地诉说。

　　你千万不要读《江表传》，祢衡的遭际真是令人痛惜。只能空对鹦鹉洲，苇花依旧萧瑟，不独笑祢衡一介书生和曹操争个什么劲儿，曹操与黄祖不也都飘忽成尘了？希望使君能像李白一样潜心作诗，赶追崔颢的名作《黄鹤楼》。

水龙吟·黄州梦过栖霞楼

题解

　　这首词作于宋神宗元丰五年（1082）正月。是月十七日，苏轼梦中乘一叶小船渡江，在江中回望，听见栖霞楼中有歌舞丝竹之声。船上人说闾丘大夫在宴会宾客，梦醒后写下了此词。闾丘孝终，字公显，苏轼谪居黄州团练副使时，闾丘孝终为黄州知州，二人相从甚密。闾丘孝终重建栖霞楼，苏轼也常与会。

原文

　　闾丘大夫孝终公显尝守黄州，作栖霞楼①，为郡中胜绝。元丰五年，予谪居黄。正月十七日，梦扁舟渡江，中流回望，楼中歌乐杂作。舟中人言：公显方会客也。觉而异之，乃作此词。公显时已致仕在苏州。

　　小舟横截春江，卧看翠壁红楼起。云间笑语，使君高会，佳人半醉。危柱哀弦，艳歌余响，绕云萦水。念故人老大，风流未减，独回首、烟波里。

　　推枕惘然不见，但空江、月明千里。五湖闻道，扁舟归去，仍携西子②。云梦南州，武昌东岸③，昔游应记。料多情梦里，端

来见我，也参差是。

注释

①栖霞楼：唐宋时期黄州的四大名楼之一。最早为江西临川人王义庆所建，后为闻丘孝终守黄州时重建。

②"五湖"三句：春秋时越败于吴，越大夫范蠡以美女西施献吴王夫差求和，后助越王勾践卧薪尝胆，终得灭吴。唐宋时始传范蠡于灭吴后携西施遁隐太湖。五湖，即太湖。

③"云梦"二句：黄州在古云梦泽之南，武昌之东。

译文

一叶孤舟横渡春日江面，我睡在船中看两岸翠绿的山峦，其间有一座红色的高楼。那高高的栖霞楼直入云端，笑语声阵阵飘出，这是太守您在雅聚啊，美丽歌女都已醉意蒙眬。演奏音乐声音高亢悲怨，这歌声回旋，悠扬动听，飘荡在云水之间。您虽然年事已高，但风流潇洒仍一如从前。我梦游春江，回头只看到您在烟波之中。

迷茫中推开枕头坐起身来，这才发现是一场梦，眼前只有空荡荡的江面，明月的清光无限。听说携着西施，乘着扁舟，归隐五湖了。您一定还记得当年我们在黄州之时吧，我们曾四处游玩，十分快乐。料想您也定在梦中梦到我了，那情形大概就和我梦到您是一样的吧。

水调歌头

题解

此词作于宋神宗元丰五年（1082）正月，檃括韩愈《听颖师弹琴》诗而成。

欧阳文忠公即欧阳修，"文忠"为谥号。退之是韩愈的字。《听颖师琴》原题为《听颖师弹琴》，全文如下："昵昵儿女语，恩怨相尔汝。划然变轩昂，勇士赴敌场。浮云柳絮无根蒂，天地阔远随飞扬。喧啾百鸟群，忽见孤凤凰。跻攀分寸不可上，失势一落千丈强。嗟余有两耳，未省听丝篁。自闻颖师弹，起坐在一旁。推手遽止之，湿衣泪滂滂。颖乎尔诚能，无以冰炭置我肠！"

原文

欧阳文忠公尝问余：琴诗何者最善？答以退之《听颖师琴》诗最善。公曰：此诗最奇丽，然非听琴，乃听琵琶也。余深然之。建安章质夫家善琵琶者，乞为歌词，余久不作，特取

东坡集

退之词，稍加櫽括，使就声律，以遗之云。

昵昵儿女语①，灯火夜微明。恩怨尔汝来去②，弹指泪和声。忽变轩昂勇士，一鼓填然作气，千里不留行。回首暮云远，飞絮搅青冥③。

众禽里，真彩凤，独不鸣。跻攀寸步千险，一落百寻轻④。烦子指间风雨⑤，置我肠中冰炭⑥，起坐不能平。推手从归去⑦，无泪与君倾。

①**昵昵儿女语**：形容琵琶声似恋人的灯下絮语。
②**恩怨尔汝来去**：形容琵琶声似恋人的私房话。
③**青冥**：天空。
④**寻**：八尺。
⑤**烦**：烦闷，困绕。
⑥**肠中冰炭**：喻内心波动剧烈。
⑦**推手**：摆手，推却。

译 文

乐声初发，仿佛静夜微弱的灯光下，一对恋人在亲昵地窃窃私语。弹奏开始，音调既轻柔、细碎而又哀怨、低抑。曲调由低抑到高昂，犹如气宇轩昂的勇士，在骤响的战鼓声中，跃马驰骋，不可阻挡。乐曲就如远天的暮云、高空的飞絮一般，极尽缥缈幽远之致。

百鸟争鸣，一片喁唶之声，唯独真正的彩凤寂然不鸣。琴声瞬息间高音突起，好像走进悬崖峭壁之中，寸步难行。这时音声陡然下降，宛如突然坠入深渊，一落千丈，之后，弦音戛然而止。弹者的指间好像挟风带雨，让人肠中忽而高寒、忽而酷热，坐立不宁。摆手说不能再听了，我得回去了，我已经没有眼泪给你流了。

定风波

题 解

此词作于宋神宗元丰五年（1082）三月，当时是苏轼因乌台诗案被贬为黄州（今湖北黄冈）团练副使的第三个春天。苏轼因相田至沙湖，风雨忽至，朋友深感狼狈，词人却毫不在乎，泰然处之，吟咏自若，缓步而行。沙湖，在黄州东南三十里。

原 文

三月七日，沙湖道中遇雨。雨具先去，同行皆狼狈，余独不觉。已而遂晴，故作此。

莫听穿林打叶声，何妨吟啸且徐行①。竹杖芒鞋轻胜马②，谁怕？一蓑烟雨任平生。

料峭春风吹酒醒③，微冷，山头斜照却相迎。回首向来萧瑟处，归去，也无风雨也无晴④。

注 释

①吟啸：放声吟咏。

②芒鞋：草鞋。

③料峭：形容风力寒冷、尖厉。

④也无风雨也无晴：既不怕雨，也不喜晴。

译 文

三月七日，在沙湖道上赶上了下雨，拿着雨具的仆人先前离开了，同行的人都觉得很狼狈，只有我不这么觉得。过了一会儿天晴了，就作了这首词。

不要害怕穿林打叶的风雨声，何妨放开喉咙吟唱从容而行。拄竹杖曳草鞋轻便胜过骑马，这都是小事情又有什么可怕？披一蓑衣任凭平生的风雨。

料峭的春风把我的酒意吹醒，身上略微感到一些寒冷，看山头上斜阳已露出了笑脸，回首来程风雨潇潇的情景，归去，不管它是刮风下雨还是放晴。

浣溪沙

题 解

　　宋神宗元丰五年（1082）春，苏轼游蕲水清泉寺而作。蕲水，在蕲州西北七十一里，清泉寺在蕲水县郭门外二里许，寺临兰溪，而溪水流向朝西。

原 文

　　游蕲水清泉寺，寺临兰溪，溪水西流。

　　山下兰芽短浸溪，松间沙路净无泥①**，萧萧暮雨子规啼**②**。**
　　谁道人生无再少？门前流水尚能西③**，休将白发唱黄鸡**④**。**

注 释

　　①**松间沙路净无泥**：白居易《三月三日被禊洛滨》："柳桥晴有絮，沙路润无泥。"
　　②**萧萧暮雨**：白居易《寄殷协律诗》自注："江南吴二娘曲词云：'暮雨萧萧郎不归。'"**子规**：杜鹃鸟，相传为古代蜀帝杜宇之魂所化，亦称杜宇，鸣声凄厉，诗词中常借以抒写羁旅之思。
　　③**门前流水尚能西**：《旧唐书·一行传》载：天台山国济寺有一老僧会布算，他说："门前水当却西流，弟子亦至。"一行进去请业，"而门前水果却西流"。
　　④**休将白发唱黄鸡**：白居易《醉歌》："谁道使君不解歌，听唱黄鸡与白日。黄鸡催晓丑时鸣，白日催年酉前没。腰间红绶系未稳，镜里朱颜看已失。"这里反用其意，谓不要自伤白发，悲叹衰老。

译 文

　　山脚下溪边的兰草才抽出嫩芽，浸泡在溪水之中。松间的沙石小路经过春雨的冲刷，洁净无泥。时值日暮，松林间的杜鹃鸟在潇潇细雨中啼叫着催人归去。
　　谁说人老不会再回年少时光呢？你看看，那门前的流水尚能向西奔流呢！所以，何必感叹时光流逝呢？

集 评

　　曾敏行《独醒杂志》卷二："徐公师川尝言：东坡长短句有云：'山

下兰芽短浸溪，松间沙路净无泥。'白乐天诗云：'柳桥晴有絮，沙路润无泥。''净''润'两字，当有能辨之者。"

先著《词洁》卷一："坡公韵高，故浅浅语亦觉不凡。"

陈世焜《云韶集》卷二："愈豪放，愈觉悲郁，愈见忠厚，愈令我神往。"

洞仙歌

题 解

此词作于宋神宗元丰五年（1082），苏轼正谪居黄州。小序中交代了写此词之缘由：他在七岁之时曾听过蜀主孟昶的《洞仙歌令》，而四十年后，只能隐约记住首两句，于是便发挥丰富的想象力，运用文思才力，补足剩余部分。此词虽于小序约略交代了写作背景，其实自隐杼机，让人睹神龙之形而不能察神龙其身，从而为自己逸兴走笔、暗寓情怀创造了条件。

原 文

仆七岁时见眉山老尼姓朱，忘其名，年九十余，自言尝随其师入蜀主孟昶宫中。一日大热，蜀主与花蕊夫人夜起纳凉摩诃池上，作一词。朱俱能记之。今四十年，朱已死久矣，人无知此词者。但记其首两句，暇日寻味，岂《洞仙歌令》乎？乃为足之。

冰肌玉骨，自清凉无汗。水殿风来暗香满①。绣帘开、一点明月窥人，人未寝，欹^{qī}枕钗横鬓乱②。

起来携素手，庭户无声，时见疏星渡河汉。试问夜如何？夜已三更，金波淡③，玉绳低转④。但屈指西风几时来，又不道流年暗中偷换⑤。

注 释

①**水殿**：筑在摩诃池上或附近临水的宫殿。

②**欹枕**：倚枕。

③**金波淡**：月光淡，指夜已渐深。

④**玉绳低转**：表示夜深。玉绳，两星宿名，北斗星第五星叫玉衡，玉衡北面两星叫玉绳。低转，位置低落了些。

⑤**流年**：流逝之岁月。

译文

冰一样的肌肤，玉一般的骨，自然是遍身清爽没有汗。宫殿里清风徐来幽香弥漫。绣帘被风吹开，一线月光把佳人窥探。佳人还没有入睡，她斜倚绣枕，钗横发乱。

起身来携着她的小手，走出无声的庭院，不时可见流星横穿河汉。试问夜已多深？夜已过了三更，月光暗淡，玉绳星向下旋转。掐着手指计算，秋风几时吹来，不知不觉间，流年似水，岁月在暗暗变换。

集评

张炎《词源》："清丽舒徐，高出人表。"

西江月

题解

此词作于宋神宗元丰五年（1082）三月，写词人骑马醉经蕲水溪桥的经历。

原文

顷在黄州，春夜行蕲水中，过酒家饮，酒醉，乘月至一溪桥上，解鞍，曲肱醉卧少休。及觉已晓。乱山攒拥，流水锵然，疑非尘世也。书此语桥柱上。

照野弥弥浅浪①，**横空隐隐层霄**②。**障泥未解玉骢骄**③，**我欲醉眠芳草。**

可惜一溪明月④，**莫教踏破琼瑶。解鞍欹枕绿杨桥，杜宇一声春晓。**

注释

①**弥弥**：水波荡漾的样子。

②**层霄**：弥漫的云气。

③**障泥未解玉骢骄**：用《世说新语·术解》典："王武子善解马性，尝乘一马，著连钱障泥，前有水，终日不肯渡。王云：'此必是惜障泥。'使人解去，便径渡。"此处说障泥未卸，马不肯前行，实际是说为美景所陶醉，自己不肯前行。障泥，

以布或锦所制，垂于马腹两侧以挡尘。骢，青白色的马。骄，马纵腾的样子。

④可惜：可爱。

译 文

月光照在波光粼粼的河面上，天空中有几丝淡淡的云彩。白色的马儿此时尚气宇昂扬，我却不胜酒力，在河边下马，等不及解下马鞍，就想倒在这芳草中睡一觉。

这小河中的清风明月多么可爱，马儿啊可千万不要踏碎那水中的月亮。我解下马鞍做枕头，斜卧在绿杨桥上进入了梦乡，听见杜鹃叫时，天已明了。

江城子

题 解

此词作于宋神宗元丰五年（1082）春。宋神宗元丰三年（1080），苏轼四十五岁，因乌台诗案获罪谪黄州。次年春夏之际，苏轼生计困难，在老友马正卿的帮助下向州郡求得黄州东门外东坡故营地数十亩，开垦耕种，以补食用之不足。苏轼因此自号东坡居士。

原 文

陶渊明以正月五日游斜川，临流班坐，顾瞻南阜，爱曾城之独秀，乃作《斜川诗》，至今使人想见其处。元丰壬戌之春，余躬耕于东坡，筑雪堂居之。南挹四望亭之后丘，西控北山之微泉，慨然而叹，此亦斜川之游也。乃作长短句，以《江城子》歌之。

梦中了了醉中醒。只渊明，是前生。走遍人间，依旧却躬耕。昨夜东坡春雨足，乌鹊喜，报新晴①。

雪堂西畔暗泉鸣。北山倾，小溪横。南望亭丘，孤秀耸曾城。

●陶渊明采菊

陶渊明爱菊，宅边遍植菊花。

"采菊东篱下，悠然见南山。"

——《饮酒》

都是斜川当日境，吾老矣，寄余龄。

注 释

①"乌鹊"二句：古有乌鹊鸣叫而天放晴的说法。

译 文

在世俗沉沉的醉梦里了悟人生真谛的清醒者，恐怕只有陶渊明是我的前生。尝尽世态炎凉，宦海浮沉，回归田园依旧躬身耕耘。欣逢昨夜春雨如甘霖，把我的东坡田园滋润，更有喜鹊报喜来，满是生机盎然的景象。

雪堂西畔的泉水叮咚。最爱看北山倾斜的身姿，还有小溪横流在山前。南望亭台丘壑，错落有致，南望亭的后丘耸立高山巅。这山水田园——都是陶渊明当年游斜川时的场景。叹一声我老矣，就在此寄居余生吧！

南歌子

题 解

此词作于宋神宗元丰五年（1082）春，表现了作者洒脱的襟怀和飘逸的情绪。

原 文

带酒冲山雨①，和衣睡晚晴。不知钟鼓报天明。梦里栩然蝴蝶、一身轻②。

老去才都尽，归来计未成。求田问舍笑豪英③。自爱湖边沙路、免泥行④。

注 释

①冲：冒着。

②栩然：欢乐畅快的样子。

③求田问舍：比喻没有远大的志向。

③免泥：无泥。

带着酒意顶着山雨，傍晚天气晴好，我便和衣而睡。醋眠中，竟然不知钟鼓已报天明。我在梦里分明化作蝴蝶，感觉一身轻松。

年纪老了，才华也没了，想要归去，但生计又没个着落。置地买房的小家子气，必会受到豪杰、英雄的嘲讽。我还是喜爱在湖边无泥的沙路上，缓步徐行。

哨 遍

题 解

此词作于宋神宗元丰五年（1082）五月，为檃括陶渊明《归去来兮辞》而成，表达了作者对田园生活的向往和归隐之志。苏轼在元丰四年（1081）三四月间，于黄州东南开荒种地，取名东坡。本年正月大雪，又于其旁修筑住所五间，并绘雪景于壁上，取名雪堂。董毅夫名钺，元丰五年（1082）春来访黄州，见到雪堂十分欣喜，表示将来要与苏轼在此为邻。苏轼作此词相赠。

原 文

陶渊明赋《归去来》，有其词而无其声。余治东坡，筑雪堂于上，人俱笑其陋，独鄱阳董毅夫过而悦之，有卜邻之意。乃取《归去来》词，稍加括檃，使就声律，以遗毅夫，使家童歌之，时相从于东坡，释耒而和之，扣牛角而为之节，不亦乐乎。

为米折腰，因酒弃家，口体交相累。归去来，谁不遣君归？觉从前皆非今是。露未晞，征夫指余归路①，门前笑语喧童稚。嗟旧菊都荒，新松暗老，吾年今已如此。但小窗容膝闭柴扉，策杖看孤云暮鸿飞。云出无心，鸟倦知还，本非有意。

噫！归去来兮，我今忘我兼忘世。亲戚无浪语，琴书中有真味。步翠麓崎岖，泛溪窈窕，涓涓暗谷流春水。观草木欣荣，幽人自感，吾生行且休矣。念寓形宇内复几时②，不自觉皇皇欲何之，委吾心、去留谁计。神仙知在何处？富贵非吾志。但知临水登山啸咏，自引壶觞自醉。此生天命更何疑，且乘流、遇坎还止。

注释

①**征夫**：行人。

②**寓形字内**：寄身人世间。

译文

陶渊明写《归去来兮辞》，文章有词句而没有配声律。我在东坡置地之后，在坡上面建筑了雪堂。人们都笑话雪堂简陋，只有鄱阳人董毅夫过访觉得很喜欢，并有为邻的打算。于是拿来《归去来兮辞》，稍微加以檃括，使它符合声律，来赠送给董毅夫。让家中童仆歌唱，你我二人不时相从于东坡上，我放下农具与他唱和，敲击牛角打节拍，不是很快乐吗？

为了生存而委屈自己，为了饮酒而离开家庭，身体和内心都已疲惫不堪。回去吧，是谁不让你回家呢？觉得从前的日子都是错的，今日归去才是对的。早晨的白露尚未干，行人指给我回家的路，门前有嬉笑的孩童。曾经种植的菊田已经荒芜，原本嫩绿的松树已经悄悄衰老，如今的我也和它们一样了。只要关上柴门，有个轩窗容身就心满意足了，还可以拄着拐杖出门去看孤云舒卷，暮鸿归飞。云飞天空，本没有心思，暮鸟归巢也只是本能。

唉！回来吧，我现在已经忘却了自己，忘却了尘世。亲戚们不会乱说话陷害我，琴书中有我真正的快乐。在翠山崎岖的小路上散步，叮咚的小溪与我为伴，暗谷里同样有着春的希望。看草木是何等的繁盛，幽居之人自会心生感触，生命也该在这里终了。想一想穿身尺地间，人生能有几时？为什么要担惊受怕不可终日？顺随自己的心意，不必计较去留的问题。神仙在哪里？富贵不是我所求的，只要能经常登山赏水歌咏一番，有美酒可醉就行了。此生的命数早已注定，还是顺水漂流吧，遇到沟坎就停下来好了。

哨遍·春词

题解

词写游赏宴饮。上半阕写园林春景，旖旎婉丽；下半阕写宴饮，重点在琴音舞伎，香婉细密，几乎是花间派的笔致。但词尾"君看今古悠悠"云云，又回到东坡本色。这种写法是东坡词中少见的。

原文

睡起画堂，银蒜押帘①，珠幕云垂地。初雨歇，洗出碧罗天，正溶溶养花天气②。一霎暖风回芳草，荣光浮动，卷皱银塘水③。方杏靥匀酥④，花须吐绣，园林排比红翠。见乳燕掠蝶过繁枝⑤，忽一线炉香逐游丝。昼永人闲，独立斜阳，晚来情味。

便乘兴携将佳丽，深入芳菲里。拨胡琴语，轻拢慢捻总伶俐⑥。看紧约罗裙，急趋檀板⑦，《霓裳》入破惊鸿起⑧。蛾月临眉，醉霞横脸，歌声悠扬云际。任满头红雨落花飞，渐鸲鹊楼西玉蟾低⑨。尚徘徊、未尽欢意。君看今古悠悠，浮宦人间世。这些百岁、光阴几日，三万六千而已。醉乡路稳不妨行，但人生、要适情耳⑩。

注释

①**银蒜**：银质蒜形帘坠，挂于帘幕下端，以防风吹。

②**正溶溶养花天气**：谓暮春牡丹花开时。古人认为此时天气轻云微雨，半阴半晴，适宜养花。

③**银塘**：波光粼粼的塘面。

④**方**：正。**杏靥**：杏形状微涡，故云。靥，酒窝。**匀酥**：匀净细嫩。

⑤**掠**：掠过。

⑥**拢、捻**：叩弦与揉弦。**伶俐**：聪灵，谓佳丽。

⑦**趋**：节拍，此为打节拍。**檀板**：檀木所制拍板，用以定节拍。

⑧**《霓裳》**：即《霓裳羽衣曲》，传自唐代。**入破惊鸿起**：唐宋大曲（一种大型歌舞乐曲）分散序、排遍、破三大段，入破为破之第一乐段，至此节奏加快，演唱急促，故舞者动作如惊鸿飞起。

⑨**鸲鹊楼**：南朝楼阁名，在今江苏南京。李白《永王东巡歌》之四："春风试暖昭阳殿，明月还过鸲鹊楼。"**玉蟾**：皎洁的月亮。蟾，蟾蜍，俗称癞蛤蟆。《淮南子·精神训》载："月中有蟾蜍。"后以蟾蜍指月。

⑩**适情**：顺乎性情。

译文

在画有壁画的美丽居室中醒来，饰有珠玉的帘幕垂地，上面有蒜形银质帘坐悬挂，不会被风儿吹起。刚刚下过一场春雨，天色好像也被洗过一遍似的，颜色澄净异常，此时的天气轻云微雨，半阴半晴，正是养花的好季节。一阵轻风吹来，芳草回绿，草木的光泽闪现，波光粼粼的池塘水面也被风吹皱了。树上的杏子正是匀净细嫩之时，花蕊吐出，园林中姹紫嫣红，景色绚丽。小燕子飞过，蝴蝶在繁密的枝头飞舞，香炉烟缥缈，好似空中偶尔飘过的蜘蛛丝。白天的时间变得长了，不被琐事缠身的人独自站在夕阳中，体味这暮春时节的浓浓春意。

乘兴偕同佳人走入这花丛中。佳人弹奏起琵琶，指法娴熟音色悠扬。看她系紧裙子，用檀板打起节拍，随着音乐翩翩起舞，动作宛如惊雁飞起。她的眉毛似弯月，脸色红润仿佛晚霞般灿烂，歌声嘹亮飘荡到云端。任凭头上满是落花，任凭月低垂、夜深沉，依然在此歌舞游玩，没有尽兴怎么可能回去呢。你看这人世间悠悠万事、宦海浮沉，即使能活上一百年，也不过是三万六千日罢了。倒不如一醉方休算了，人生在世，一定要顺乎自己的性情啊。

念奴娇·赤壁怀古

题 解

宋神宗元丰五年（1082）七月，苏轼游览黄州赤壁，作此词。

原 文

　　大江东去，浪淘尽，千古风流人物。故垒西边①，人道是，三国周郎赤壁②。乱石穿空，惊涛拍岸，卷起千堆雪③。江山如画，一时多少豪杰。

　　遥想公瑾当年，小乔初嫁了④，雄姿英发⑤。羽扇纶巾⑥，谈笑间，樯橹灰飞烟灭⑦。故国神游⑧，多情应笑我，早生华发。人生如梦，一尊还酹江月⑨。

注 释

①**故垒**：过去遗留下来的营垒。
②**周郎**：指周瑜，字公瑾，为吴中郎将时年仅二十四岁，吴郡人称他为"周郎"。
③**雪**：比喻浪花。
④**小乔**：乔玄的小女儿，嫁给了周瑜。

词

一九一

⑤**英发**：勃发、谈吐不凡。

⑥**羽扇纶巾**：手摇羽扇，头戴纶巾。这是古时儒将的装束，形容周瑜从容娴雅。纶巾是古代配有青丝带的头巾。

⑦**樯橹**：此处代指曹操的水军战船。

⑧**故国神游**：神游于故国。指词人想象当年周瑜大破曹军的情景。故国，指旧地。

⑨**尊**：同"樽"，一种盛酒器。这里指酒杯。

译 文

大江之水滚滚不断向东流去，千古的英雄人物都随着长江水逝去。在那久远古战场的西边地方，听说是三国周瑜破曹军的赤壁。四面石乱山高，两岸悬崖如云，惊涛骇浪猛烈地拍打着对岸，卷起浪花仿佛冬日的千堆雪。江山如此美丽，如图如画，一时间涌出了多少英雄豪杰。

遥想当年的周瑜，小乔刚嫁给他，英姿雄健，风度翩翩，神采照人。手中执着羽扇，头上戴着纶巾，从容潇洒地在说笑闲谈之间，使八十万曹军灰飞烟灭。如今我身临古战场神游往昔，定会有人笑我有如此多的怀古柔情，还没老呢就已鬓发斑白。人生如同一场朦胧的梦似的，举起酒杯奠祭这万古的明月。

集 评

元好问《题闲闲书赤壁赋后》："东坡赤壁词殆戏以周郎自况也。词才百余字，而江山人物无复余蕴，宜其为乐府绝唱。"

临江仙·夜归临皋

题 解

此词作于宋神宗元丰五年（1082）九月的黄州。

原 文

夜饮东坡醒复醉①，归来仿佛三更。家童鼻息已雷鸣。敲门都不应，倚杖听江声。

长恨此身非我有②，何时忘却营营③。夜阑风静縠纹平④。小舟从此逝，江海寄余生。

注 释

①**东坡**：本为黄州城东的旧营地。作者于本年春在此开荒，因仰慕白居易在四川忠州东坡躬耕之事，遂名此地为"东坡"，并取以为号。

②**恨**：感到缺憾，身不由己。

③**营营**：为名利所纷扰。

④**夜阑**：夜尽。

译 文

夜里在东坡饮酒，醉而复醒，醒了又饮。归来时好像已经是夜半三更了。家童鼾声如雷，反复叫门也不应，只好拄杖伫立江边聆听江水奔流的声音。

长恨身在宦途，这身子已不是我自己所有。什么时候才能够忘却追逐功名？夜深风静，水波不兴。真想乘上小船从此消逝，在烟波江湖中了却余生。

南乡子·重九涵辉楼呈徐君猷

题 解

宋神宗元丰五年（1082）重阳日，在郡中涵辉楼宴席上，苏轼作此词献给黄州知州徐君猷。

原 文

霜降水痕收①，浅碧鳞鳞露远洲。酒力渐消风力软，飕飕。破帽多情却恋头②。

佳节若为酬，但把清樽断送秋。万事到头都是梦，休休。明日黄花蝶也愁③。

注 释

①**水痕收**：水位降低。

②**破帽多情却恋头**：《晋书·孟嘉传》载，桓温于九月九日宴群僚于龙山，孟

嘉所戴帽为风吹落而未觉。

③**黄花**：菊花。

译文

深秋霜降时节，水位下降，远处江心的沙洲都露出来了。酒力减退了，才觉察到微风吹过，让人觉得凉飕飕的。破帽却多情留恋，不肯被风吹落。

重阳佳节如何度过？只需痛饮美酒送走这秋光。世间万事都是转眼成空的梦境，因而不要再提往事。重阳节后菊花色、香均会大减，连迷恋菊花的蝴蝶也会感叹发愁了。

浣溪沙

题解

这组词共五首，写于宋神宗元丰五年（1082）十二月的黄州。徐君猷，名大受，时任黄州知州。他对贬谪黄州的苏轼十分优待。元丰六年（1083），徐君猷病逝后，苏轼在给君猷之弟得之的信中说："始谪黄州，举目无亲，君猷一见，相待如骨肉，此意岂可忘哉？"

原文

十二月二日，雨后微雪，太守徐君猷携酒见过，座上作《浣溪沙》三首。明日酒醒，雪大作，又作二首。

其一

覆块青青麦未苏①，江南云叶暗随车②，临皋烟景世间无③。

雨脚半收檐断线，雪林初下瓦跳珠④，归来冰颗乱黏须。

注释

①**苏**：复苏，此处指麦返青。

②**云叶**：云片，云朵。

③**临皋**：亭名，在黄州南门外的江边。苏轼在元丰三年（1080）二月贬黄州时居定惠院，五月迁于此。

④**雪林**：雪珠，俗称霰。

译文

麦苗青青，覆盖着田垄，江南的云朵似乎都是悄悄跟随着您的车来的，临皋亭烟雾缭绕的景象真是人间少有。

原本密集的雨点稀疏了，屋檐的滴水变成了断线，雪珠开始在瓦上蹦跳。饮酒归来的时候，胡须上便因哈气结了冰珠儿。

其二

原文

醉梦昏昏晓未苏，门前辘辘使君车①，扶头一盏怎生无②？
废圃寒蔬挑翠羽，小槽春酒冻真珠③，清香细细嚼梅须④。

注释

①**辘辘**：车轮转动之声。

②**扶头**：一种酒，因易醉而得名。

③**槽**：酿酒或注酒的器皿。

④**须**：花蕊。

译文

喝醉了便倒头大睡，天都大亮了也没从美梦中醒来，直到门前传来车轮转动的声音，原来是君猷来了，说道怎么没有扶头酒喝呢？

我急忙在菜园中挑选出鲜嫩的菜叶，酒壶中的美酒晶莹剔透，清香入口，如品尝了梅花的花蕊一般。

其三

原文

雪里餐毡例姓苏①，使君载酒为

●苏武牧羊

回车，天寒酒色转头无。

荐士已闻飞鹗表②，报恩应不用蛇珠③，醉中还许揽桓须④。

注 释

①**雪里餐毡例姓苏**：此句用苏轼典，不取守节不屈之意，意在比喻黄州生活的贫穷。

②**荐士已闻飞鹗表**：孔融《荐祢衡表》有"鸷鸟累百，不如一鹗"之语。徐君猷曾表荐苏轼于朝，所以苏轼用孔融荐祢衡作比。

③**报恩应不用蛇珠**：《淮南子·览冥训》载："譬如隋侯之珠。"后汉高诱注："隋侯见大蛇伤断，以药傅之，后蛇于江中衔大珠以报之，因曰隋侯之珠。"此句反用此典，意谓自己不需用世俗的方式感谢徐君猷。

④**醉中还许揽桓须**：《晋书·桓伊传》载，谢安为皇帝所疑，桓伊在皇帝面前抚筝而歌："为君既不易，为臣良独难。忠信事不显，乃有见疑患……"声节慷慨，俯仰可观。"安泣下沾襟，乃越席而就之，捋其须曰：'使君于此不凡！'帝甚有愧色。"苏轼待罪黄州，徐君猷荐之，与此相似，故借此典表示对徐君猷的感激。

译 文

那个以雪和毡毛充饥，死不变节的人也姓苏，如今我的生活虽然贫穷，但也算不了什么，使君带着酒专程来看我。要知道天寒地冻，酒意很快就会消除，实在是太冷了。

我听说您不久前上表向朝廷推荐了我，我十分感动。无法用世俗的方法来报答您，只能如谢安对桓伊那样来表达我的感激之情。

其四

原 文

半夜银山上积苏①，朝来九陌带随车②，涛江烟渚一时无③。

空腹有诗衣有结④，湿薪如桂米如珠，冻吟谁伴捻髭须。

注 释

①**苏**：草。

②**朝来九陌带随车**：清晨路上车行处翻起白道如练。九陌，本为都城大路，此处泛指道路。

③**渚**：小洲、小岛。

④**空腹有诗衣有结**:《晋书·隐逸传》载：董京披发而行,逍遥吟咏,"时乞于市,得残碎缯絮,结以自覆,全帛佳绵则不肯受"。此句用此典,表示自己处境虽艰,但弦歌不辍。

译 文

午夜时分下了一场大雪,山上的草都被积雪覆盖,一片银色。清晨路上车行处翻起白道如练,天寒地冻,平日江水的流淌和小洲上的烟云都见不到了。

生活虽然艰难,衣衫破烂,但我腹内还有诗书。眼下物价昂贵,湿的柴火贵似桂枝,大米的价钱已快赶上珍珠了。在这寒冷的日子里,我捻着胡须,谁来与我为伴吟诗呢。

其五

原 文

万顷风涛不记苏①,雪晴江上麦千车,但令人饱我愁无。
翠袖倚风萦柳絮,绛唇得酒烂樱珠②,樽前呵手镊霜须。

注 释

①苏:苏醒。
②烂:色彩绚烂。

译 文

只记得昨晚风声阵阵,却不记得是什么时候醒来的了,看江上大雪纷飞,想着瑞雪兆丰年,明年的麦子一定能够丰收。只要百姓能吃饱,我就没什么可发愁的了。

佳人临风而立,身边雪花似柳絮,她用那红红的嘴唇喝下美酒,犹如樱桃般绚烂,我则在酒杯前嘘气暖手,拔取白胡须。

满庭芳

题 解

宋神宗元丰六年(1083)五月,陈慥(字季常)与王氏过访苏轼,三人聚会后,苏轼写此词送别。当时,苏轼的许多朋友或怕被株连,或避嫌疑,纷纷疏远了他,使他倍感世态炎凉。然而,他的同乡陈慥却蔑视世俗,仍与其过从甚密,五年中竟七次来访。

原　文

有王长官者，弃官黄州三十三年，黄人谓之王先生。因送陈慥来过余，因为赋此。

三十三年，今谁存者，算只君与长江。凛然苍桧^①，霜干苦难双。闻道司州古县^②，云溪上、竹坞松窗^③。江南岸、不因送子，宁肯过吾邦？

拟拟^④，疏雨过，风林舞破，烟盖云幢^⑤。愿持此邀君，一饮空缸^⑥。居士先生老矣，真梦里、相对残钉^⑦。歌声断，行人未起，船鼓已逢逢。

注　释

①**苍桧**：青绿的松柏。
②**司州古县**：指湖北黄陂县，唐朝时曾称南司州，王长官住在此地。
③**坞**：凉棚。
④**拟拟**："拟"通"撞"，形容阵雨的声音。
⑤**幢**：车帘。
⑥**缸**：酒器。
⑦**钉**：灯。

译　文

辞官三十三年，这样的人世上还有谁？算来只有品格高洁的王长官和滔滔不尽的长江了。风骨凛然如苍桧，霜干承受了多少苦难。听说司州古县，云溪上，有一座用竹子建造的房屋，它的窗子由松木建造。如果王先生不是为了送陈慥去长江南岸，怎么会来我所居住的黄冈县？

风雨骤至，雨后你乘车到来，烟云雾霭覆盖着房屋。只愿持杯邀请先生，一口气把酒喝干。东坡居士已经老了，真好像是在梦里与你通宵达旦地开怀畅饮，对着残破的灯。歌声停了，行人还没有起床，船鼓已经嘭嘭响起，催促行人出发了。

集　评

郑文焯《手批东坡乐府》："不事雕凿，字字苍寒，如空岩霜干，天风吹堕颇黎地上，铿然作碎玉声。"

西江月·重阳栖霞楼作

　　此词作于宋神宗元丰六年（1083）重阳节。两年前的重阳节，苏轼与徐君猷同登栖霞楼赏菊；一年前的重阳节，苏轼在此送别徐君猷。

原 文

　　点点楼头细雨，重重江外平湖。当年戏马会东徐[①]**，今日凄凉南浦**[②]**。莫恨黄花未吐，且教红粉相扶。酒阑不必看茱萸**[③]**，俯仰人间今古。**

注 释

　　[①]**当年戏马会东徐**：戏马，指戏马台，在徐州，项羽所筑。东徐，即徐州。南朝宋武帝刘裕为宋公时，曾于重九日与军士出游戏马台，后来相沿成俗。

　　[②]**南浦**：本义为水的南岸。《楚辞·九歌·河伯》云："送美人兮南浦。"故后世多指送别之处。此处亦为此意，而所指实为栖霞楼，因为去年今日苏轼在此与徐君猷相别。

　　[③]**茱萸**：植物名，生于川谷，香味浓烈。古人于重阳日头插茱萸，认为可以避邪。

译 文

　　栖霞楼外，细雨蒙蒙，映得江上烟雨重重。当年我们在东徐戏马台相聚，今日却要在南浦凄凉地分别。

　　不要怨恨黄花未吐露芬芳，且教红粉佳人相扶。酒兴阑珊，无须看那茱萸，古今事不过在俯仰之间而已。

水调歌头·黄州快哉亭赠张偓佺

东坡集

二〇〇

【题 解】

此词作于宋神宗元丰六年（1083）六月，当时苏轼贬官在黄州。张偓佺（即张怀民）营新居于江上，筑亭，苏轼名"快哉亭"，并作《水调歌头》，苏辙有《黄州快哉亭记》。

【原 文】

落日绣帘卷，亭下水连空。知君为我新作①，窗户湿青红。长记平山堂上，欹枕江南烟雨，杳杳没孤鸿。认得醉翁语：山色有无中②。

一千顷，都镜净，倒碧峰。忽然浪起，掀舞一叶白头翁。堪笑兰台公子③，未解庄生天籁④，刚道有雌雄⑤。一点浩然气，千里快哉风。

【注 释】

①**新作**：新建。

②**山色有无中**：欧阳修《朝中措》："平山栏槛倚晴空，山色有无中。"

③**兰台公子**：指宋玉，曾任兰台令。宋玉在《风赋》中写道：楚襄王游兰台宫，凉风吹拂，襄王曰："快哉此风，寡人所与庶人共者邪？"宋玉谓庶人不能共享，风有"大王之雄风""庶人之雌风"的区别。

④**庄生天籁**：《庄子·齐物论》载："女闻人籁而未闻地籁，女闻地籁而未闻天籁。"

⑤**刚道**："硬说"之意。

【译 文】

夕阳西下，卷起绣帘远眺，只见亭下江水与碧空相接。知道你为我建了快哉亭，还特意在窗户上涂上了清油朱漆。这让我想起当年在平山堂的时候，靠着枕席，欣赏江南的烟雨，遥望远方天际孤鸿出没的情景。今天看到眼前的景象，我方体会到醉翁词句中所描绘的山色若隐若现的景致。

广阔的水面如明镜一般，山峰翠绿的影子倒映其中。忽然一阵飓风，江面倏忽变化，涛澜汹涌，风云开合，一个渔翁驾着一叶小舟，在狂风巨浪中掀舞。见此不由得想起了宋玉的《风赋》，像宋玉这样可笑的人，是不可能理解庄子的风是天籁之说的，硬说什么风有雄风、雌风。其实，一个人只要具备了至大至刚的浩然之气，就不难有千里快哉风。

【集　评】

郑文焯《手批东坡乐府》："此等句法，使作者稍稍矜才使气，便流入粗豪一派。妙能写景中人，用生出无情思。"

满庭芳

【题　解】

此词作于何时已不可考，但从词中表现的内容和抒发的感情看，应是苏轼受到重大挫折后，大致可断为写于贬谪黄州之后。

【原　文】

蜗角虚名①，蝇头微利，算来著甚干忙②。事皆前定，谁弱又谁强。且趁闲身未老，须放我、些子疏狂③。百年里，浑教是醉，三万六千场。

思量、能几许？忧愁风雨，一半相妨。又何须抵死④，说短论长⑤。幸对清风皓月，苔茵展⑥、云幕高张。江南好，千钟美酒，一曲《满庭芳》。

【注　释】

①蜗角：喻极其微小。典出《庄子·则阳》："有国于蜗之左角者，曰触氏；有国于蜗之右角者，曰蛮氏。时相与争地而战，伏尸数万，逐北，旬有五日而后返。"

②著甚干忙：白忙什么。

③**些子**：一点儿。

④**抵死**：拼命，竭力。

⑤**说短论长**：争强好胜。

⑥**苔茵**：如褥的草地。

译 文

微小的虚名薄利，有什么值得为之忙碌不停呢？名利得失之事自有因缘，得者未必强，失者未必弱。赶紧趁着闲散之身未老之时，抛开束缚，放纵自我，逍遥自在。即使只有一百年的时光，我要天天痛饮大醉，醉他个三万六千场。

沉思算来，一生中有一半日子是被忧愁风雨干扰的，又有什么必要一天到晚说长论短呢？不如面对这清风皓月，以苍苔为褥席，以高云为帷帐，宁静地生活。江南真好，饮千杯美酒，吟唱一曲优雅的《满庭芳》。

鹧鸪天

题 解

此词作于宋神宗元丰六年（1083），时苏轼谪居黄州已经四年，政治打击和仕途挫折使他的心情不免时感悲凉，产生了随遇而安的思想。关于这首词的具体写作时间，从词中写翠竹丛生、鸣蝉四起、红蕖照水、雨后天凉等来分析，可知它是写于元丰六年夏末秋初之际。

原 文

林断山明竹隐墙①，乱蝉衰草小池塘。翻空白鸟时时见②，照水红蕖细细香③。

村舍外，古城旁④，杖藜徐步转斜阳。殷勤昨夜三更雨，又得浮生一日凉。

注 释

①**林断山明**：树林断绝处，山峰显现出来。

②**翻空**：飞翔在高空。

③**红蕖**：红色的荷花。

④**古城**：指黄州古城。

译　文

远处郁郁葱葱的树林尽头，有耸立的高山，扶疏的竹影遮住了围墙，蝉声嘈杂，衰草长满小小的池塘，在空中翻腾翱翔的白鸟时隐时现，映照在水面的粉红荷花散发着微微的清香。

在村舍外，古城旁，我手拄藜杖慢步徘徊，转瞬已是夕阳。昨夜三更的时候下过一阵霖雨，今天又能使漂泊不定的人享受一日的清凉了。

集　评

郑文焯《大鹤山人词话》："渊明诗：'啸傲东轩下，聊复得此生。'此词从陶诗中得来，愈觉清异，较'浮生半日闲'句，自是诗词异调。作者每谓坡公以诗笔入词，岂审音知言者？"

满庭芳

题　解

宋神宗元丰七年（1084）四月，苏轼量移汝州（今河南临汝）。邻里友人纷纷相送，苏轼作此词相别，并书赠李仲览。李仲览，名翔，湖北兴国人，元丰进士。苏轼谪黄州，李常相过坊。

原　文

元丰七年四月一日，余将去黄移汝，留别雪堂邻里二三君子。会李仲览自江东来别，遂书以遗之。

归去来兮，吾归何处？万里家在岷峨①。百年强半②，来日苦无多。坐见黄州再闰③，儿童尽、楚语吴歌④。山中友，鸡豚社酒⑤，相劝老东坡。

云何，当此去，人生底事，来往如梭。待闲看秋风，洛水清波。好在堂前细柳，应念我，莫剪柔柯⑥。仍传语，江南父老⑦，时与晒渔蓑。

注 释

①**岷峨**：岷山和峨眉山，此处指家乡。

②**百年强半**：韩愈《除官赴阙至江州寄鄂岳李大夫》："年皆过半百，来日苦无多。"此用其句，意为人生已过大半。

③**再闰**：苏轼于元丰三年（1080）二月到黄州，元丰三年闰九月，元丰六年闰六月，故为"再闰"。

④**楚语吴歌**：黄州在春秋战国时属楚地，三国时期属吴地，故称。

⑤**鸡豚社酒**：豚，猪。社酒，祭祀神祇时所用的酒。

⑥**莫剪柔柯**：不要砍伐柔嫩的枝条，此处谓要珍惜彼此的友情。

⑦**江南父老**：指邻里。

译 文

归去啊，归去，我的归宿在哪里？家在万里外的西蜀。人生百年已过多半，剩下的日子也不多。蹉跎黄州岁月，五年两闰虚过。膝下孩子，会说楚语，会唱吴歌。山中好友携酒相送，都来劝我留下来终老东坡。

在这离别的时刻，说点什么呢？人生到底为什么，辗转奔波如穿梭。在汝州闲暇的时候，坐看秋风落水荡清波。虽然离开了这里，但你们一定会纪念着我，连我亲手种植的堂前细柳，也舍不得剪裁嫩枝。还要传语江南父老，经常替我晒晒渔蓑，我还要回来归隐。

集 评

俞陛云《唐五代两宋词选释》："东坡在黄州，寒食开海棠之宴，秋江泛赤壁之舟，历五年之久，临别依依。"

阮郎归·初夏

题 解

此词作于宋神宗元丰七年（1084）四月上旬的永兴（今湖北阳新）。题为"初夏"，实写闺情。

原 文

绿槐高柳咽新蝉①，薰风初入弦②。碧纱窗下水沉烟③，棋声惊昼眠。

微雨过，小荷翻，榴花开欲然^④。玉盆纤手弄清泉，琼珠碎却圆。

①咽：声音低塞。

②薰风初入弦：开始演奏《南风》之曲。《礼记·乐记》载："昔者，舜作五弦之琴，以歌《南风》。"《孔子家语·辩乐解》载《南风》之辞："南风之薰兮，可以解吾民之愠兮。"薰风，即南风，和煦的风。入弦，用弦乐器演奏。

③水沉烟：即沉香，用一种入水能沉的香木做成。

④然：同"燃"。

译文

窗外绿槐如茵，高高的柳树随风轻动，蝉鸣声时断时续，和风将初夏的清凉吹入屋内。碧纱窗下，沉香发出阵阵幽香，下棋的声音将人从睡梦中唤醒。

一阵细雨过去，轻风把荷叶翻转，石榴花开得像火一样红。少女端着漂亮的瓷盆到清池边玩水，水花散溅到荷叶上，像珍珠那样圆润晶亮。

集评

沈雄《古今词语》："观者叹服其八句状八景。音律一同，殊不散乱，人争宝之。刻之琬琰，挂于堂室间也。"

俞陛云《唐五代两宋词选释》："写闺情而不着妍辞，不作情语，自有一种闲雅之趣。"

渔家傲

题解

宋神宗元丰七年（1084）八月，苏轼自黄赴汝，途经金陵，恰逢江宁知府王胜之调任南都（今河南商丘），作此词送别。

原文

金陵赏心亭送王胜之龙图。王守金陵，视事一日，移南郡。

千古龙蟠并虎踞^①，从公一吊兴亡处^②。渺渺斜风吹细雨。芳草渡，江南父老留公住③。

公驾飞车凌彩雾，红鸾骖乘青鸾驭④。却讶此洲名白鹭⑤。非吾侣，翩然欲下还飞去。

注 释

①龙蟠并虎踞：似龙盘伏，如虎蹲坐，形容地势险要。

②兴亡处：南京为东吴、东晋、宋、齐、梁、陈六朝古都，历经三百年繁华，此所谓"兴"；但六朝更迭既速，隋灭陈时，六朝所造城阙宫殿多被平毁，至唐宋时只剩断垣颓壁而已，此所谓"亡"。

③江南父老留公住：南京百姓挽留王胜之。

④骖：指在车两侧驾驭。

⑤白鹭：白鹭洲，在金陵城西门外。

译 文

"钟山龙蟠，石头虎踞"，千古帝王之都，有幸陪同你凭吊这历经沧桑的兴亡之地。斜风渺渺、细雨纷纷，弥散着一片别情离愁。在这芳草渡口，江南父老依依惜别，恳切地把你挽留。

你驾着飞车穿越多彩的云霞，仙游似的乘着红鸾驾着青鸟而去。却讶异这里的沙洲居然名之为白鹭，鸾鸟的伴侣，刚想落下来，又翩然向别处飞去。

如梦令

题 解

宋神宗元丰七年（1084）十二月，作者此时自黄州迁汝州，途经泗州，浴于雍熙塔下，所以用与洗浴有关的佛典禅语作此词。唐宋时，浴室多设在禅寺内。

原 文

元丰七年十二月十八日，浴泗州雍熙塔下，戏作《如梦令》两阕。此曲本唐庄宗制，名"忆仙姿"，嫌其名不雅，故改为"如梦令"。盖庄宗作此词，卒章云："如梦，如梦，和泪出门相送。"因取以为名云。

水垢何曾相受①，细看两俱无有。寄语揩背人，尽日劳君挥肘。轻手，轻手，居士本来无垢②。

注释

①**水垢何曾相受**：前秦鸠摩罗什译《维摩诘所说经》卷中《文殊师利问疾品》，载维摩诘所说偈："八解之浴池，定水湛然满。布以七净华，浴此无垢人。"

②**无垢**：佛教用语，比喻一切本来清净。

译文

水与污垢何时曾相互容纳过呢？细细看来，水中没有污垢，污垢中也没有水。告诉擦背的人，这一天劳烦你挥动胳膊了。轻一些，轻一些，我原本就没有污垢。

行香子·与泗守过南山晚归作

题解

宋神宗元丰七年（1084）十二月，苏轼与泗州知州刘士彦（字倩叔）同游南山晚归而作。

原文

北望平川①，野水荒湾，共寻春、飞步屏颜②。和风弄袖，香雾萦鬟③。正酒酣时，人语笑，白云间。

飞鸿落照，相将归去，澹娟娟④、玉宇清闲。何人无事，宴坐空山。望长桥上⑤，灯火乱，使君还。

注释

①**平川**：平地。

②**屏颜**：同"巉岩"，高峻的山岭。

③**香雾萦鬟**：写同游的歌伎。杜甫《月夜》："香雾云鬟湿，清辉玉臂寒。"

④**澹**：恬静。

⑤**长桥**：泗州通往南山的一座桥。

[译 文]

　　北望一马平川，荒郊的水湾中，溪水欢快地流淌，我们一同寻觅春天的脚步，快步行走在这崇山峻岭上。和煦的微风吹动衣袖，身旁歌女的头发上香雾萦绕。酒酣耳热之际，只听见我们的笑语声回荡在白云之间。

　　夕阳西下，大雁盘旋于天边，和我们一同回去。天空清静闲朗。是什么人这么悠闲，闲坐在这南山之上呢？望向长桥，只看见灯火通明人影嘈杂，是太守回去了。

[集 评]

　　黄苏《蓼园词选》："凡游览题易于平呆，最难做得超隽。'飞鸿'二句，情景交融，自具隽旨。结句于旁观着笔，笔有余妍，亦是跳脱生新之法。"

浣溪沙

[题 解]

　　宋神宗元丰七年（1084）十二月，苏轼在赴汝州任团练使途中，路经泗州时，与泗州刘倩叔同游南山时所作。刘倩叔，不详。南山，即都梁山，在泗州盱眙县南。

[原 文]

　　元丰七年十二月二十四日，从泗州刘倩叔游南山。

　　细雨斜风作晓寒，淡烟疏柳媚晴滩①。入淮清洛渐漫漫②。
　　雪沫乳花浮午盏③，蓼茸蒿笋试春盘④。人间有味是清欢。

[注 释]

①**媚**：美好。

②**清洛**：清澈的洛河。

③**雪沫乳花**：煎茶的水面浮现的泡沫。

④**蓼茸**：蓼菜的嫩芽。**试春盘**：旧俗立春日馈赠亲友，以蔬菜水果、糕饼等装盘，谓"春盘"。因时近立春，故此云"试"。

细雨斜风天气微寒。淡淡的烟雾，稀疏的柳树使刚放晴的沙滩更加美好。洛水注入淮河，亦仿佛渐流渐远，广远无际。

午茶盏中浮着乳白色的茶沫，盘子里装着春天初生的蓼菜和芦蒿的嫩芽。人间真正有味道的还是清淡的欢愉。

满庭芳

题 解

此词作于宋神宗元丰七年（1084）十二月末，词作表现了作者潦倒寂寥的心绪和思归不得的乡愁，但言语间仍然透露出"疏狂异趣"的不屈个性和旷达胸襟。

原 文

余年十七，始与刘仲达往来于眉山。今年四十九，相逢于泗上。淮水浅冻，久留郡中，晦日同游南山，话旧感叹，因作此词。

三十三年，漂流江海，万里烟浪云帆。故人惊怪，憔悴老青衫①。我自疏狂异趣，君何事、奔走尘凡。流年尽，穷途坐守，船尾冻相衔。

巉巉②。淮浦外③，层楼翠壁，古寺空岩。步携手林间，笑挽攕攕④。莫上孤峰尽处，萦望眼、云海相搀⑤。家何在，因君问我，归梦绕松杉。

注 释

①"故人"二句：故人指刘仲达。青衫，唐代八品和九品的官服，常指官位低下。作者时任团练副使，为十等散官之第四等，从八品（副八品）。苏轼作于此时的《乞常州居住表》云："自离黄州，风涛惊恐，举家重病，一子丧亡。今虽已至泗州，而资用罄竭，去汝尚远，难于陆行。无屋可居，无田可食，二十余口，不知所归，饥寒之忧，近在朝夕。"此即当时作者的憔悴之状。

②巉巉：高峭险峻貌，形容下文南山的楼壁寺岩。

③浦：水滨。

④撍撍：同"掺掺"，形容女子手的纤美。此处指刘仲达的手。

⑤搀：混杂。

译文

你我分别三十三年，漂泊于人世间，看尽了烟波云帆。故人惊讶我满脸憔悴，老态尽显，还是一介散官。我本来是个豪放不羁之人，志趣与众不同，可是你为什么也同样如此呢？这一年就要过去了，坐守穷途，看着冰冻的河里船尾相连。

淮河的水滨之外，有高耸陡峭的楼壁寺，我们携手在林中散步，笑挽着手，不用走到那山峰的尽头高处，眼前已然满是云雾了。你问我家乡在哪里呢，唉，我也只是梦中才能看得到了啊。

满庭芳

题解

宋神宗元丰八年（1085）二月，苏轼离黄赴汝，行至南都（今河南商丘），诰命下，量移常州居住。苏轼复作此词。阳羡，常州宜兴。苏轼有田在阳羡。

原文

余谪居黄州五年，将赴临汝，作《满庭芳》一篇别黄人。既至南都，蒙恩放归阳羡，复作一篇。

归去来兮，清溪无底，上有千仞嵯峨①。画楼东畔，天远夕阳多。老去君恩未报，空回首、弹铗悲歌②。船头转，长风万里，归马驻平坡③。

无何④。何处有，银潢尽处，天女停梭⑤。问何事人间，久戏风波⑥？顾谓同来稚子，应烂汝、腰下长柯⑦。青衫破，群仙笑我，千缕挂烟蓑⑧。

注释

①嵯峨：山势高峻的样子。

②弹铗悲歌：《战国策·齐策》载：冯谖为孟尝君门客，认为自己的待遇不好，

于是"倚柱弹其剑,歌曰:'长铗归来乎! 食无鱼'"。孟尝君听说后,命赐给他鱼。"后有顷,复弹其铗,歌曰:'长铗归来乎! 出无车。'"孟尝君又派给了他车马。不久后冯谖再次歌曰:"长铗归来乎! 无以为家。"孟尝君一一满足了冯谖的要求,后冯谖为孟尝君解除了后顾之忧。

③**归马驻平坡**:船顺风疾行,犹如骏马奔驰。

④**无何**:"无何有之乡"的简称,指空无所有的虚幻境界。语出《庄子·逍遥游》:"何不树之于无何有之乡。"

⑤**银潢**:银为银河,潢为天潢星,指星空。**天女**:织女。梁简文帝《七夕》:"天梭织来久,方逢今夜停。"

⑥**戏**:角力,较量。**风波**:喻政治斗争。

⑦**"应烂"二句**:梁任昉《述异记》载,晋王质伐木石室山,有童子数人下棋而歌,以一物如枣核者与质,质食后便不复饥。有顷,童子问其为何不去,"质起视,斧柯烂尽。既归,无复时人(同时代的人都不在了)"。所谓山中一日,世上千年。柯,斧柄。

⑧**烟蓑**:喻天宫烟云缭绕,仿佛蓑衣披身。

译　文

归去啊,归去,下有无底的溪流,上有千仞的峰峦。如画的楼宇东畔,天空辽远,夕阳西下。年渐老迈,蒙受皇帝的恩典,满足了居住常州的心愿,但我却不能像冯谖那样,报答皇帝这份恩典。调转船头奔向常州,船儿顺风疾行。好似骏马奔驰一般。

哪里有无何有之乡? 天河尽头,织女停下了织梭,问一声为什么要这么长时间坠落凡尘游戏风波? 回头跟一同来的幼子说:"来这太久了,恐怕你腰间的斧柄也烂了吧? 青衫已经破了,众仙一定笑话我,说这衣服条条缕缕,像披挂在身上的蓑衣。"

渔　父

题　解

这组词共四首,写于宋神宗元丰八年(1085)二、三月间。

二一一

其一

原　文

渔父饮，谁家去？鱼蟹一时分付[1]。酒无多少醉为期[2]，彼此不论钱数。

注　释

①分付：交给。

②期：限度。

译　文

渔父想饮酒，到哪一家去好呢？鱼和螃蟹同时交给了酒家换酒喝。饮酒不计多少量，一醉方休。渔父的鱼蟹与酒家的酒彼此之间何必谈论钱数。

其二

原　文

渔父醉，蓑衣舞。醉里却寻归路[1]。轻舟短棹任斜横[2]，醒后不知何处。

注　释

①却：往回走。

②棹：船桨。

译　文

渔父酒醉之后，穿着蓑衣跳舞，醉醺醺地寻找回家的路。上到船上，任凭船桨横斜，放任小舟漂流，酒醒后四顾茫然，不知自己身在何处。

其三

原　文

渔父醒，春江午。梦断落花飞絮。酒醒还醉醉还醒[1]，一笑人间今古。

东坡集

二一二

注释

①**酒醒还醉醉还醒**：写渔父的醉态。语出白居易《醉吟先生传》："又饮数杯，兀然而醉，既而醉复醒，醒复吟。吟复饮，饮复醉。醉吟相仍，若循环然。"

译文

渔父酒醒以后，春江上已是正午。醒来只见阵阵落花飞絮。酒醒了后再喝醉，醉了后再醒，将古往今来人间的功名利禄付之一笑。

其四

原文

渔父笑，轻鸥举①。漠漠一江风雨②。江边骑马是官人，借我孤舟南渡。

注释

①**举**：飞翔。
②**漠漠**：云烟弥漫。

译文

渔夫笑，海鸥轻快地飞起。风雨声中的长江显得愈发幽寂。江边有个骑马行走的官人，借我孤舟渡江南去。

水龙吟·赠赵晦之吹笛侍儿

题解

此词作于宋神宗元丰八年（1085）十月，写赠赵晦之吹笛侍儿。赵晦之，名昶，赵棠之子。先任楚州团练推官，后为东武县令，失官归海州，熙宁末知藤州。与苏往还甚密，苏集中赠送赵昶诗词甚多。

原文

楚山修竹如云①，异材秀出千林表。龙须半剪②，凤膺微涨③，玉肌匀绕④。木落淮南，雨晴云梦，月明风袅。自中郎不见，桓伊去后⑤，知孤负、秋多少。

　　闻道岭南太守⑥，后堂深，绿珠娇小⑦。绮窗学弄,《梁州》初遍，《霓裳》未了⑧。嚼徵含宫，泛商流羽⑨，一声云杪⑩。为使君洗尽、蛮风瘴雨，作《霜天晓》⑪。

注释

　　①楚山修竹：古代蕲州出高竹。

　　②龙须：古人取优质竹子制笛，打通各节，仅留首节，并保存其表面的细枝条，修剪捆束，称"龙须"。

　　③凤膺微涨：良笛首节以下略粗似凤胸，故云。

　　④玉肌匀绕：良笛除首节外，各节均光滑洁净，故云。

　　⑤"自中"二句：中郎指东汉蔡邕，曾为中郎将，善制笛。桓伊是东晋人，善吹笛。

　　⑥岭南太守：赵晦之刚卸藤州（今广西藤县，在岭南）知州任归来，故称。

　　⑦绿珠：西晋人石崇的歌伎，《晋书·石崇传》称其"美而艳，善吹笛"。此喻赵晦之的吹笛侍儿。

　　⑧《梁州》：又作《凉州》。《霓裳》：即《霓裳羽衣曲》。二者均为传自唐代的乐曲。

　　⑨"嚼徵"二句：乐声变化丰富。古乐有宫、商、角、徵、羽五声音阶。嚼、含、泛、流，均指吹奏的动作和技法。

　　⑩杪：本义为树梢，引申指末端。句意谓笛声直达云端。

　　⑪《霜天晓》：即《霜天晓角》，乐曲名。

译文

　　楚山修长的竹子如云彩遍布，林端的竹材更是优异。用这样的竹子做笛子，要打通各节，保存其表面的细枝条，修剪捆束。好的笛子，第一节以下略粗似凤胸，其余各节光滑洁净好似女子的肌肤。在天清气爽、风微月明之时吹笛，声音才会美妙。而此地的天气正适合吹奏笛曲。自从蔡邕、桓伊这些善于制笛、吹笛的人消失后，楚山中的好竹子被埋没了多少年啊！

　　听说岭南太守后院之中，有一位艳丽又善于吹笛的美女。她在雕饰美丽的窗户下吹笛，吹完了《梁州》的开篇，便开始吹奏《霓裳》。不但乐声变化丰富，吹奏的技法也十分娴熟，能让这笛声直达云端。用笛声为使君接风，洗净一身从南方带来的蛮风瘴雨，吹奏一曲《霜天晓角》。

【集评】

　　沈际飞《草堂诗余正续》卷五："五十余字，堪与马《赋》并传。修语清远，马似不逮。"

定风波

【题解】

　　此词于宋哲宗元祐元年（1086）二月作于东京。苏轼的好友王巩（字定国）因受乌台诗案牵连，被贬谪到地处岭南荒僻之地的宾州 。王定国受贬时，其歌伎柔奴（别名寓娘）毅然随行到岭南。五年后王巩北归，让柔奴为苏轼劝酒。苏轼问她岭南风土，柔奴答曰："此心安处，便是吾乡。"苏轼听后颇有感触，作此词以赠。

【原文】

　　王定国歌儿曰柔奴，姓宇文氏，眉目娟丽，善应对，家世住京师。定国南迁归，余问柔："广南风土，应是不好？"柔对曰："此心安处，便是吾乡。"因为缀词云。

　　常羡人间琢玉郎①，天教分付点酥娘②。自作清歌传皓齿，风起，雪飞炎海变清凉。

　　万里归来颜愈少，微笑，笑时犹带岭梅香③。试问"岭南应不好"④，却道"此心安处是吾乡"⑤。

【注释】

①琢玉郎：形容王定国英俊，如玉琢成。

②点酥娘：形容柔奴肤润如酥。"娘"是对年轻女子的称呼。

③岭：指大庾岭，在今江西大余、广东南雄交界处，岭上梅花最有名。

④岭南：泛指五岭（今桂、粤、湘、赣交界处）以南地区，即今两广一带。王定国贬所宾州属岭南。

⑤"此心安处是吾乡"：这个心安定的地方，便是我的故乡。

常常羡慕这世间如玉雕琢般丰神俊朗的男子，就连上天也怜惜他，赠予他柔美聪慧的佳人与之相伴。唱起清新美妙的歌来，好似起了一阵清风，如雪片飞过炎热的夏日，使炎热的岭南立刻变得清凉。

你从遥远的地方归来却看起来更加年轻了，微微一笑，笑颜里好像还带着岭南梅花的清香。我问你："岭南的风土应该不是很好吧？"你却坦然答道："心安定的地方，便是我的故乡。"

如梦令·寄黄州杨使君二首

题 解

此词约作于宋哲宗元祐元年（1086），苏轼在京城做翰林学士时。在京城官翰林学士期间，虽受重视，但既与司马光等在一些政治措施上议论不合，又遭程颐等竭力排挤，心情并不舒畅，因此一再表示厌倦京官生涯，不时浮起归耕念头，故此借《如梦令》抒写怀念黄州之情，表现归耕东坡之意。

其一

原 文

为向东坡传语①，人在玉堂深处②。别后有谁来？雪压小桥无路。归去，归去，江上一犁春雨③。

注 释

①东坡：指黄州城东南作者所垦数十亩地。

②玉堂：学士院的别称，下设翰林学士，负责起草制诰。作者于元祐元年九月至元祐四年三月任翰林学士。因为玉堂在宫中，故曰"深处"。

③一犁：形容春雨深度。

译 文

请代我向黄州城内我曾耕种的那片地带句话，我因在学士院任职，无法亲自前往。我走后有没有人来呢？是雪压住了小桥，路不通吗？真想回去啊，近日春雨喜降，正适合犁地春耕。

原文

手种堂前桃李，无限绿阴青子^①。帘外百舌儿^②，惊起五更春睡^③。居士^④，居士，莫忘小桥流水。

注释

①青子：果实未成熟。杜牧《叹花》："狂风落尽深红色，绿叶成荫子满枝。"

②百舌儿：鸟名，立春后始鸣，因鸣声反复如百鸟齐鸣而得名。

③五更：天将明时。

④居士：作者自称。

译文

雪堂之前有我亲手种下的桃树和李树，到如今已然是绿叶成荫，青青的果实挂满枝头。帘外的百舌鸟儿天刚蒙蒙亮就开始鸣叫，把我从睡梦中唤醒。东坡居士啊东坡居士，不要忘记黄州小桥流水的美景，早日归隐吧。

好事近·湖上

题解

此词作于宋哲宗元祐五年（1090）九月，苏轼当时在杭州。这首词是他夜中泛舟西湖感叹老无所成的郁闷之作。

原文

湖上雨晴时，秋水半篙初没^①。朱槛俯窥寒鉴^②，照衰颜华发。醉中吹堕白纶巾^③，溪风漾流月。独棹小舟归去^④，任烟波摇兀^⑤。

注释

①篙：船竿。

②鉴：镜子，喻湖水。

③白纶巾：用青白丝织成的头巾。

④棹：划。

⑤兀：摇晃。唐皮日休《孤园寺》："艇子小且兀，缘湖荡白芷。"

译 文

雨过天晴的西湖，乘舟游览，撑船的竹竿被湖水刚刚漫过半截。从船上的红色栏杆俯看湖面，照出了自己的衰颜华发。

酒醉之后，一阵秋风吹来，把头上的白纶巾吹到了湖中，湖水荡漾、月光流波。独自划船归去，任由烟雾笼罩的湖面飘摇不定。

集 评

俞陛云《唐五代两宋词选释》："下阕四句有潇洒出尘之致。"

临江仙·送钱穆父

题 解

此词写于宋哲宗元祐六年（1091）春。当时苏轼在杭州，为送别自越州（今浙江绍兴）北徙途经杭州的老友钱穆父（名勰）而作。词作中不但表达了对老友的依依惜别之情，而且表现了词人旷达洒脱的性格。"父"是对有才德男子的美称。

原 文

一别都门三改火①，天涯踏尽红尘。依然一笑作春温②。无波真古井，有节是秋筠③。

惆怅孤帆连夜发，送行淡月微云。尊前不用翠眉颦④。人生如逆旅⑤，我亦是行人⑥。

注 释

①**都门**：指汴京。**改火**：指寒食禁火三日后重新起火，故以一改火指一年。

②**春温**：如春天般温暖。

③**筠**：竹。

④**翠眉**：指送别的官妓。**颦**：皱眉。

⑤**逆旅**：旅舍。李白《春夜宴桃李园序》："夫天地者，万物之逆旅；光阴者，百代之过客。"

⑥行人：旅行者。

你我在京城分别一晃又三年，你远涉天涯，一直奔走辗转在这尘世间。相逢一笑时，依然像春天般温暖。你的心如古井水不起波澜，高风亮节像秋天的竹子。

我心惆怅因你要连夜分别扬孤帆，送行之时云色微茫月儿淡淡。陪酒的歌伎不用对着酒杯太过凄婉。其实人生在世就好像住旅舍一般，我和你一样是个走在这人生旅途之中的行人。

八声甘州·寄参寥子

题　解

此词作于元祐六年（1091），苏轼召为翰林学士，三月离杭，送给参寥此词。参寥是僧道潜的字，以精深的道义和清新的文笔为苏轼所推崇，与苏轼过从甚密，结为莫逆之交。苏轼贬谪黄州时，参寥不远两千里赶去，追随他数年。这首赠给参寥的词，表现了二人深厚的友情，同时也抒写出世的玄想和巨大的人生空漠之感。整首词达观中充满豪气，向往出世却又执着于友情，读来毫无颓唐、消极之感，但觉气势恢宏，荡气回肠。

原　文

有情风万里卷潮来，无情送潮归。问钱塘江上，西兴浦口，几度斜晖？不用思量今古，俯仰昔人非。谁似东坡老，白首忘机①。

记取西湖西畔，正春山好处，空翠烟霏。算诗人相得，如我与君稀。约他年、东还海道②，愿谢公雅志莫相违。西州路，不应回首，为我沾衣。

注　释

①忘机：消除机心，恬淡宁静。

②"约他"二句：《晋书·谢安传》载：谢安虽身为大臣，"然东山之志始终不渝，每形于言色。及镇新城，尽室而行，造泛海之装，欲须经略粗定，自江道还东。

雅志未就，遂遇疾笃"。此处借谢安的典故，表明了作者希望日后归隐杭州的愿望。

东坡集

二二〇

　　万里长风有情，将海潮卷送来到；却又似无情，把这一江大潮吹回。还记不记得钱塘江潮，西兴渡口这样的杭州胜景，我们在夕阳中看过几回？也不用思古论今，转眼间物是人非，不必替古人伤心，也不必为现实忧虑。有谁似我东坡，白发苍苍已忘却名利心机。

　　记得西湖西畔，春山春色景色正美，山峰青翠，烟雾迷茫，想来如你我这般投缘的，世上少有。我希望他年能够与你重返浙东，一同归隐山林，不违背这美好的愿望。你不要像羊昙那样，醉中过西州门，回首往事，为我夙愿未偿泪水沾衣。

集 评

　　郑文焯《大鹤山人词话》："妙在无一字豪宕，无一字险怪，又出以闲逸感喟之情，所谓骨重神寒，不食人间烟火气者，语境至此观止矣。云锦成章，天衣无缝，是作从至情流出，不假熨帖之工。"

木兰花令·次欧公西湖韵

题 解

　　此词作于宋哲宗元祐六年（1091）八月，时苏轼知颍州。这是一首追和之词，所和者为欧阳修咏颍州西湖的《木兰花令》词。

原 文

　　霜余已失长淮阔，空听潺潺清颍咽。佳人犹唱醉翁词，四十三年如电抹①。

　　草头秋露流珠滑，三五盈盈还二八②。**与余同是识翁人，惟有西湖波底月**③。

注 释

　　①**四十三年**：欧阳修皇祐元年（1045）知颍州作《木兰花令》，至苏轼元祐六年（1091）作《木兰花令》前后正好四十三年。

　　②**三五、二八**：月满、月圆之意。月份大十六日满月，月小十五日。

③西湖：指颍州西湖。

译文

　　秋霜降后，长淮失去了往日壮阔的气势。只听见颍水潺潺，像是在代我哭泣伤逝。佳人还唱着醉翁的曲词，四十三年匆匆流去，如同电光一闪即逝。

　　生命像草上秋露晶莹圆润，遗落消失却不过一瞬。十五的月轮多么皎洁完满，第二天就会渐渐缺损。和我一样同醉翁相识的，如今还剩有几人？唯有西湖波底的明月，曾经把所有人照临。

减字木兰花·春月

题解

　　此词作于宋哲宗元祐七年（1092）正月十五。

原文

　　春庭月午①，摇荡香醪光欲舞②。步转回廊，半落梅花婉娩香③。

　　轻云薄雾，总是少年行乐处。不似秋光，只与离人照断肠。

注释

①月午：午夜。午，正中。

②摇荡香醪光欲舞：杯中酒在月光下摇荡。醪，酒糟未过滤的酒，又称浊酒。

③婉娩：柔弱，清淡。

译文

　　春夜的庭院中，月儿正在当空。银光在摇荡的美酒上闪烁不定，好似优美的舞步。走过回廊，已经半落的梅花发出阵阵幽香。

　　那轻风吹拂薄雾笼罩的春月，总是照着少年行乐的地方。不像秋天的月光照着孤独的远行人，更感凄凉。

集评

　　赵令畤《侯鲭录》卷四："元祐七年正月，东坡先生在汝阴，州堂前梅花大开，月色少霁。先生王夫人曰：'春月色胜秋月色，秋月色令人凄惨，春月色令人和悦，何如召赵德麟辈来饮此花下？'先生大喜曰：'吾不知子能诗邪？此真诗家语耳！'遂相召与二客饮，用是语作《减字木兰花》词。"

陈师道《后山诗话》："苏公居颍，春夜对月。王夫人曰：'春月可喜，秋月使人愁耳。'公谓前未及也，遂作词曰：'不似秋光，只与离人照断肠。'老杜云：'秋月解伤神。'语简而益工也。"

减字木兰花

此词作于宋哲宗元祐七年（1092）五月的扬州。

原 文

五月二十四日，会于无咎之随斋。主人汲泉置大盆中，渍白芙蓉，坐客翛然，无复有病暑意。

回风落景①，散乱东墙疏竹影。满座清微②，入袖寒泉不湿衣③。梦回酒醒，百尺飞澜鸣碧井④。雪洒冰麾⑤，散落佳人白玉肌⑥。

注 释

①景：日影。

②清微：清凉微细。

③不湿衣：谓寒意沁肌。

④百尺飞澜鸣碧井：从布满青苔的百尺井中汲水。

⑤麾：同"挥"。

⑥白玉肌：白荷花。

译 文

夕阳西下，清风回旋，将墙上稀疏的竹影吹得散乱。满座的宾客也感到了这细微清凉的晚风，吹入袖中寒意沁入肌肤，好似一汪清凉的泉水浸润身体。

酒醉方醒，主人从布满青苔的百尺井中汲出水来。清凉的井水洒在白荷花上，好像雪花落在了美人白嫩的肌肤上一般。

满江红·怀子由作

题解

宋哲宗元祐七年（1092），苏轼接到诰命，由颍州移知扬州。此词是赴扬州前，为怀念苏辙所作。

原文

清颍东流，愁目断、孤帆明灭。宦游处、青山白浪，万重千叠。孤负当年林下语，对床夜雨听萧瑟[①]。恨此生、长向别离中，添华发。

一尊酒，黄河侧。无限事，从头说。相看恍如昨，许多年月。衣上旧痕余苦泪，眉间喜气添黄色[②]。便与君、池上觅残春，花如雪。

注释

①萧瑟：指雨声。

②添黄色：古人认为黄色是喜事的征兆。韩愈《郾城晚饮奉赠副使马侍郎及冯、李二员外》："城上赤云呈胜气，眉间黄色见归期。"

译文

清澈的颍水向东流淌，我满怀愁绪地看着江上若隐若现的孤帆远去。在这宦游途中，青山滴翠，白浪翻飞，万重千叠的险阻，挡住了你我的相见。白白辜负了我们当年归隐之约；夜晚对床相卧，听萧瑟的雨声。唉！深憾此生总与你匆匆相别，这种无奈的感觉不禁让我白发虚增。

我在这黄河岸边祭下一樽美酒，将你我那无尽的过往从头细数。你我二人那日相见恍若眼前，但在不知不觉间却已过去了悠悠岁月。我衣襟上愁苦的泪痕隐约还在，但眉间喜气却已暗示你我重逢在即。待到重逢日，和你同游池上，到如雪落花中寻觅春天的痕迹。

行香子·述怀

题 解

此词约作于宋哲宗元祐时期（1086—1093），抒写了作者把酒对月之时的襟怀意绪。

原 文

清夜无尘，月色如银。酒斟时、须满十分①。浮名浮利，虚苦劳神。叹隙中驹②，石中火③，梦中身④。

虽抱文章，开口谁亲⑤？且陶陶⑥、乐尽天真。几时归去，作个闲人。对一张琴，一壶酒，一溪云。

注 释

①**十分**：古代盛酒器，形如船，内藏风帆十幅。酒满一分则一帆举，十分为全满。

②**隙中驹**：喻时光易逝。典出《庄子·知北游》："人生天地间，如白驹之过隙，忽然而已。"

③**石中火**：喻人生短促。古乐府："凿石见火能几时。"

④**梦中身**：喻生命虚幻。许浑《题苏州虎丘寺僧院》："万里高低门外路，百年荣辱梦中身。"

⑤**"虽抱"二句**：虽有文才却无赏识之人。

⑥**陶陶**：快乐的样子。此句意为不为世俗习气所染，保持自然天性。

译 文

夜晚，空气清新，尘埃皆无，月光皎洁如银。杯中美酒斟得满满的。名利都如浮云变幻无常，徒然劳神费力。叹人生似白驹过隙，石中取火，梦中之身，既短暂又虚幻。

虽有才学满腹，却不被重用，无所施展，姑且乐乐呵呵，度过一生。什么时候归去就做个闲人，摆上一张琴，放上一壶酒，看看一溪云。

东坡集

归朝欢·和苏坚伯固

题解

宋哲宗绍圣元年（1094），苏轼因为"前掌制命语涉讥讪"，接连被贬，最后"责授建昌军司马、惠州安置"，七月到九江，苏伯固由澧阳移任武陵，来九江见苏轼。此词为苏轼与苏伯坚唱和之作。苏伯固，名坚，苏轼之友。

原文

我梦扁舟浮震泽①，雪浪摇空千顷白。觉来满眼是庐山，倚天无数开青壁②。此生长接淅③，与君同是江南客④。梦中游、觉来清赏，同作飞梭掷⑤。

明日西风还挂席⑥，唱我新词泪沾臆⑦。灵均去后楚山空⑧，澧阳兰芷无颜色⑨。君才如梦得⑩。武陵更在西南极。《竹枝词》、莫徭新唱⑪，谁谓古今隔。

注释

①**震泽**：即太湖。

②**倚天无数开青壁**：形容庐山峰峦叠翠，上插云霄。

③**接淅**：漉干已淘之米，比喻四处奔波，席不暇暖。语出《孟子·万章下》："孔子之去齐，接淅而行。"孔子急于离开齐国，等不及做好饭，将已淘的米捞起来漉干就走。"淅"的本意为淘米。

④**与君同是江南客**：指自己与苏坚皆客居九江。唐宋时九江属江南西道，故云。

⑤**飞梭掷**：形容时光飞逝。

⑥**挂席**：扬帆远行。

⑦**臆**：胸。

⑧**灵均**：屈原。

⑨**澧阳**：又称澧州，今湖南澧县。**芷**：一种香草，屈原在其赋中经常将之与兰并提。苏坚与作者分手后将去澧阳，故提及之。

⑩**梦得**：指唐代诗人刘禹锡。

⑪莫徭：少数民族名称。

　　我曾梦见与你共同乘舟于太湖，雪白的浪花一望无际。梦醒之后满眼是庐山的倚天之峰。咱俩一生行色匆匆，都是江南的过客。迷离幻象、湖山清景，俱如飞梭过眼，转瞬即逝了。

　　明天还要乘西风扬帆远行，唱起我新写的词，忍不住泪沾胸臆。想到在澧阳行吟漂泊过的屈原，那里的香草也因为伟人的逝去而憔悴无华了。你的才华不减梦得，他谪居的武陵在这里的西南远方，又和你所要去的澧阳同是莫徭聚居之地，到了那边便可接续刘梦得的余风，创作出可与刘禹锡的《竹枝词》媲美的"莫徭新唱"来，与千古名贤交相辉映。

东坡集

青玉案·和贺方回韵送伯固归吴中

　　苏轼出任杭州知府时，苏坚（字伯固）为其下属，两人交情甚笃，苏轼治理西湖多得苏坚的帮助。三年后，苏轼送别友人归吴中故乡，惜别之情难以自已。

　　三年枕上吴中路，遣黄犬①、随君去。若到松江呼小渡，莫惊鸳鸯。四桥尽是②，老子经行处③。

　　《辋川图》上看春暮④，常记高人右丞句。作个归期天已许。春衫犹是，小蛮针线⑤，曾湿西湖雨。

　　①黄犬：《晋书·陆机传》载："机有犬名黄耳，其在洛阳时，曾系信于犬颈，致松江（亦属'吴中'）家中，犬又系带回信还洛。"
　　②四桥：《苏州府志》卷三十四《津梁》："甘泉桥一名第四桥，以泉品居第四也。"
　　③老子：老年人的自称，此作者自指。

④《辋川图》：唐代诗人王维，其有别墅在辋川，曾于蓝田清源寺壁上画《辋川图》，表示林泉隐逸之情志。

⑤小蛮：唐代白居易有侍妾名叫小蛮，此处指苏轼的侍妾朝云。

译文

三年梦魂，总飞向吴中故里路，打发能传信的黄犬随你回到故土。若到松江呼唤小舟前来摆渡，切莫惊吓了水边的鸥鸟、白鹭。吴中有名的第四桥，到处都是我当年出游的去处。

看《辋川图》如同吴中暮春景物，常常记起高士王右丞的诗句，定个还乡归期，天公已经应允，身上春衫还是小蛮缝的，曾经浸湿过西湖的雨。

西江月 · 梅花

题解

此词作于宋哲宗绍圣三年（1096）十一月，是苏轼为悼念死于岭外的侍妾朝云而作。东坡有数妾，与朝云最相知。绍圣元年（1094）十月被贬惠州时，其他人早散去，唯朝云随其渡岭。此词托物取兴，纯用比体，以岭外梅花的玉骨冰姿、素面洗妆，喻指朝云美丽的容颜和品格。

原文

玉骨那愁瘴雾①，冰姿自有仙风。海仙时遣探芳丛②，倒挂绿毛幺凤③。

素面常嫌粉涴④，洗妆不褪唇红。高情已逐晓云空⑤，不与梨花同梦。

注释

①玉骨：梅花枝干的美称。

②芳丛：梅林。

③幺凤：岭南珍禽，绿毛红嘴，状似鹦鹉而小，栖息时倒挂在树枝上，又称"倒挂子"。相传自东海来，非当地产，故上二句想象倒挂梅枝的这种珍禽是海仙遣来探望梅花的。

④浣：污染。张祜《集灵台》："却嫌脂粉污颜色，淡扫蛾眉朝至尊。"

⑤高情：高隐超然物外之情。

译文

玉洁冰清的风骨是自然的，哪里会去理会那些瘴雾，它自有一种仙人的风度。海上之仙人时不时派遣那倒挂着绿羽的凤儿来探视芬芳的梅花。

它素面朝天，不施脂粉，怕污了颜色，就算洗去妆色，也不会褪去那朱唇样的红色。高尚的情操已经追随向晓云的天空，就不会想到与梨花有同一种梦想。

集 评

杨慎《词品》卷二："古今梅词，以坡仙'绿毛幺凤'为第一。"

蝶恋花·春景

题 解

此词作于宋哲宗绍圣元年（1094），当时苏轼谪知英州，正在南下途中。

原 文

花褪残红青杏小①，燕子飞时，绿水人家绕。枝上柳绵吹又少②，天涯何处无芳草！

墙里秋千墙外道。墙外行人，墙里佳人笑。笑渐不闻声渐悄，多情却被无情恼。

注 释

①花褪残红青杏小：春花逐渐枯萎脱落，枝头长出了青色的小杏。

②柳绵：柳絮。

译 文

残花儿已经褪尽，树枝上结出了小小的青杏，燕子在天空飞舞，清澈的河流围绕着村落人家。柳枝上的柳絮已被风吹得越来越少，天涯路远，哪里没有芳草呢？

围墙里有位少女正荡着秋千，围墙外行人经过，听到了墙里佳人的笑声。笑声渐就听不到了，声音渐渐消散了，行人怅然，仿佛自己的多情被少女的无情所伤。

蝶恋花

题解

此词作年不详。

原文

蝶懒莺慵春过半。花落狂风，小院残红满。午醉未醒红日晚，黄昏帘幕无人卷。

云鬓蓬松眉黛浅①。总是愁媒②，欲诉谁消遣③。未信此情难系绊，杨花犹有东风管。

注释

①云鬓：如云鬓发。形容女子。**蓬松**：即"蓬松"。**眉黛浅**：指未化妆。黛，青黑色颜料，女子画眉所用。

②**总是愁媒**：引起愁的东西。

③**谁消遣**：谁能为我消除、排解。

译文

春天已经过去了一半，蝴蝶懒得飞舞，黄莺也有些倦怠，风卷花落，残红满院。红日偏西了，午醉还未醒来，帘幕低垂，却无人将它卷起。

头发蓬松也懒得梳理，眉毛也没有描画。一切景物都成为愁的触媒，而又无人可以倾诉。不相信此情将会一无依托，那杨花尚有东风来吹拂照管，难道自身连杨花也不如吗？

蝶恋花

题解

此词当作于宋神宗熙宁七年（1074）。当年暮春，苏轼在镇江一带办理赈饥事，已将近半年未能回家，因作此词以表达对杭州家人的思念。

原文

春事阑珊芳草歇①，客里风光②，又过清明节。小院黄昏人忆别，落红处处闻啼鸩③。

咫尺江山分楚越，目断魂销④，应是音尘绝⑤。梦破五更心欲折，角声吹落梅花月⑥。

注释

①**春事**：意同"春意"。**阑珊**：将尽。

②**客里**：离家在外。

③**鸩**：即杜鹃鸟，三月始鸣，夏末而止。

④**目断**：望尽，喻极度盼望。**魂销**：魂魄离散，此处形容因离别而哀伤至极。

⑤**音尘**：消息。李白《忆秦娥》："咸阳古道音尘绝。"

⑥**角声吹落梅花月**：角声在月色中吹响。角，西北游牧部族的乐器，后用于横吹（横笛）曲。吹落梅花月，暗嵌汉乐府横吹曲《梅花落》之名。李白《与史郎中钦听黄鹤楼上吹笛》："黄鹤楼中吹玉笛，江城五月落梅花。"清明已过，当然无梅花可吹落，吹落的只是月（五更时天将明而月西斜，仿佛被角声吹落）。

译文

春天即将过去，芳香的小草也停止了生长。身在异乡，又到了清明节。黄昏的时候，坐在小院忆起当时离别的场景，那也是暮春时节，落花纷纷，杜鹃哀鸣。

咫尺江山也分楚越域界，不能自由往来。望穿双眼，想得魂消，可还是音信全无。五更时从梦中醒来，心里难受，却传来了不知何人吹奏的《落梅花》笛声。

定风波·红梅

题 解

宋神宗元丰五年（1082），当时苏轼贬官在黄州，因读石延年《红梅》诗引起感触，遂作《红梅》诗三首。稍后，作者把其中一首改制成词，即取调名《定风波·红梅》。

原 文

好睡慵开莫厌迟①，自怜冰脸不时宜②。偶作小红桃杏色③，闲雅，尚余孤瘦雪霜姿④。

休把闲心随物态⑤，何事，酒生微晕沁瑶肌⑥。诗老不知梅格在⑦，吟咏，更看绿叶与青枝⑧。

注 释

①**好睡**：睡得香酣。《太真外传》载：杨贵妃醉酒未醒，唐明皇谓其"真海棠睡未足耳"。红梅微类海棠，因用此事。**慵开**：懒得开放。

②**冰脸**：指白梅。

③**偶作小红桃杏色**：红梅微红，偶似桃、杏。

④**尚余孤瘦雪霜姿**：意谓红梅孤高瘦劲、姿容高洁，实与桃、杏不同。

⑤**闲心**：悠闲之心。**随物态**：追随世态人情。

⑥**瑶肌**：肌肤如玉。形容花瓣。

⑦**诗老**：指宋初诗人石曼卿。因其年辈高于作者，故云。

⑧**绿叶与青枝**：石延年《红梅》诗有"认桃无绿叶，辨杏有青枝"句，在此苏轼是讥其诗的浅近，境界不高。

译 文

不要厌烦贪睡的红梅久久不能开放，它只是爱惜自己不合时宜。红梅偶尔是淡红如桃杏色，文静大方，还留有傲霜立雪的孤傲身姿。

红梅本具雪霜之质，不随俗作态媚人。为什么像浅饮微醺，如玉般肌肤上沁露红晕？石延年根本不懂红梅的品格，吟咏时只看重绿叶与青枝。

贺新郎

此词作年不详，或谓倅杭时，或谓守杭时，或谓被贬惠州时，不足信。词的上片写美人，下片专咏石榴花，借花取喻，时而花人并列，时而花人合一。作者赋予词中的美人、石榴花以孤芳高洁、自伤迟暮的品格和情感，在这两个美好的意象中渗透进自己的人格和感情，故此前人谓其托意寄兴，不仅想像、咏物高妙，更有耐人寻味不尽之余韵。

原文

乳燕飞华屋。悄无人、桐阴转午，晚凉新浴。手弄生绡白团扇①，扇手一时似玉②。渐困倚、孤眠清熟③。帘外谁来推绣户？枉教人梦断瑶台曲。又却是、风敲竹④。

石榴半吐红巾蹙⑤。待浮花浪蕊都尽⑥，伴君幽独⑦。秾艳一枝细看取，芳心千重似束⑧。又恐被、西风惊绿。若待得君来向此，花前对酒不忍触。共粉泪、两簌簌。

注释

①生绡：未漂煮过的生织物，这里指丝绢。
②扇手：白团扇与素手。
③清熟：谓睡眠安稳沉酣。
④风敲竹：唐李益《竹窗闻风寄苗发司空曙》："开门复动竹，疑是故人来。"
⑤红巾蹙：形容石榴花半开时如红巾皱缩。
⑥浮花浪蕊：指轻浮斗艳而早谢的桃、李、杏花等。
⑦幽独：默然独守。
⑧千重似束：形容石榴花瓣重叠，也指佳人心事重重。

译文

雏燕飞落在雕梁画栋的华屋，静悄悄四下无人，午后，梧桐影子逐渐转移。傍晚

清凉时美人刚出浴。手拿着丝织的白团扇，团扇与素手似白玉凝酥。渐渐困倦，斜倚枕睡得香熟。此时不知是谁在推响彩绣的门户？空叫人惊醒了瑶台好梦。侧耳听，原来是阵阵风在敲竹。

石榴花半开像红巾叠簇，待桃、杏等浮浪花朵都落尽，它才会绽开与孤独的美人为伍。细看这一枝浓艳的石榴，花瓣千层恰似美人芳心紧束，又恐怕被那西风吹落只剩绿叶。来日如等到美人来到，在花前饮酒也不忍去碰触。那时节，泪珠儿和花瓣都会一同洒落，声簌簌。

集　评

胡仔《苕溪渔隐丛话·后集》卷三九引《古今词话》："东坡此词，冠绝古今，托意高远，宁为一妓而发耶！"

谭献《谭评词辨》卷二："颇欲与少陵《佳人》一篇互证。下阕别开异境，南宋惟稼轩有之，变而近正。"

黄苏《蓼园词评》引沈际飞语："末四句是花是人，婉曲缠绵，耐人寻味不尽。"

沈雄《古今词话》卷上引刘体仁语："苏轼任职杭州时，曾在西湖宴会。群妓毕集，而秀兰迟到，一府僚为此发怒。东坡即席写《贺新郎》为秀兰解围。"

薛砺若《宋词通论》："此词写来极纡回缠绵，一往情深。丽而不艳，工而能曲，毫无刻画斧斫之痕。"

唐圭璋《唐宋词简释》：此首不必为官妓秀兰而作，写情景俱高妙。写花写人，是二实一。"

减字木兰花·己卯儋耳春词

题　解

宋哲宗元符二年（1099）正月立春日，苏轼在儋州作。词中描绘了当地迎春的景象。

原　文

春牛春杖①，无限春风来海上。便丐春工②，染得桃红似肉红。

春幡春胜③，一阵春风吹酒醒。不似天涯④，卷起杨花似雪花⑤。

注　释

①**春牛**：即土牛，古时农历十二月出土牛以送寒气，第二年立春再造土牛，以劝农耕，象征春耕开始。**春杖**：耕夫持犁杖而立。杖，即执鞭打土牛，也有打春一称。

②**丐春工**：乞求春神降临。

③**春幡**：春旗。立春日农家户户挂春旗，标示春天到来，也有剪成小彩旗插在树枝上。**春胜**：一种剪成图案或文字的剪纸，也称剪胜，以示迎春。

④**天涯**：此处指作者被贬谪的海南岛。

⑤**杨花**：柳絮。

译　文

春牛、春杖表达出迎春之意，无限春风从海上吹来。乞求春神造化万物之工，把桃花染得如同肉色一般红艳。

春幡、春胜肆意飞舞，一阵春风吹醒了我的酒醉。海南的春景与中原景色不同，立春时卷起的柳絮好似雪花飘洒。

东坡集

文

赤壁赋

题　解

《赤壁赋》写于苏轼一生最为困难的时期之一——被贬谪黄州期间。宋神宗元丰二年（1079），因被诬作诗"谤讪朝廷"，遭御史弹劾，被捕入狱，史称"乌台诗案"。后于当年十二月释放，贬为黄州团练副使，但"不得签署公事，不得擅去安置所"。元丰五年（1082），苏轼曾于七月十六和十月十五两次泛游赤壁，写下了两篇以赤壁为题的赋，都是脍炙人口的名篇。

原　文

壬戌之秋，七月既望，苏子与客泛舟游于赤壁之下。清风徐来，水波不兴。举酒属客，诵明月之诗，歌窈窕之章。少焉，月出于东山之上，徘徊于斗牛之间。白露横江，水光接天。纵一苇之所如，凌万顷之茫然。浩浩乎如冯虚御风，而不知其所止；飘飘乎如遗世独立，羽化而登仙。

于是饮酒乐甚，扣舷而歌之。歌曰："桂棹兮兰桨，击空明兮溯流光。渺渺兮予怀，望美人兮天一方。"客有吹洞箫者，倚歌而和之。其声呜呜然，如怨如慕，如泣如诉，余音袅袅，不绝如缕。舞幽壑之潜蛟，泣孤舟之嫠妇。

苏子愀然，正襟危坐而问客曰："何为其然也？"客曰："'月明星稀，乌鹊南飞'，此非曹孟德之诗乎？西望夏口，东望武昌，山川相缪，郁乎苍苍，此非孟德之困于周郎者乎？方其破荆州，下江陵，顺流而东也，舳舻千里，旌旗蔽空，酾酒临江，横槊赋诗，固一世之雄也，而今安在哉？况吾与子渔樵于江渚之上，侣鱼虾而友麋鹿，驾一叶之扁舟，举匏樽以相属。寄蜉蝣于天地，渺沧海之一粟。哀吾生之须臾，羡长江之无穷。挟飞仙以遨游，抱明月而长终。知不可乎骤得，托遗响于悲风。"

苏子曰："客亦知夫水与月乎？逝者如斯，而未尝往也；盈虚者如彼，而卒莫消长也。盖将自其变者而观之，则天地曾不能以一瞬；自其不变者而观之，则物与我皆无尽也，而又何羡乎！且夫天地之间，物各有主，苟非吾之所有，虽一毫而莫取。惟江上之清风，与山间之明月，耳得之而为声，目遇之而成色，取之无禁，用之不竭，是造物者之无尽藏也，而吾与子之所共适。"

客喜而笑，洗盏更酌。肴核既尽，杯盘狼籍。相与枕藉乎舟中，不知东方之既白。

注释

①纵：放任，听凭。
②嫠妇：寡妇。

译文

壬戌年的秋天，七月十六日，我和客人泛舟于赤壁之下游览。清风缓缓吹来，水面上波澜不兴。我一边举酒对客人们劝酒，一边朗诵"明月"的诗歌，高唱"窈窕"的篇章为客人助兴。一会儿，月亮升到了东山顶上，在星斗间逗留。白蒙蒙的水汽笼罩在江面上，水天相接。小船任意漂荡，越过茫茫无边的江面。江面是那么浩瀚啊，船儿像凌空御风而行，不知道将要飞向何方；飘飘然像已经脱离尘世，飞升到了仙境。

这时，酒助雅兴，我敲着船舷唱歌，歌词是："用兰桂木做的棹桨，划开清澈的江水，迎着江面流动的月光。我的情思悠长，望着'美人啊'在天边。"客人中有位吹洞箫的，随着我的歌声伴奏。那箫声呜呜，如怨如慕，如泣如诉，余音袅袅，不绝如缕。使得潜在深渊中的蛟龙起舞，使得孤舟上的寡妇哭泣。

我顿时色变，正襟危坐地问客人说："为什么箫声这样悲凉呢？"客人说："'月明星稀，乌鹊南飞'，这不是曹操的诗句吗？向西望是夏口，向东望是武昌，山水互相环绕，草木茂盛苍翠，这不就是曹操被周瑜打败的地方吗？当他攻破荆州，占领江陵，顺着长江东进的时候，战船绵延千里，旌旗遮蔽长空。他临江饮酒，横槊赋诗，真是一世的英雄啊！如今他在哪里呢？何况我和您在江中小洲上捕鱼打柴，和鱼虾做伴，与麋鹿交友。我们驾着一叶扁舟，举着简陋的酒杯互相劝酒，短暂得就像蜉蝣的生命之于天地一样，渺小得像沧海一粟。哀叹我们生命的短促，羡慕长江的无穷无尽，希望拉着神仙一起遨游，和明月一样永世长存。明知这种想法是不可能实现的，只好把感慨寄托在悲凉的箫声中。"

我对客人说："您了解那江水和月亮吗？江水滔滔流去，始终没有穷尽；月亮有时圆有时缺，始终没有消长。如果从变化的一面去观察，那么连天地竟也不能保持过一瞬间的不变；从不变的一面看，那么事物和我们都是无穷无尽的，还羡慕什么呢？再说，天地之间，事物都有自己的主宰，如果不是我所有的东西，虽然是一丝一毫也不能取用。只有江上的清风和山间的明月，耳朵听到它的声音，眼睛看到它的颜色；用它们没有人禁止也不会竭尽。这是大自然的无穷的宝藏，我和您可以共同享用。"

客人高兴地笑了，于是洗了酒杯，重新斟酒。菜肴和果品都吃完了，杯盘狼藉。我和客人们互相靠着在船中睡着了，不知不觉东方已经发白。

集 评

方一夔《读赤壁赋》："万舸浮江互荡磨，一番蛟鳄战盘涡。中天日月悲分影，对局英雄付逝波。形胜空传二赤壁，文章谁肯百东坡。荆州风景今何似，秋夜时闻窈窕歌。"

后赤壁赋

题 解

本篇是《前赤壁赋》的续篇，作于宋神宗元丰五年（1082）十月十七日。作者在文中所抒发的思想感情与前篇毫无二致，但是笔墨全不相同。写景方面，前篇字字秋色，本篇句句都是冬景，鲜明地反映出不同季节山水面貌的变化，勾勒了两幅截然有别的江山景色图，与前篇幽静安谧的情景恰成鲜明的对照。叙事方面，前篇是即事而叙，简洁明了；本篇则对于客、酒、肴进行了详述，写得别有情味。抒情方面，前篇由乐而悲而解脱，过程起伏，但直抒多于想象，作者的观点表达得完整而且显露；本篇则从飞鹤掠舟而西展开想象，将鹤与道士合二为一，完全是幻觉和梦境的描述，涂上了一层神秘的色彩。

　　是岁十月之望^①，步自雪堂，将归于临皋^②。二客从予，过黄泥之坂。霜露既降，木叶尽脱。人影在地，仰见明月，顾而乐之，行歌相答。

　　已而叹曰："有客无酒，有酒无肴，月白风清，如此良夜何？"客曰："今者薄暮，举网得鱼，巨口细鳞，状如松江之鲈。顾安得酒乎^③？"归而谋诸妇^④。妇曰："我有斗酒，藏之久矣，以待子不时之需。"

　　于是携酒与鱼，复游于赤壁之下。江流有声，断岸千尺；山高月小，水落石出。曾日月之几何，而江山不可复识矣！予乃摄衣而上，履巉岩，披蒙茸，踞虎豹，登虬龙^⑤，攀栖鹘之危巢，俯冯夷之幽宫^⑥。盖二客不能从焉。划然长啸，草木震动，山鸣谷应，风起水涌。予亦悄然而悲，肃然而恐，凛乎其不可留也。反而登舟，放乎中流，听其所止而休焉。

　　时夜将半，四顾寂寥。适有孤鹤，横江东来。翅如车轮，玄裳缟衣^⑦，戛然长鸣，掠予舟而西也。

　　须臾客去，予亦就睡。梦一道士，羽衣蹁跹，过临皋之下，揖予而言曰："赤壁之游乐乎？"问其姓名，俯而不答。"呜呼噫嘻！我知之矣。畴昔之夜，飞鸣而过我者，非子也耶？"道士顾笑，予亦惊寤。开户视之，不见其处。

注　释

　　①望：月圆，农历每月十五日前后。
　　②雪堂：苏轼贬黄州时造的厅堂。临皋：亭名。苏轼初到黄州时，寓居定惠院，后移居临皋亭。

③**顾**：但是。

④**归而谋诸妇**：回家跟妻子商量。诸，"之于"的合音，兼起代词"之"和介词"于"的作用。

⑤**登虬龙**：攀着像虬龙般弯曲的古树。

⑥**冯夷**：水神名。**幽宫**：深宫。

⑦**玄裳**：黑色的下裙。**缟衣**：白色的上衣。这是形容孤鹤身白尾黑。

译 文

　　这一年十月十五日，我从雪堂出发，准备回临皋亭。有两位客人跟随着我，一起走过黄泥坂。这时霜露已经降下，树叶全都脱落。我们的身影倒映在地上，抬头望见明月高悬。四下里瞧瞧，心里十分快乐，于是一面走一面吟诗，相互酬答。

　　过了一会儿，我叹惜地说："有客人却没有酒，有酒却没有菜。月色皎洁，清风吹拂，这样美好的夜晚，我们怎么度过呢？"一位客人说："今天傍晚，我撒网捕到了鱼，大嘴巴，细鳞片，形状像吴淞江的鲈鱼。不过，到哪里去弄到酒呢？"我回家和妻子商量，妻子说："我有一斗酒，保藏了很久，为了应付您突然的需要。"

　　就这样，我们携带着酒和鱼，再次到赤壁的下面游览。长江的流水发出声响，陡峭的江岸高峻直耸；山峦很高，月亮显得小了，水位降低，礁石露了出来。才相隔多少日子，上次游览所见的江景山色再也认不出来了！我就撩起衣襟往上走，踏着险峻的山岩，拨开纷乱的野草；蹲在虎豹形状的怪石上，又不时拉住形如虬龙的树枝，攀上猛禽做窝的悬崖，下望水神冯夷的深宫。两位客人都不能跟着我到这个极高处。我突然一声长啸，草木被震动，高山与我共鸣，深谷响起了回声，大风吹起，波浪汹涌。我也不自觉地忧伤悲哀，感到恐惧，觉得这里使人害怕，不可久留。回到船上，把船划到江心，任凭它漂流到哪里就在哪里停泊。

　　这时快到半夜，望望四周，觉得冷清寂寞得很。正好有一只鹤，横穿江面从东边飞来，翅膀像车轮一样大小，尾部的黑羽如同黑裙子，身上的白羽如同洁白的衣衫，它嘎嘎地拉长声音叫着，擦过我们的船向西飞去。

　　过了一会儿，客人离开了，我也回家睡觉。梦见一位道士，穿着羽毛编织成的衣裳，轻快地走来，走过临皋亭的下面，向我拱手作揖说："赤壁的游览快乐吗？"我问他的姓名，他低头不回答。"噢！哎呀！我知道你的底细了。昨天夜晚，边飞边叫经过我船上的，不就是你吗？"道士回头笑了起来，我也忽然惊醒。开门张望，却看不到他在什么地方。

黠鼠赋

东坡集

【题解】

本文是苏轼少年时代写的一篇咏物赋。它寓哲理于趣味之中，可以使读者于诙谐的叙述中获得有益的启示。它就一只老鼠在人面前施展诡计逃脱的事，说明一个道理：人做事心要专一，才不至于被突然事变所左右。

【原文】

苏子夜坐，有鼠方啮①。拊床而止之②，既止复作。使童子烛之，有橐中空③，嘐嘐聱聱④，声在橐中。曰："嘻！此鼠之见闭而不得去者也。"发而视之，寂无所有，举烛而索，中有死鼠。童子惊曰："是方啮也，而遽死耶？向为何声，岂其鬼耶？"覆而出之，堕地乃走，虽有敏者，莫措其手。

苏子叹曰："异哉！是鼠之黠也⑤。闭于橐中，橐坚而不可穴也。故不啮而啮，以声致人；不死而死，以形求脱也。吾闻有生，莫智于人。扰龙伐蛟，登龟狩麟，役万物而君之⑥，卒见使于一鼠；堕此虫之计中，惊脱兔于处女。乌在其为智也。"

坐而假寐⑦，私念其故。若有告余者曰："汝惟多学而识之⑧，望道而未见也。不一于汝，而二于物，故一鼠之啮而为之变也。人能碎千金之璧，不能无失声于破釜；能搏猛虎，不能无变色于蜂虿⑨：此不一之患也。言出于汝，而忘之耶？"余俛而笑，仰而觉。使童子执笔，记余之作。

【注释】

①啮：咬。
②拊：拍。

③橐：箱状的盛衣食的家具。

④嘐嘐聱聱：象声词，形容鼠啮咬的声音。

⑤黠：狡猾。

⑥君之：做它们的主宰。

⑦假寐：闭目打盹。

⑧识：通"志"，记。

⑨蜂虿：蝎类毒虫。

译 文

苏子在晚上坐着，有只老鼠在咬东西。他拍打床板，声音就停止了，停止了又响起一次。苏子命令童子拿蜡烛照床下，有一个空的箱形器具，老鼠咬东西的声音从里面发出。童子说："啊，这只老鼠被关住离不开了。"童子打开箱子来看里面，却是空空的一无所有。童子举起蜡烛来搜索，只见箱子中有一只死老鼠，童子惊讶地说：老鼠刚才还在咬东西，怎么会突然死了呢？刚才是什么声音？难道是鬼吗？"童子把箱子翻过来倒出老鼠，老鼠一落地就逃走了，再敏捷的人也措手不及。

苏子叹了口气，说："这老鼠狡猾得真令人惊异啊！被关在箱子里，箱子是坚硬的，老鼠不能盗洞。所以老鼠是在不应该咬的时候咬箱子，用声音召唤人来；没有死而装死，凭借装死的外表求得逃脱。我听说生物中没有比人更有智慧的了。人能驯化神龙、捉住蛟龙，能用龟壳占卜、狩猎麒麟，役使世界上所有的东西然后主宰它们，最终却被一只老鼠利用，陷入这只老鼠的计谋中。吃惊于老鼠从极静到极动的变化中，人的智慧在哪里呢？"

苏子坐下来闭眼打盹儿，自己在心里想这件事的原因。听到好像有人对自己说："你只是多学而记住一点儿知识，但还是离'道'很远。你自己不专心，又受了外界事物的干扰、左右，所以一只老鼠发出叫声就能招引你受它支配，帮它改变困境。人能够在打破价值千金的碧玉时不动声色，而在打破一口锅时失声尖叫；人能够与猛虎搏斗，可见到蜂蝎时却不免变色，这是不专一的结果。这是你早说过的话，忘记了吗？"苏子低头笑了，抬起头就醒悟了。于是命令童子拿着笔，记下自己的惭愧。

省试刑赏忠厚之至论

题解

　　本文是苏轼于宋仁宗嘉祐二年（1057）应礼部试而写的文章。文章以忠厚立论，援引古仁者施行刑赏以忠厚为本的范例，阐发了儒家的仁政思想。文章说理透彻，结构严谨，文辞简练而平易晓畅。

原文

　　尧、舜、禹、汤、文、武、成、康之际[1]，何其爱民之深，忧民之切，而待天下之以君子长者之道也。有一善，从而赏之，又从而咏歌嗟叹之，所以乐其始而勉其终。有一不善，从而罚之，又从而哀矜惩创之[2]，所以弃其旧而开其新。故其吁俞之声[3]，欢休惨戚，见于虞、夏、商、周之书[4]。成、康既没，穆王立[5]，而周道始衰，然犹命其臣吕侯[6]，而告之以祥刑[7]。其言忧而不伤，威而不怒，慈爱而能断，恻然有哀怜无辜之心，故孔子犹有取焉。

注释

　　①尧、舜、禹：上古的三代帝王。**汤**：商朝开国君主。**文、武、成、康**：周文王姬昌、武王姬发、成王姬诵、康王姬钊。以上八人均为儒家所推崇的圣君。

　　②哀矜：怜悯。

　　③吁俞：赞美君臣在讨论政治时既畅所欲言又和谐融洽的氛围。吁，表示不同意的语气。俞，表示同意的语气。

　　④见于虞、夏、商、周之书：指《尚书》,《尚书》分为《虞书》《夏书》《商书》《周书》四部分。

　　⑤穆王：西周王姬满。

　　⑥吕侯：即甫侯，周穆王时任司寇，穆王采纳了他的建议，从轻制定刑法，布告四方，称为"吕刑"。

　　⑦祥刑：善用刑。

原 文

《传》曰①："赏疑从与，所以广恩也；罚疑从去，所以慎刑也。"当尧之时，皋陶为士。将杀人，皋陶曰"杀之"，三。尧曰"宥之"，三。故天下畏皋陶执法之坚，而乐尧用刑之宽。四岳曰"鲧可用！②"尧曰："不可！鲧方命圮族③。"既而曰："试之！"何尧之不听皋陶之杀人，而从四岳之用鲧也？然则圣人之意，盖亦可见矣。

注 释

①传：指《尚书·孔安国传》。

②四岳：尧时四方部落的首领。鲧：禹的父亲，由四岳荐举，奉尧命治水，九年未治好，被舜杀死在羽山。

③方命：逆命不从。

原 文

《书》曰："罪疑惟轻，功疑惟重。与其杀不辜，宁失不经①。"呜呼！尽之矣！可以赏，可以无赏，赏之过乎仁；可以罚，可以无罚，罚之过乎义。过乎仁，不失为君子；过乎义，则流而入于忍人。故仁可过也，义不可过也。古者赏不以爵禄，刑不以刀锯。赏以爵禄，是赏之道，行于爵禄之所加，而不行于爵禄之所不加也。刑之以刀锯，是刑之威施于刀锯之所及，而不施于刀锯之所不及也。先王知天下之善不胜赏，而爵禄不足以劝也；知天下之恶不胜刑，而刀锯不足以裁也。是故疑则举而归之于仁，以君子长者之道待天下，使天下相率而归于君子长者之道。故曰忠厚之至也。

《诗》曰："君子如祉②，乱庶遄已。君子如怒，乱庶遄沮③。"夫君子之已乱，岂有异术哉？时其喜怒，而无失乎仁而已矣。《春秋》之义，立法贵严，而责人贵宽。因其褒贬之义以制赏罚，亦忠厚之至也。

①**不经**：不合常规。

②**祉**：福，引申为喜悦。

③**沮**：终止。

译 文

尧、舜、禹、汤、文、武、成、康的时候，那么深爱人民、关切人民，又用君子、长者的态度来对待天下人。有人做了一件好事，奖赏他之余，又歌唱赞美他，欢迎他有一个好的开始，勉励他坚持到底；有人犯下一点错误，处罚他之余，又哀怜同情他，希望他改正错误而开始新的生活。同意和反对的声音，欢喜和忧伤的情绪，在虞、夏、商、周的书里都可见到。成王、康王死后，穆王继位，周朝的王道便开始衰落。但是，周穆王还是吩咐吕侯，告诫他使用刑法的方法。他的话忧愁却不悲伤，威严却不愤怒，慈爱而能决断，有哀怜无罪者的感情。因此，孔子给予了一定的肯定。

《尚书》传说："奖赏时，对不能断定的，应给予奖赏，为的是推广恩泽；处罚时，对怀疑不定的，宁可免去，为的是慎用刑法。"尧的时候，皋陶是大法官，准备处死一个人，皋陶三次说当杀，尧帝却连续三次说应当宽恕。所以天下人都畏惧皋陶执法坚决，而赞美尧用刑宽大。四岳建议："鲧可以任用。"尧帝说："不可！鲧违抗命令，伤害同族的人。"后来又说："试用一下吧。"为什么尧不听从皋陶处死犯人的主张，却采纳了四岳任用鲧的建议呢？圣人的心意，由此可见了。

《尚书》说："罪行有可疑时，就从轻发落；功劳有疑点，就从重奖赏。与其错杀无辜者，宁可自己承担犯执法失误之过。"唉！这句话的忠厚之意已经说尽了。可以赏，可以不赏，赏了是超过了仁的范围；可以罚，可以不罚，罚了是超过了义的规定。过乎仁，不失为君子；过乎义，则堕落成残忍的人。所以仁可过，义不可过。古时不以爵禄赏赐，不用刀锯执行刑罚。用爵禄赏赐，作用只限于受爵禄的人，对于未受爵禄的人则没有作用；刑罚只用刀锯，威力只限于受刑的人，对于刀锯未到之处则无作用。先王知赏赐不可能普及天下的好人，爵位和俸禄也不足以鼓励他们；知天下的坏人也不可能都处罚，刀和锯也不足以制裁他们。所以赏罚有疑问的就以仁爱对待，以君子长者的态度对待天下人，使天下人走上君子长者之道。因此说忠厚到了极点了。

《诗经》说："君子如果乐于听从贤人的话，斥责小人的话，祸乱就会很快停止。"君子止息祸乱，难道还有奇异的方法吗？他不过是恰当地控制喜怒，不偏离仁的原则罢了。《春秋》的大义，立法贵在严厉，处罚贵在宽厚。根据它赞扬和批评的大意来制定赏罚，这也是忠厚到了极点啊！

留侯论

题 解

本文是苏轼在宋仁宗嘉祐六年（1061）应制科考试时所呈的《进论》之一，对《史记》中记载的张良于桥上遇黄石老人"纳履授书"的事进行评论，说明张良取得成功的原因是能够做到"忍小忿而就大谋"，在辅佐汉高祖时，也能够劝汉高祖忍耐，从而得到天下。

原 文

古之所谓豪杰之士者，必有过人之节①。人情有所不能忍者，匹夫见辱，拔剑而起，挺身而斗，此不足为勇也。天下有大勇者，卒然临之而不惊②，无故加之而不怒。此其所挟持者甚大，而其志甚远也。

夫子房受书于圯上之老人也③，其事甚怪；然亦安知其非秦之世有隐君子者，出而试之？观其所以微见其意者，皆圣贤相与警戒之义；而世不察，以为鬼物，亦已过矣。且其意不在书。当韩之亡，秦之方盛也，以刀锯鼎镬待天下之士④。其平居无罪夷灭者，不可胜数。虽有贲、育⑤，无所复施。夫持法太急者，其锋不可犯，而其势未可乘。子房不忍忿忿之心，以匹夫之力，而逞于一击之间⑥。当此之时，子房之不死者，其间不能容发，盖亦已危矣。千金之子，不死于盗贼，何者？其身之可爱，而盗贼之不足以死也。子房以盖世之才，不为伊尹、太公之谋⑦，而特出于荆轲、聂政之计⑧，以侥幸于不死，此圯上老人之所为深惜者也。是故倨傲鲜腆而深折之⑨。彼其能有所忍也，然后可以就大事，故曰："孺子可教也。"

楚庄王伐郑，郑伯肉袒牵羊以逆。庄王曰："其君能下人，必能信用其民矣。"遂舍之。勾践之困于会稽，而归臣妾于吴者，三年而不倦。且夫有报人之志，而不能下人者，是匹夫之刚也。夫老人者，以为子房才有余而忧其度量之不足，故深折其少年刚锐之气，使之忍小忿而就大谋。何则？非有平生之素，卒然相遇于草野之间，而命以仆妾之役，油然而不怪者，此固秦皇之所不能惊，而项籍之所不能怒也。

观夫高祖之所以胜，而项籍之所以败者，在能忍与不能忍之间而已矣。项籍唯不能忍，是以百战百胜，而轻用其锋；高祖忍之，养其全锋而待其敝，此子房教之也。当淮阴破齐，而欲自王，高祖发怒，见于词色。由此观之，犹有刚强不忍之气，非子房其谁全之？

太史公疑子房以为魁梧奇伟，而其状貌乃如妇人女子，不称其志气。呜呼！此其所以为子房欤！

注释

①**节**：操守。

②**卒然**：突然。

③**圯上**：桥上。

④**刀锯鼎镬**：古代残酷的刑具。

⑤**贲、育**：孟贲、夏育，是古代传说中的勇士。

⑥**"子房"三句**：《史记·留侯世家》载：张良本为韩国贵族，韩国灭亡后，张良决意复仇，曾趁秦始皇东巡博浪沙（今河南原阳县东南）时派力士以一百二十斤的铁锥狙击，误中副车，秦始皇大怒，布告天下通缉张良。张良遂更名改姓隐藏起来。

⑦**伊尹、太公**：伊尹是商朝的开国之臣。太公指吕尚，周朝的开国之臣。

⑧**荆轲、聂政**：荆轲，卫国人，为燕太子丹刺杀秦王，不中，被杀。聂政，韩国人，为韩卿严遂刺死相国韩傀，后自杀。

⑨**倨傲鲜腆**：傲慢不恭，没有礼貌。

古时候被人称作豪杰的志士，一定具有胜人的节操，有一般人的常情所无法忍受的肚量。有勇无谋的人被侮辱，一定会拔起剑，挺身上前搏斗，这算不上是勇士。天下真正具有大勇的人，遇到突发的情形毫不惊慌，当无缘无故受到别人侮辱时，也不愤怒。这是因为他们胸怀极大的抱负，志向非常高远。

桥上老人授给张良兵书这件事，确实很古怪。但是，又怎么知道那不是秦代的一位隐居君子出来考验张良呢？看那老人用以微微显露出自己用意的方式，都具有圣贤相互提醒告诫的意义。一般人不明白，把那老人当作鬼物，也太荒谬了。再说，桥上老人的真正用意并不在于授给张良兵书（而在于使张良能有所忍，以就大事）。在韩国已灭亡，秦国正很强盛时，秦王嬴政用刀锯、油锅对付天下的志士，那种住在家里平白无故被抓去杀头灭族的人，数也数不清。就是有孟贲、夏育那样的勇士，也没有再施展本领的机会了。凡是执法过分严厉的君王，他的锋芒是不好硬碰的，而他的气势是不可以凭借的。张良压不住他对秦王愤怒的情感，以他个人的力量，在一次狙击中求得一时的痛快，在那时虽然他没有被捕被杀，但生死也就在一线之间，实在是太危险了！富贵人家的子弟，是不能死在盗贼手里的。为什么呢？因为他们的生命宝贵，死在盗贼手里太不值得。张良有超过世上一切人的才能，不去做伊尹、姜尚那样深谋远虑之事，反而只学荆轲、聂政行刺的下策，希图侥不死，这是桥上老人为他深深感到惋惜的地方。所以那老人故意态度傲慢无理、言语粗恶地羞辱他，他如果能忍受得住，才可以成就大功业，所以到最后，老人说："这个年轻人可以教育。"

楚庄王攻打郑国，郑襄公脱去上衣裸露身体、牵了羊来迎接。庄王说："国君能够对人谦让，委屈自己，一定能得到自己老百姓的信任和效力。"就此放弃对郑国的进攻。越王勾践在会稽陷于困境，他到吴国去做奴仆，好几年都不懈怠。有向人报仇的心愿，却不能做人下人的，这是普通人的刚强而已。那老人，认为张良才智有余，而担心他的度量不够，因此深深挫折他年轻人刚强锐利的脾气，使他能忍得住小小的怨愤去成就远大的谋略。为什么这样说呢？老人和张良平素并没有交情，突然在郊野之间相遇，却拿奴仆的低贱之事来让张良做，张良很自然而不觉得怪异，这样秦始皇自然不能使他惊惧，项羽也不能让他发怒。

看那汉高祖之所以成功，项羽之所以失败，原因就在于一个能忍耐、一个不能忍耐罢了。项羽不能忍耐，因此战争中是百战百胜，但是随随便便消耗了自己的实力（不懂得珍惜和保存自己的实力）。汉高祖能忍耐，保持自己完整的锋锐的战斗力，等到对方疲敝。这是张良教他的。当淮阴侯韩信攻破齐国要自立为王，高祖为此发怒了，语气、脸色都显露出来，由此可看出，他还有刚强不能忍耐的盛气，不是张良，谁能成全他?

司马迁本来猜想张良的形貌一定是魁梧奇伟的,谁料到他的长相竟然像妇人女子,与他的志气和度量不相称。啊!外柔内刚,这就是张良之所以为张良的原因吧!

贾谊论

题 解

本文是苏轼在宋仁宗嘉祐六年(1061)应制科考试时所呈的《进论》之一。贾谊是西汉时人,很有才干,却一生不得志,被贬远离朝廷。这篇文章引证古今,从正、反两方面举例,分析了贾谊才能不得施展的原因。

原 文

非才之难,所以自用者实难。惜乎!贾生王者之佐,而不能自用其才也。

夫君子之所取者远,则必有所待;所就者大,则必有所忍。古之贤人,皆负可致之才,而卒不能行其万一者,未必皆其时君之罪,或者其自取也。

愚观贾生之论,如其所言,虽三代何以远过?得君如汉文,犹且以不用死。然则是天下无尧、舜,终不可以有所为耶?仲尼圣人,历试于天下,苟非大无道之国,皆欲勉强扶持,庶几一日得行其道。将之荆,先之以子夏,申之以冉有。君子之欲得其君,如此其勤也。孟子去齐,三宿而后出昼,犹曰:"王其庶几召我。"君子之不忍弃其君,如此其厚也。公孙丑问曰:"夫子何为不豫?"孟子曰:"方今天下,舍我其谁哉?而吾何为不豫?"君子之爱其身,如此其至也。夫如此而不用,然后知天下果不足与有为,而可以无憾矣。若贾生者,非汉文之不用生,生之不能用汉文也。

夫绛侯亲握天子玺而授之文帝，灌婴连兵数十万，以决刘、吕之雄雌，又皆高帝之旧将，此其君臣相得之分，岂特父子骨肉手足哉？贾生，洛阳之少年。欲使其一朝之间，尽弃其旧而谋其新，亦已难矣。为贾生者，上得其君，下得其大臣，如绛、灌之属，优游浸渍而深交之，使天子不疑，大臣不忌，然后举天下而唯吾之所欲为，不过十年，可以得志。安有立谈之间，而遽为人痛哭哉！观其过湘为赋以吊屈原，纡郁愤闷，趣然有远举之志①。其后卒以自伤哭泣，至于夭绝。是亦不善处穷者也。夫谋之一不见用，安知终不复用也？不知默默以待其变，而自残至此。呜呼！贾生志大而量小，才有余而识不足也。

　　古之人，有高世之才，必有遗俗之累。是故非聪明睿智不惑之主，则不能全其用。古今称苻坚得王猛于草茅之中，一朝尽斥去其旧臣，而与之谋。彼其匹夫略有天下之半，其以此哉！愚深悲生之志，故备论之。亦使人君得如贾生之臣，则知其有狷介之操，一不见用，则忧伤病沮，不能复振。而为贾生者，亦慎其所发哉！

注　释

①趣：飘然远去的样子。

译　文

　　人要有才能并不难，要使自己的才能施展出来实在不容易。可惜啊，贾谊虽然能够做帝王的辅佐之臣，却未能施展自己的才能。

　　君子要想达成长远的目标，就一定要等待时机；要想成就伟大的功业，就一定要能够忍耐。古代的贤能之士，都有建功立业的才能，但最终未能施展其才能的万分之一的原因，未必都是当时君王的过错，也有可能是他们自己造成的。

　　我看贾谊的议论，照他所说的规划目标，即使夏、商、周三代的成就又怎能超过他呢？遇到像汉文帝这样的明君，尚且因未用其才而郁郁死去，照这样说来，如果天下没有尧、舜那样的圣君，就终身不能有所作为了吗？孔子是圣人，曾周游天下以求一试，只要不是极端无道的国家，他都想勉力扶助，希望终有一天能实践他的政治主张。将到楚国时，先派子夏去接洽，再派冉有去联络。君子要想得到国君的重用，就是这样的殷切。孟子离开齐国时，在昼地住了三夜才出走，还说："齐宣王大概会召见我的吧？"君子不忍心舍弃他的国君，感情是这样的深厚。公孙丑问孟子道："先生为什么不高兴？"孟子回答："当今世上（治国平天下的人才），除了我还有谁呢？我为什么要不高兴？"君子爱惜自己是这样的无微不至。如果做到了这样，还是得不到施展，那么就应当明白世上果真已没有一个可以共图大业的君主了，也就可以没有遗憾了。像贾谊这样的人，不是汉文帝不重用他，而是贾谊不能利用汉文帝来施展自己的政治抱负啊！

周勃曾亲手持着皇帝的印玺献给汉文帝，灌婴曾联合数十万兵力，决定过吕、刘两家胜败的命运，他们又都是汉高祖的旧部，他们这种君臣遇合的深厚情分，哪里只是父子骨肉之间的感情所能比拟的呢？贾谊不过是洛阳的一个青年，要想使汉文帝在一朝一夕之间，就完全抛弃老臣和旧有的规章制度，采用他这个新人的新主张，也太困难了。作为贾谊这样的人，应该上面取得皇帝的信任，下面取得大臣的支持，对于周勃、灌婴之类的大臣，要从容地、逐渐地和他们加深交往，使得天子不疑虑，大臣不猜忌，这样以后，整个国家就会按自己的主张去治理了。不出十年，就可以实现自己的理想。怎么能在顷刻之间就飘然对人痛哭起来呢？看他路过湘江时作赋凭吊屈原，郁结烦闷，心绪不宁，表露出退隐的思想。此后，终因经常感伤哭泣，以至于早死，这也真是个不善于身处逆境的人。谋划一次没有被采用，怎么知道就永远不再被采用呢？不知道默默地等待形势的变化，而自我摧残到如此地步。唉，贾谊真是志向远大而气量狭小，才力有余而见识不足。

古人有出类拔萃的才能，必然会不合时宜而招致困境，因此没有英明智慧、不受蒙蔽的君主，就不能充分发挥他们的作用。古人和今人都称道苻坚能从草野平民之中起用了王猛，在很短时间内全部斥去了原来的大臣，而与王猛商讨军国大事。苻坚那样一个平常之辈，竟能占据了半个中国，这道理就在于此吧。我很惋惜贾谊的抱负未能施展，所以对此加以详尽的评论。同时也希望如果君主得到了像贾谊这样的臣子，就应当了解这类人有孤高不群的性格，一旦不被重用，就会忧伤颓废，不能重新振作起来。像贾谊这种人，也应该有节制地发泄自己的情感呀，谨慎地对待自己的立身处世啊！

晁错论

题 解

　　本文是苏轼在宋仁宗嘉祐五年（1060）应制科考试前所呈的《进论》之一，总结了晁错削藩失败被杀的原因。

原 文

　　天下之患，最不可为者，名为治平无事，而其实有不测之忧。坐观其变，而不为之所，则恐至于不可救。起而强为之，则天下狃于治平之安[①]，而不吾信。唯仁人君子豪杰之士，为能出身为天下犯大难，以求成大功；此固非勉强期月之间，而苟以求名之所能也。

　　天下治平，无故而发大难之端；吾发之，吾能收之，然后有辞于天下。事至而循循焉欲去之，使他人任其责，责天下之祸，必集于我。

　　昔者晁错尽忠为汉，谋弱山东之诸侯，山东诸侯并起，以诛错为名；而天子不察，以错为说。天下悲错之以忠而受祸，而不知错之有以取之也。

　　古之立大事者，不唯有超世之才，亦必有坚忍不拔之志。昔禹之治水，凿龙门，决大河而放之海。方其功之未成也，盖亦有溃冒冲突可畏之患；唯能前知其当然，事至不惧，而徐为之所，是以得至于成功。

　　夫以七国之强，而骤削之，其为变岂足怪哉？错不于此时捐其身，为天下当大难之冲，而制吴楚之命，乃为自全之计，欲使天子自将而己居守。且夫发七国之难者，谁乎？己欲求其名，安所逃其患。以自将之至危，与居守之至安；己为难首，择其至安，而遗天子以其至危，此忠臣义士所以愤惋而不平者也。

当此之时，虽无袁盎②，错亦不免于祸。何者？己欲居守，而使人主自将。以情而言，天子固已难之矣。而重违其议。是以袁盎之说，得行于其间。使吴楚反，错以身任其危，日夜淬砺，东向而待之，使不至于累其君，则天子将恃之以为无恐，虽有百袁盎，可得而间哉？

嗟夫！世之君子，欲求非常之功，则无务为自全之计。使错自将而击吴楚，未必无功，唯其欲自固其身，而天子不悦，奸臣得以乘其隙。错之所以自全者，乃其所以自祸欤！

注释

①狃：习惯。
②袁盎：反对削藩，主张杀晁错，不给诸侯国反叛的借口。

译文

天下的灾祸，最难以解决的，是表面太平无事，其实有难以预料的隐患。旁观事态发展而不加处理，就怕发展到无可救药的地步；采用强制办法武断处理，天下人已经习惯安于太平，恐怕又不会相信我。只有那些仁人君子、贤士英雄，才能挺身冒着绝大危险，才能成就大功。这本来就不是在短时间勉强去做、只为了出名的人所能办到的。

国家安定，突然无故引发大难的事端，我引发此事了，但我又能解决，对天下人就可以有个交代。事情发生了，无法解决时却胆怯地想逃避，让别人承担责任，那国家灾难就集中到我一人身上了。

从前晁错忠心为汉朝谋划削弱山东诸侯国的实力，这些国家一同叛乱，以杀晁错为名；但皇帝不加详察，反以杀晁错为理由劝诸侯退兵。天下人惋惜晁错忠于汉朝而被杀，却不知道是晁错自取其祸啊。

自古建立大功业的人，不只有杰出的才能，也一定有坚忍不拔的意志。从前大禹治水，凿开龙门，引导黄河之水流入大海。当其未成功之时，也有洪水泛滥的可怕隐患，只是大禹能够预料事情的进展，洪水发生后不会畏惧，而能从容地思考处理办法，所以获得了成功。

　　以七国那样的强大，而突然削弱它们，发生叛乱难道很奇怪吗？晁错不在此时挺身而出，为天下承担解决这场大难的责任，制服七国，反而想出保全自己的办法，想让皇帝亲自出征而自己驻守后方。况且引起七国叛变的是谁呢？自己要追求美名，怎么能够逃避它所引发的灾难呢？亲自出征是最危险的，留守京城是最安全的；自己是问题的制造者，却选择了最安全的，反而把最危险的事留给了皇帝，这是忠臣义士们最气愤不平的原因。

　　当时，即使没有袁盎，晁错也难免一死。为什么呢？自己留守，而让皇帝亲自出征，从情理上说，皇帝已经很难接受了，因此内心反对晁错的建议。所以袁盎的谗言得以施行。如果吴、楚叛乱，晁错担当起最危险的任务，昼夜练兵，做好防守东边的准备，使局势不会威胁到皇帝，那么皇帝就会依赖晁错而无所畏惧，就算有一百个袁盎，又怎能离间他们君臣的关系呢？

　　哎！世上的君子如果想成就非凡的事业，就不要只想着保全自己的办法。如果晁错亲自率军讨伐叛军，未必不能取胜，只是他想保全自身，才使皇帝不高兴，奸臣可乘机挑拨。晁错用来保全性命的做法，正是自取其祸的原因啊！

范增论

题解

　　本文是苏轼在宋仁宗嘉祐六年（1061）应制科考试时所呈的《进论》之一，主要论证了范增没有正确地选择离开项羽的时机。

原文

　　汉用陈平计，间疏楚君臣。项羽疑范增与汉有私[①]，稍夺其权。增大怒曰："天下事大定矣，君王自为之，愿赐骸骨，归卒伍。"归未至彭城，疽发背死。

　　苏子曰："增之去，善矣。不去，羽必杀增，独恨其不早尔。

然则当以何事去？增劝羽杀沛公，羽不听，终以此失天下，当以是去耶？"曰："否。增之欲杀沛公，人臣之分也。羽之不杀，犹有君人之度也。增曷为以此去哉？《易》曰：'知几其神乎！'《诗》曰：'相彼雨雪，先集维霰。'增之去，当于羽杀卿子冠军时也②。"

陈涉之得民也，以项燕扶苏。项氏之兴也，以立楚怀王孙心；而诸侯叛之也，以弑义帝。且义帝之立，增为谋主矣。义帝之存亡，岂独为楚之盛衰，亦增之所与同祸福也。未有义帝亡，而增能久存者也。羽之杀卿子冠军也，是弑义帝之兆也。其弑义帝，则疑增之本也。岂必待陈平哉？物必先腐也，而后虫生之。人必先疑也，而后谗入之。陈平虽智，安能间无疑之主哉？

吾尝论义帝，天下之贤主也。独遣沛公入关，而不遣项羽；识卿子冠军于稠人之中，而擢以为上将；不贤而能如是乎？羽既矫杀卿子冠军，义帝必不能堪；非羽弑帝，则帝杀羽，不待智者而后知也。增始劝项梁立义帝，诸侯以此服从；中道而弑之，非增之意也。夫岂独非其意，将必力争而不听也。不用其言，而杀其所立，羽之疑增必自是始矣。

方羽杀卿子冠军，增与羽比肩而事义帝，君臣之分未定也。为增计者，力能诛羽则诛之，不能则去之，岂不毅然大丈夫也哉？增年已七十，合则留，不合则去，不以此时明去就之分，而欲依羽以成功，陋矣！虽然，增，高帝之所畏也，增不去，项羽不亡。呜呼，增亦人杰也哉！

注释

①**范增**：项羽的重要谋臣，屡劝项羽杀刘邦而项羽不听。

②**卿子冠军**：指宋义。各路起义大军纷纷起义时，秦军围攻赵王，义帝派宋

义为上将军、项羽为次将、范增为末将，领兵前去救援。抵达安阳（今山东曹县东南），宋义按兵不进，被项羽所杀。义帝，即楚怀王的孙子熊心，项梁立之为王，也称怀王。秦灭亡后，项羽尊之为义帝。

　　汉高祖采用陈平的计策，离间楚国君臣。项羽怀疑范增和汉私通，逐渐剥夺他的权力。范增大怒说："天下的事情已经定了，君王自己处理吧。希望您开恩放过我这把老骨头，准我告老还乡。"可是还没到彭城，就因背上痈疽发作而死。

　　苏子说："范增离开得对，若不离开，项羽一定会杀他，只遗憾他没有早些离开。那么，范增应当因什么事情离开呢？范增劝项羽杀沛公，项羽不听，因此失掉天下。应当在此时离去吗？"回答说："不。范增建议杀沛公，是做臣子的职责。项羽不杀刘邦，说明他还有君王的度量。范增怎能因此事离去呢？《易经》说：'懂得事情的预兆，就是神明吧？'《诗经》说：'观察下雪之前，水汽必定先聚集成霰。'范增离开，应当在项羽杀宋义的时候。"

　　陈涉受到拥护，因为打出了项燕和扶苏的旗帜。项羽的兴起，因为拥立了楚怀王的孙子熊心；而诸侯反叛，是因为他杀了义帝。况且拥立义帝，范增实为主谋。义帝的生死难道只与楚的盛衰有关吗？也关系到范增的祸福，没有义帝被杀，范增独存之理。项羽杀宋义，是杀害义帝的先兆；他杀义帝，就是怀疑范增的根源。难道还要等到陈平去离间吗？物品必定先腐烂了，然后才能生出虫子。人必定先有了疑心，然后谗言才能听得进去。陈平虽说聪明，又怎能离间没有疑心的君主呢？

　　我曾经评论义帝是天下的贤君。他只派沛公入关而不派遣项羽，在许多人之中识别宋义，提拔他做上将军，如果不是贤明的君主，能这样吗？项羽既然假托义帝之命杀死宋义，义帝必然不能容忍。不是项羽谋杀义帝，就是义帝杀了项羽，这用不着聪明人指点就可以知道了。范增当初劝项梁立义帝，诸侯因此而服从；中途谋杀义帝，必不是范增的本意；而且不仅不是他的本意，他必然极力反对却不被接受。不听他的话而杀死他所拥立之人，项羽怀疑范增，必定是从此时开始的。

　　在项羽杀宋义时，项羽和范增同为义帝之臣，还没有确定君臣名分，替范增考虑，有能力杀项羽就杀了他，不能杀他就离开他，岂不是很果断的男子汉吗？范增年纪已经七十，意见相合就留下来，不合就离开，不在此时弄清去留的分寸，却想依靠项羽而成就功名，不明智啊！虽然如此，范增还是汉高祖所畏惧的人。范增不离去，项羽就不会被灭。唉，范增也是人中的豪杰呀！

策别课百官三·决壅蔽

题解

苏轼于宋仁宗嘉祐五年（1060）应制科考试时，曾奏《进策》二十五篇。本篇是进策中《策别课百官》其三。文中分析了宋朝的政治弊害和社会危机，提出了改革主张。全文说理透辟，见解明晰，是一篇切中时弊的政论文。

原文

　　所贵乎朝廷清明而天下治平者，何也？天下不诉而无冤，不谒而得其所欲①。此尧舜之盛也。其次不能无诉，诉而必见察；不能无谒，谒而必见省。使远方之贱吏，不知朝廷之高；而一介之小民，不识官府之难；而后天下治。今夫一人之身，有一心两手而已。疾痛苛痒②，动于百体之中③，虽其甚微不足以为患，而手随至。夫手之至，岂其一一而听之心哉？心之所以素爱其身者深，而手之所以亲听于心者熟，是故不待使令而卒然以自至④。圣人之治天下，亦如此而已。百官之众，四海之广，使其关节脉理，相通为一。扣之而必闻，触之而必应。夫是以天下可使为一身，天子之贵，土民之贱，可使相爱。忧患可使同，缓急可使救。

注释

①谒：请求。
②疾痛苛痒：出自《礼记·内则》。
③百体：身体的各个器官。
④卒：通"猝"。

原文

　　今也不然，天下有不幸，而诉其冤，如诉之于天。有不得已，而谒其所欲，如谒之于鬼神。公卿大臣不能究其详悉，而付之于胥吏①。故凡贿赂先至者，朝请而夕得；徒手而来者，终年而不获。至于故常之事，人之所当得而无疑者，莫不务为留滞，以待请属②。举天下一毫之事，非金钱无以行之。

原文

　　昔者汉唐之弊，患法不明，而用之不密，使吏得以空虚无据之法而绳天下，故小人以无法为奸。今也法令明具，而用之至密，举天下惟法之知。所欲排者，有小不如法，而可指以为瑕。所欲与者，虽有所乖戾①，而可借法以为解。故小人以法为奸。今天下所为多事者，岂事之诚多耶？吏欲有所鬻而未得②，则新故相仍，纷然而不决，此王化之所以壅遏而不行也③。

原文

　　昔桓文之霸①，百官承职②，不待教令而办。四方之宾至，不求有司。王猛之治秦③，事至纤悉，莫不尽举，而人不以为烦。盖史之所记：麻思还冀州，请于猛，猛曰："速装，行矣。"至暮而符下，及出关，郡县皆已被符。其令行禁止而无留事者，至于纤悉，莫不皆然。苻坚以戎狄之种至为霸王④，兵强国富，垂及升平者，猛之所为，固宜其然也。

原 文

今天下治安，大吏奉法，不敢顾私，而府吏之属招权鬻法，长吏心知而不问，以为当然。此其弊有二而已：事繁而官不勤，故权在胥吏。欲去其弊也，莫如省事而厉精。省事莫如任人，厉精莫如自上率之。

今之所谓至繁，天下之事，关于其中，诉者之多，而谒者之众，莫如中书与三司①。天下之事，分于百官，而中书听其治要。郡县之钱币制于转运使②，而三司受其会计。此宜若不至于繁多。然中书不待奏课以定其黜陟，而关预其事③，则是不任有司也。三司之吏，推析赢虚，至于毫毛，以绳郡县，则是不任转运使也。故曰：省事莫如任人。

注 释

①**中书：**中书省，中央官署名。**三司：**指盐铁、度支、户部三司，总领国家财富。

②**转运使：**宋时朝廷特命的路一级的常设官员，主管所属各州水陆运转和财政税收。

③**关预：**参与。

原 文

古之圣王爱日以求治，辨色而视朝，苟少安焉而至于日出，则终日为之不给。以少而言之，一日而废一事，一月则可知也，一岁则事之积者不可胜数矣。欲事之无繁，则必劳于始而逸于终。

晨兴而晏罢①，天子未退，则宰相不敢归安于私第，宰相日昃而不退②，则百官莫不震悚尽力于王事，而不敢宴游，如此，则纤悉隐微莫不举矣。天子求治之勤，过于先王，而议者不称王季之晏朝③，而称舜之无为。不论文王之日昃，而论始皇之量书④。此何以率天下之怠耶。臣故曰厉精莫如自上率之，则壅蔽决矣。

译 文

　　朝廷政治清明、国家秩序安定，最宝贵的是什么呢？就是天下的人不上告而不存在冤案，不用向上请求就能实现自己的愿望，这是尧、舜时代的美事。如果做不到这一点，那么退一步讲，百姓去官府诉讼能够得到明察，去反映问题能够得到解决，也是好的。要让远离朝廷的小吏，不觉得朝廷距离自己遥不可及；要让普通的百姓，不觉得面见官员困难，这样天下就能达到安定太平。一个人，不过有一颗心两只手罢了。疾病痛楚癣疥之疾，在人体的部位发生，尽管甚为微小，不足以为患，但是手能随时用来搔痒。是这只手能够完全听从心的指挥吗？心一向是希望身体康健的，而手一向是听从心的指挥的，因此四肢灵活，关节畅通，一旦身体的某处发生痛痒，两手就会自动保护。圣人治理天下，也是如此。百官数量那么庞大，疆域又那么广阔，使国家关节畅通，这和人的身体是同一个道理，敲它、碰它都会得到回应。因此天下就好比一个人的身体，高贵的天子和贫贱的百姓应该互相关爱，这样忧患可以共同分担，灾祸可以一同救助。

　　现在的情况不是这样，天下有人不幸要上告申冤，如同向天申诉一样；有了无法解决的问题，去官府反映，就好像去面见鬼神。公卿大臣们不能听取百姓详尽的诉说，完全让官府中的衙差小吏去办。于是那些先进行了贿赂的人，问题往往很快就得到解决；而没有贿赂的人，问题可能永远得不到解决。于是，哪怕是一些平常之事，本来是应当得到解决而毫无疑义的，莫不留滞下来不予处理，等着通关系的人来行贿。于是天下很小的事，没有金钱就行不通。

以前汉唐的弊端，就在于法度不明，执行不细致，使得胥吏利用空虚无据的法律来钻空子，所以小人凭借无法律明文而行其奸的。今天法令明确，执行周密细致，普天下之人都知道法度。对所要排斥的人，就是一些很小的毛病，也可以借法律的名头指为瑕疵；对相与亲近的人，虽有违法的事，也可以假借法律为他消除。所以如今的小人是借着法律来为其不法的。如今天下之所以多事，并不是事情确实那么多，而是官吏想办法受贿，还没达到目的，因此新旧交替，事情越积越多，得不到解决。这就是朝廷的法令得不到切实施行的原因。

古时齐桓公、晋文公建立霸业，百官奉行各自的职责，不用等待教令就会自行办理。四方来客，不需要临时请有关的部门解决。王猛治理前秦，细微的小事也没有不尽力的，没有人厌烦。据史书记载，麻思要回冀州，向王猛告假，王猛说："快快收拾行李，马上上路吧。"晚上麻思出关，所有的郡县都接到了公文，准许其通行。王猛令行禁止，没有滞留的公事，连如此小事也不例外。苻坚虽然是氐族，但能够在中原建立霸业，国富兵强，社会太平繁荣，都是王猛的功劳。

如今天下太平安定，高官大吏奉公守法，不敢顾及私利，但是官府中的小吏却揽权出卖法律，他的上司虽然知道，却不过问，认为这种事情是理所当然的。这种情形会产生两种弊端：公事繁多但官员不勤奋，权力掌握在小吏的手中。要想去除这个弊病，就要精简中央官署的事务，让官员们振奋精神勤于政务。要精简官署的事务就要信任官员，要让官员勤奋就必须自上而下有一个表率的作用。

今日所说的繁多的官务，以天下之事来看，其中最多的，莫过于向上反映问题，而这其中的多数，是向中书省和盐铁、度支、户部这几个掌管国家财政的机构投诉。国家大事分给百官掌管，而中书省总领他们，考察掌管要紧的事务。郡县的财政由转运使掌管，三司对其进行总的统计。照此来看，似乎事情不至于太多太繁，然而中书省不等有关方面的申奏考核，可以直接决定官员的升降，这表明不信任常设的在职官员。三司对各路财政管得太细太死，想以此管辖郡县，这也是不信任转运使的表现。因此说，要想精简事务，一定要信任所任命的官员。

古代有德行的圣君无不是勤于政事，天明即上朝听政，偶尔多休息一会儿，等太阳出了才上朝，必然会一整天忙于政事。以小事来看，如果一天少做一件事，那么一个月要少做多少事呢？那么一年呢？积累起来的事就多得数不胜数了。所以，要想事情不至于繁多，就必须自始至终勤奋不懈怠。早起上朝晚上退朝，天子不休息，宰相就不敢回家，宰相到了太阳偏西还在工作，那么百官都会为之震动，尽力做好自己的工作，不会去宴乐游玩。这样一来，就算是细微的小事也会得到妥善处理。天子勤于政事，比以前的皇帝都要勤劳，可是朝官不称颂王季的励精图治，偏偏鼓吹舜帝的无为之治。不称颂周文王的勤政，而讥讽秦始皇的量书，这种言论怎么能让天下的官员都勤奋起来呢？所以我说，激励官员不如从上面做出表率，如此则堵塞和蒙蔽都消除了。

南行前集叙

题 解

本篇作于宋仁宗嘉祐四年（1059），当时苏轼之母程氏病逝于四川，苏轼、苏辙兄弟奔丧回家，后随父亲苏洵由水路赴京。一路上父子三人随感而发，写了一百首诗，汇成《南行集》。本篇为《南行集》的序文。《南行集叙》，又称《南行前集叙》《江行唱和集叙》《南行诗叙》。

原 文

夫昔之为文者，非能为之为工①，乃不能不为之为工也。山川之有云雾，草木之有华实，充满勃郁②，而见于外，夫虽欲无有，其可得耶？自少闻家君之论文，以为古之圣人有所不能自已而作者。故轼与弟辙为文至多，而未尝敢有作文之意。己亥之岁③，侍行适楚④，舟中无事，博弈饮酒，非所以为闺门之欢⑤。而山川之秀美，风俗之朴陋，贤人君子之遗迹，与凡耳目之所接者，杂然有触于中，而发于咏叹。盖家君之作，与弟辙之文皆在，凡一百篇，谓之《南行集》。将以识一时之事，为他日之所寻绎⑥，且以为得于谈笑之间，而非勉强所为之文也。时十二月八日。江陵驿书⑦。

注 释

①**为之为工**：为了文章的工巧而工巧。

②**勃郁**：积蓄勃发。

③**己亥**：宋仁宗嘉祐四年。

④**楚**：指今湖北一带。

⑤**闺门**：内室之门。闺门之欢，指儿女用言笑娱乐父母。

⑥**寻绎**：寻思、推求。

⑦**江陵**：府名。

译文

古代写文章的，不是为了文章的工巧而工巧，而是自然而然达到工巧的。像山川有云雾、草木开花结果一样，充满积蓄勃发就表现于外，尽管想让它无云、不开花、不结果，难道能做到吗？从小听家父谈论文章，认为古代圣人是有自己不能抑制的思想情感才写诗作文的。所以，苏轼和弟弟苏辙写文章很多，却未曾敢有作文的念头。己亥年，侍奉父亲南行到楚地，船中无事可做，下棋饮酒，并不是用它来博取父亲开心。沿途山川的秀美，风俗的纯朴简单，贤人君子的遗迹和一切耳闻目睹到的，交错触发心灵，表现在咏叹中。父亲的作品，和弟弟苏辙的诗都在，一共一百篇，取名为《南行集》。用它来记一时之事，供他日寻找南行的行踪趣味。而且认为这些诗文产生于谈笑之间，而不是勉强写出的文字。十二月八日，江陵驿写。

喜雨亭记

题解

宋仁宗嘉祐六年（1061），苏轼被任命为大理评事签书凤翔（今陕西凤翔）府判官。次年，开始修建房舍，并在公馆北面建了一座亭子，作为休息之所。这年春天久旱不雨，亭子建成时，碰巧下了一场大雨，民众欢欣，于是作者将此亭命名为"喜雨亭"，并写下了这篇文章。

原文

亭以雨名，志喜也。古者有喜，则以名物，示不忘也。周公得禾，以名其书①；汉武得鼎，以名其年②；叔孙胜狄，以名其子③。其喜之大小不齐，其示不忘一也。

余至扶风之明年，始治官舍。为亭于堂之北，而凿池其南，引流种树，以为休息之所。是岁之春，雨麦于岐山之阳，其占为有年。既而弥月不雨，民方以为忧。越三月乙卯乃雨，甲子又雨，民以为未足；丁卯大雨，三日乃止。官吏相与庆于庭，商贾相与歌于市，农夫相与忭^{bian}于野④，忧者以乐，病者以愈，而吾亭适成。

于是举酒于亭上以属客，而告之，曰："五日不雨，可乎？"曰："五日不雨，则无麦。""十日不雨，可乎？"曰："十日不雨，则无禾。"无麦无禾，岁且荐饥⑤，狱讼繁兴，而盗贼滋炽。则吾与二三子，虽欲优游以乐于此亭，其可得耶？今天不遗斯民，始旱而赐之以雨，使吾与二三子，得相与优游而乐于此亭者，皆雨之赐也。其又可忘耶？

既以名亭，又从而歌之，曰："使天而雨珠，寒者不得以为襦；使天而雨玉，饥者不得以为粟。一雨三日，繄谁之力？民曰太守，太守不有。归之天子，天子曰不然。归之造物，造物不自以为功；归之太空，太空冥冥⑥。不可得而名，吾以名吾亭。"

注释

①"周公"二句：指《尚书·微子之命》。周成王把其弟献的异株同穗之禾赐予周公，"周公既得命禾，旅天子之命，作《嘉禾》"。

②"汉武"二句：指《史记·孝武本纪》。武帝于元狩六年夏六月得宝鼎于汾水，即改年号为元鼎。

③"叔孙"二句：指《左传·文公十一年》。叔孙得臣在这一年击败狄军，俘获其首领侨如，即将自己的儿子命名为侨如。

④忭：高兴，喜欢。

⑤荐饥：连年饥荒。

⑥冥冥：高远渺茫。

译文

这座亭子用雨来命名，是为了纪念喜庆的事件。古时候有了喜事，就用它来命名事物，表示不忘的意思。周公得到天子赏赐的稻禾，便用"嘉禾"作为他文章的篇名；

汉武帝得了宝鼎，便用"元鼎"称其年号；叔孙得臣打败狄人侨如，便用侨如作为儿子的名字。他们的喜事大小不一样，但表示不忘的意思却是一样的。

我到扶风的第二年，才开始造官邸，在堂屋的北面修建了一座亭子，在南面开凿了一口池塘，引来流水，种上树木，把它当作休息的场所。这年春天，在岐山的南面下了麦雨，占卜此事，认为今年有个好年成。然而此后整整一个月没有下雨，百姓才因此忧虑起来。到了三月的乙卯日（初八），天才下雨，甲子日（三月十七日）又下雨，百姓们认为下得还不够；丁卯日（三月二十日）又下了大雨，一连三天才停止。官吏们在庭堂一起庆贺，商人们在集市上一起唱歌，农夫们在野地里一起欢笑，忧愁的人因此而高兴，生病的人因此而痊愈，而我的亭子也恰好造成了。

于是我在亭子里开酒宴，向客人劝酒，问他们道："五天不下雨可以吗？"他们回答说："五天不下雨，麦子就不收成了。"又问："十天不下雨可以吗？"他们回答说："十天不下雨稻子就没收成了。"没有麦没有稻，就会出现饥荒，诉讼案件多了，而盗贼也猖獗起来。那么我与你们即使想在这亭子里游玩享乐，难道可能做得到吗？现在上天不遗弃这里的百姓，刚有旱象便降下雨来，使我与你们能够一起在这亭子里游玩赏乐的，都靠这雨的恩赐啊！这难道是能忘记的吗？

既用"喜雨"来命名亭子，又接着来歌唱此事。歌词说的是："假使上天下珍珠，受寒的人不能把它当作短袄；假如上天下白玉，挨饿的人不能把它当作粮食。一场雨下了三天，这是谁的功劳？百姓说是太守，太守说这不是我的。归功于天子，天子也否认。归之于造物主，造物主也不把它当作自己的功劳，归之于太空。而太空冥然缥缈，不能够命名它，于是我用它来为我的亭子命名。"

凌虚台记

题 解

宋仁宗嘉祐六年（1061），苏轼出仕，任凤翔签判。嘉祐八年（1063），凤翔太守陈希亮在后圃筑台，名为"凌虚"，求记苏轼，于是苏轼便作了这篇《凌虚台记》。

原文

国于南山之下，宜若起居饮食，与山接也。四方之山，莫高于终南；而都邑之丽山者，莫近于扶风^①。以至近求最高，其势必得。而太守之居，未尝知有山焉。虽非事之所以损益，而物理有不当然者。此凌虚之所为筑也。

方其未筑也，太守陈公，杖屦道遥于其下。见山之出于林木之上者，累累如人之旅行于墙外而见其髻也。曰："是必有异。"使工凿其前为方池，以其土筑台，高出于屋之危而止[2]。然后人之至于其上者，恍然不知台之高，而以为山之踊跃奋迅而出也。公曰："是宜名凌虚。"以告其从事苏轼，而求文以为记。

●露台惜费

汉文帝刘恒十分崇尚简约，一次，汉文帝想在宫内修一座露台，于是就召集工匠们计算工程费用，当工匠们告诉他修建需要百金时，汉文帝感叹："百金，中人十家之产业。"于是放弃了原来的打算。

轼复于公曰："物之废兴成毁，不可得而知也。昔者荒草野田，霜露之所蒙翳，狐虺之所窜伏[3]。方是时，岂知有凌虚台耶？废兴成毁，相寻于无穷；则台之复为荒草野田，皆不可知也。尝试与公登台而望，其东则秦穆之祈年、橐泉也，其南则汉武之长杨、五柞，而其北则隋之仁寿、唐之九成也。计其一时之盛，宏杰诡丽，坚固而不可动者，岂特百倍于台而已哉！然而数世之后，欲求其仿佛，而破瓦颓垣，无复存者，既已化为禾黍荆棘丘墟陇亩矣，而况于此台欤！夫台犹不足恃以长久，而况于人事之得丧，忽往而忽来者欤？而或者欲以夸世而自足，则过矣。盖世有足恃者，而不在乎台之存亡也[4]。"

既已言于公，退而为之记。

注 释

①**丽**：依附，附着。**扶风**：宋称凤翔府。这里沿用旧称。

②**危**：屋脊。

③**虺**：古书上说的一种毒蛇。

④**不在**：是说"台"和"足侍者"之间不存在任何关系。

译 文

　　在终南山下修建州城，住在城里的人，似乎饮食起居都与山分不开。四面的山，没有比终南山更高的；而靠近终南山的城郭，也没有比扶风更近的了。在最靠近山的扶风城来望最高的终南山，按照地势来说，是一定可以望到的。但是扶风太守居住在这里，却不曾知道有山。虽说这对人不会造成什么影响，但情理上说是不应该这样的。这就是建筑凌虚台的原因。

　　当凌虚台还没有修建的时候，扶风太守陈公拄着手杖，穿着鞋，在山下逍遥散步，看着树林上露出的山影，重重叠叠地好像行人们排队在墙外行走，而在墙内只能看到他们的发髻一样。陈公说："这里一定有奇异的地方。"就派工匠在山前开凿一个方池，用挖出来的土筑成高台，台高于屋脊为止。这样一来，登上高台的人，恍惚不知道是台的高，倒以为是山峦跳跃着快速奔腾涌现。陈公说："这个高台应该称为'凌虚'。"他把这个意思告诉了他的下属苏轼，请他写文章记下建台的事情。

　　我答复陈公说："事物的兴盛或衰败，是不能预料到的。从前，这里一片荒草野地，霜露遮盖，狐狸、毒蛇出没无常。在那时，哪里知道会有今天的一座凌虚台呢？兴盛或衰败是交相更替以至无穷无尽的，那么，这个高台将来是否再变成荒草野地，也是不能预知的。我曾经与您登台远望，台的东面是秦穆公时修建的祈年宫、橐泉宫；南面是汉武帝时修建的长杨宫和五柞宫；北面就是隋代修建的仁寿宫、唐代修建的九成宫。猜想它们当时的盛况，那种宏伟奇丽的景象和坚固而不可动摇的气势，岂止超过土台一百倍呢？但是，经过数代以后，想要看看它们大致的样子，却一片断瓦颓垣，连一座宫殿都没存留下来。那些宏伟的建筑已经变成长满庄稼的田地和荆棘丛生的荒丘了，何况是这座土台呢？这座土台尚且不能凭着它的坚固与长久保留下来，何况人事方面的得失、官职的变迁呢？如果有人想要以此向世人夸耀而且感到自足，那就错了。因为世上有足以依靠的东西，而不在于土台的存在或消失。"

　　我向陈公说过之后，回来就写了这篇记文。

超然台记

题　解

　　苏轼反对王安石变法，为新党所不容，被排挤出朝廷，先任开封府推官，继任杭州通判。"三年不得代，以辙之在济南，求为东州守。"（苏轼《栾城集·超然亭赋序》）宋神宗熙宁七年（1074）被批准改任密州（今山东诸城）太守。次年，政局初定，他便开始治园圃，洁庭宇，把园圃北面的一个旧台修葺一新。他的弟弟苏辙给这个台取名叫"超然"。故此，苏轼写了这篇《超然台记》。

原　文

　　凡物皆有可观。苟有可观，皆有可乐，非必怪奇伟丽者也。铺糟啜醨①，皆可以醉；果蔬草木，皆可以饱。推此类也，吾安往而不乐？

　　夫所谓求福而辞祸者，以福可喜而祸可悲也。人之所欲无穷，而物之可以足吾欲者有尽。美恶之辨战乎中，而去取之择交乎前，则可乐者常少，而可悲者常多，是谓求祸而辞福。夫求祸而辞福，岂人情也哉！物有以盖之矣。彼游于物之内，而不游于物之外。物非有大小也，自其内而观之，未有不高且大者也。彼挟其高大以临我，则我常眩乱反复，如隙中之观斗，又乌知胜负之所在？是以美恶横生，而忧乐出焉；可不大哀乎！

　　余自钱塘移守胶西，释舟楫之安，而服车马之劳，去雕墙之美，而庇采椽之居；背湖山之观，而适桑麻之野。始至之日，岁比不登，盗贼满野，狱讼充斥；而斋厨索然，日食杞菊，人固疑余之不乐也。

处之期年，而貌加丰，发之白者，日以反黑。余既乐其风俗之淳，而其吏民亦安予之拙也。于是治其园圃，洁其庭宇，伐安丘、高密之木，以修补破败，为苟全之计。而园之北，因城以为台者旧矣；稍葺而新之，时相与登览，放意肆志焉。

南望马耳、常山，出没隐见，若近若远，庶几有隐君子乎？而其东则卢山，秦人卢敖之所从遁也。西望穆陵，隐然如城郭，师尚父、齐桓公之遗烈，犹有存者。北俯潍水，慨然太息，思淮阴之功，而吊其不终。

台高而安，深而明，夏凉而冬温。雨雪之朝，风月之夕，余未尝不在，客未尝不从。撷园蔬，取池鱼，酿秫酒，瀹脱粟而食之②，曰：乐哉游乎！

方是时，余弟子由适在济南，闻而赋之，且名其台曰"超然"。以见余之无所往而不乐者，盖游于物之外也。

译 文

任何事物都有值得观赏之处。如有值得观赏之处，那么都可使人快乐，不必一定要是怪异、新奇、雄伟、瑰丽的景观。吃酒糟、喝薄酒，都可以使人醉，水果蔬菜草木，都可以充饥。以此类推，我到哪儿会不快乐呢？

人们之所以要追求幸福，避开灾祸，是因为幸福可使人欢喜，而灾祸却使人悲伤。人的欲望是无穷的，而能满足我们欲望的东西却是有限的。如果美好和丑恶的争辩在胸中激荡，选取和舍弃的选择在眼前交织，那么能使人快活的东西就很少了，而令人悲哀的事就很多，这叫作求祸避福。追求灾祸，不要幸福，难道是人们的心愿吗？这是外物蒙蔽人呀！他们这些人局限在事物之中，而不能自由驰骋在事物之外；事物本

东坡集

无大小之别，如果人拘于从它内部来看待它，那么没有一物不是高大的。它以高大的形象横在我们面前，那么我们常常会眼花缭乱反复不定，就像在缝隙中看人争斗，又哪里能知道谁胜谁负呢？因此，心中充满美好和丑恶的争辩，忧愁也就由此产生了；这不令人非常悲哀吗？

我从杭州调到密州任知州，放弃了乘船的舒适快乐，而承受坐车骑马的劳累；放弃墙壁雕绘得华美漂亮的住宅，而蔽身在粗木造的屋舍里；远离杭州湖光山色的美景，来到桑麻丛生的荒野。刚到之时，连年收成不好，盗贼到处都有，案件也多不胜数；而厨房里空荡无物，每天都以野菜充饥，人们一定都怀疑我会不快乐。可我在这里住了一年后，面腴体丰，头发白的地方，也一天天变黑了。我既喜欢这里风俗的淳朴，这里的官吏百姓也习惯了我的愚拙无能。于是，在这里修整花园菜圃，打扫干净庭院屋宇，砍伐安丘、高密县的树木，用来修补破败的房屋，以便勉强度日。在园子的北面，靠着城墙筑起的高台已经很旧了，稍加整修，让它焕然一新。我不时和大家一起登台观览，在那儿尽情游玩。

从台上向南望去，马耳、常山时隐时现，有时似乎很近，有时又似乎很远，或许有隐士住在那里吧？台的东面就是卢山，秦人卢敖就是在那里隐遁的。向西望去是穆陵关，隐隐约约像一道城墙，姜太公、齐桓公的英雄业绩，尚有留存。向北俯视潍水，不禁慨叹万分，想起了淮阴侯韩信的赫赫战功，又哀叹他不得善终。

这台虽然高，但却非常安稳；这台上居室幽深，却又明亮，夏凉冬暖。雨落雪飞的早晨，风清月明的夜晚，我没有不在那里的，朋友们也没有不在这里跟随着我的。我们采摘园子里的蔬菜，钓取池塘里的游鱼，酿米酒，煮糙米，大家一面吃一面赞叹："多么快活的游乐啊！"

这个时候，我的弟弟子由恰好在济南做官，听说了这件事，写了一篇赋，并且给这个台子取名"超然"，以说明我之所以到哪儿都快乐，大概就是在于我的心能超乎事物之外吧！

李氏山房藏书记

题　解

本文作于宋神宗熙宁九年(1076)密州。李氏，指李常，字公择，南康建昌(今江西永修)人，做过齐州(今山东济南)知州，是黄庭坚的舅父。李常早年力学，藏书很多，本篇是苏轼应李常之约所写的一篇藏书记。

象犀珠玉怪珍之物①，有悦于人之耳目，而不适于用。金石草木丝麻五谷六材②，有适于用，而用之则弊，取之则竭。悦于人之耳目，而适于用；用之而不弊，取之而不竭；贤不肖之所得，各因其才；仁智之所见，各随其分；才分不同，而求无不获者，惟书乎。

自孔子圣人，其学必始于观书。当是时，惟周之柱下史老聃为多书③。韩宣子适鲁，然后见《易象》与《鲁春秋》。季札聘于上国，然后得闻诗之风雅颂。而楚独有左史倚相，能读《三坟》《五典》《八索》《九丘》。士之生于是时，得见六经者盖无几④，其学可谓难矣！而皆习于礼乐，深于道德，非后世君子所及。

①象犀：象牙、犀牛角。

②六材：指干、角、筋、胶、丝、漆六种材料。

③惟周之柱下史老聃为多书：老子姓李名耳，曾为周王室的洛阳守藏史，即掌管藏书的官。

④六经：即《诗》《书》《礼》《乐》《易》《春秋》。

自秦汉以来，作者益众，纸与字画日趋于简便①，而书益多，世莫不有，然学者益以苟简②，何哉？余犹及见老儒先生，自言其少时，欲求《史记》《汉书》而不可得；幸而得之，皆手自书，日夜诵读，唯恐不及。近岁市人转相摹刻诸子百家之书，日传万纸，学者之于书，多且易致如此，其文词学术，当倍蓰于昔人③，而后生科举之士，皆束书不观，游谈无根，此又何也？

余友李公择，少时读书于庐山五老峰下白石庵之僧舍。公择既去，而山中之人思之，指其所居为李氏山房。藏书凡九千余卷。公择既已涉其流，探其源，采剥其华实，而咀嚼其膏味，以为己有，发于文词，见于行事，以闻名于当世矣。而书固自如也，未尝少损。将以遗来者，供其无穷之求，而各足其才分之所当得。是以不藏于家，而藏于其故所居之僧舍。此仁者之心也！

余既衰且病，无所用于世，惟得数年之闲，尽读其所未见之书，而庐山固所愿游而不得者，盖将老焉。尽发公择之藏，拾其余弃以自补，庶有益乎？而公择求余文以为记，乃为一言，使来者知昔之君子见书之难，而今之学者有书而不读为可惜也。

注　释

①**纸与字画日趋于简便**：古代无纸，秦汉以前的文字主要刻写在甲骨、青铜器、竹木条等材料上。秦汉以来，竹木简册和帛成为主要书写材料；东汉时发明了纸，六朝隋唐演变成为手抄的帛书和纸书；五代时起，开始发展为印本。这句说明文字的笔画书法越来越方便。

②**益以苟简**：越发不认真。

③**当倍蓰于昔人**：当超过前人好几倍。

译　文

象牙、犀角、珍珠、宝玉等奇异珍贵之物，能让人看了感到愉悦，然而不适于实用。金、石、草、木、丝、麻、五谷、六材，能适于实用，但用过就败坏，不停地取用就没了。能让人看了感到愉悦，而又适于实用；用它而不坏，取它而不尽；贤和不贤的收获，各凭他们的才华；仁者和智者的见解，各随他们的天分；尽管才华、天分各不相同，然而只要求取就没有人无收获的，只有书啊！

孔子这样的圣人，他的学习一定从读书开始。在那个时候，只有周朝的柱下史老聃掌管很多书。韩宣子到鲁国，然后见到《易象》和《鲁春秋》。季札聘问中原诸侯各国，然后才能听到《诗经》的风、雅、颂。而楚国只有左史倚相，能读到《三坟》《五典》《八索》《九丘》。读书人生在那个时代，能见到六经的大概没有多少，他们的学习可说是很困难的，然而对礼乐都很熟悉，道德修养都很深厚，不是后代的君子所能赶上的。

从秦汉以来，写文章的人越来越多，造纸方法和文字笔画一天比一天趋向简便，而书籍也更多，世人没有谁不拥有。然而学习的人愈加地马虎不认真。什么道理呢？我还赶上看见老儒先辈，自称他们年轻时，要想求取《史记》《汉书》而不能得到；侥幸得到了，都亲手抄写，日夜诵读，唯恐来不及读。近年书商辗转翻刻诸子百家的书，一天要流传一万张纸，书对学习的人来说，多而且容易获取到这样的地步，他们的文章学术，理应超过前人好多倍，然而年轻的科举士子，都把书捆起来不读，言谈虚浮不实，没有根底，这又是为什么呢？

　　我的朋友李公择，年轻时在庐山五老峰下白石庵的僧房中读书。公择离开后，山中人怀念他，把他住过的僧房命名为"李氏山房"，藏书共九千多卷。公择涉猎其流，探索其源以后，吸取它们的精华，咀嚼它们的韵味，而转化为自己的学养，表述在文章上，落实在行动上，而在当代出名了。然而书还是和先前一样，未曾稍有损坏。他将它留给后来之人，供他们无穷无尽地索求，而满足不同才华、天分的人各自相应的需求。因此不把书藏在家中，而藏在先前所居的僧房。这是仁者的心思啊！

　　我既衰老又生病，在人世上没有什么用，希望能有数年的空闲，全部读完那些他没见过的书。而庐山本来是我想去游览的地方，但不能成行，（如能成行）我想终老在那里。把公择的藏书全部打开，拾取他丢弃的书来充实自己，或许有益吧？公择要求我写篇文章以作藏书记，于是替他写了几句，使后来主人知道从前君子读书的困难，而现在求学的人有书却不读是可惜的。

放鹤亭记

题　解

　　此文作于宋神宗元丰元年（1078）十一月八日，时苏轼知徐州。隐者张师厚隐居于徐州云龙山，自号云龙山人。后迁于东山之麓并作亭其上，自驯二鹤，鹤朝放而暮归，白日里令其自由地飞翔于天地间，所以给亭取名为"放鹤亭"。苏轼为之作题记。

　　这篇记有明显的出世思想。文章指出，好鹤与纵酒这两种嗜好，君主可以因之败乱亡国，隐士却可以因之怡情全真。作者想以此说明：南面为君不如隐居之乐。这反映了作者在政治斗争失败后的消极情绪。

原　文

　　熙宁十年秋，彭城大水，云龙山人张君之草堂，水及其半扉①。

明年春，水落，迁于故居之东，东山之麓。升高而望②，得异境焉，作亭于其上。彭城之山，冈岭四合，隐然如大环，独缺其西十二，而山人之亭，适当其缺。春夏之交，草木际天，秋冬雪月，千里一色。风雨晦明之间，俯仰百变。山人有二鹤，甚驯而善飞。旦则望西山之缺而放焉，纵其所如，或立于陂田③，或翔于云表，暮则傃东山而归④，故名之曰"放鹤亭"。

●放鹤亭

　　此亭中养有二鹤，早上放出去，晚上又会飞回来，苏轼常与朋友在亭中饮酒赏玩，因有所悟，所以作了一篇《放鹤亭记》。

　　郡守苏轼，时从宾客僚吏，往见山人，饮酒于斯亭而乐之，挹山人而告之曰⑤："子知隐居之乐乎？虽南面之君，未可与易也。《易》曰：'鸣鹤在阴，其子和之。'《诗》曰：'鹤鸣于九皋，声闻于天。'盖其为物，清远闲放，超然于尘垢之外，故《易》《诗》人以比贤人君子隐德之士，狎而玩之⑥，宜若有益而无损者，然卫懿公好鹤则亡其国。周公作《酒诰》，卫武公作《抑戒》，以为荒惑败乱，无若酒者，而刘伶、阮籍之徒，以此全其真而名后世。嗟夫！南面之君，虽清远闲放如鹤者，犹不得好，好之则亡其国。而山林遁世之士，虽荒惑败乱如酒者，犹不能为害，而况于鹤乎？由此观之，其为乐未可以同日而语也。"

　　山人欣然而笑曰："有是哉！"乃作《放鹤》《招鹤》之歌曰：

"鹤飞去兮西山之缺。高翔而下览兮择所适。翻然敛翼，宛将集兮，忽何所见，矫然而复击。独终日于涧谷之间兮，啄苍苔而履白石。鹤归来兮东山之阴。其下有人兮，黄冠草屦，葛衣而鼓琴。躬耕而食兮，其余以汝饱。归来归来兮，西山不可以久留。"

元丰元年十一月初八日记。

注 释

①及：漫上。
②升：登上。
③陂：水边。
④傃：向，沿着。
⑤挹：举酒相劝。
⑥狎：亲近而态度不庄重。

译 文

熙宁十年的秋天，彭城发大水，云龙山人张君的草堂，水已没到他家门的一半。第二年春天，大水落下，云龙山人搬到故居的东面。登到高处远望，看到一个奇特的境地。于是，他便在那座山上建亭子。彭城山，山冈从四面合拢，隐约地像一个大环；只是在西面缺一个口，而云龙山人的亭子，恰好对着那个缺口。春夏两季交替的时候，草木茂盛，似乎接近天空；秋冬的瑞雪和皓月，千里一色。风雨阴晴，瞬息万变。山人养两只鹤，非常温驯而且善于飞翔。早晨就朝着西山的缺口放飞它们，任它们飞到哪里，有时立在低洼的池塘，有时飞翔在万里云海之外；到了晚上就向着东山飞回来，因此给这个亭子取名叫"放鹤亭"。

郡守苏轼时常带着友人和下属去看望山人，在这座亭子上喝酒，感到很快乐。苏轼斟了杯酒给山人，并且告诉他说："您知道隐居的快乐吗？即使是面朝南坐的君主，也不能跟他交换。《易经》说：'鹤在山的北面叫，它的孩子雏鹤便会应和它。'《诗经》说：'鹤在低洼的地方叫，声音一直传到天上。'这是因为作为鸟类来说，鹤的品格清高、深沉、安静，超出尘世之外，所以《易经》和《诗经》的作者把它比作明智的人、有才能的人和身怀高尚品德的人。跟它亲昵，跟它玩耍，好像是有利而无害的。然而，卫懿公爱好鹤，就亡了。周公作《酒诰》，卫武公作《抑戒》，都认为荒废事业，迷惑性情，败坏和搅乱国家的，没有什么像酒那样严重的了；可是刘伶、阮籍这班人却因此保全了自身，而且名声传到后代。唉！面朝南坐的君主，即使是清高、深沉、安静、自在像鹤那样的，也不能爱好；如果爱好它，就会丧失自己的国家。然而，在山林间逃避世俗的人，即使是像酒那样荒废事业、迷惑性情、败坏和搅乱国家的东西，爱好它尚且不能成为祸害，何况爱好鹤呢？从这看来，国君和隐士的快乐是不可以放在一起讲的。"

山人听了我的话，高兴地微笑着说："有这样的道理呀！"于是，作《放鹤》和《招鹤》的歌，说："鹤飞去呀，望着西山的缺口。在高空飞翔，向下面观察，选择它们认为应该去的地方。很快地回过身体，收起翅膀，似乎打算飞下来休息；忽然看到什么东西，又昂首飞向天空，准备再做奋然一击。怎么能整天徘徊在溪涧、山谷之间，嘴啄青苔，脚踏白石？鹤归来了，在东山的北面。那下边有个人，头戴道帽，足蹬草鞋，身穿葛衣，正在坐着弹琴。他亲自种田过活，把那剩余的粮食喂你。归来吧！归来吧！西山不能够长久停留。"

元丰元年十一月初八日苏轼作此记。

文与可画筼筜谷偃竹记

题　解

筼筜谷，在陕西洋县西北，谷中多竹。宋神宗熙宁八年（1075），文同任洋州知州，曾在此谷中筑亭。文同，字与可，梓潼（今四川盐亭）人，苏轼的表兄，北宋著名画家，长于画竹，曾画筼筜谷偃竹赠苏轼。宋神宗元丰二年（1079）正月，文与可病逝。七月，苏轼在湖州曝晒书画，看到文与可的这幅遗作，写了这篇题记。

原　文

竹之始生，一寸之萌耳①，而节叶具焉。自蜩腹蛇蚹以至于剑拔十寻者②，生而有之也。今画者乃节节而为之，叶叶而累之，岂复有竹乎？故画竹必先得成竹于胸中，执笔熟视，乃见其所欲画者，急起从之，振笔直遂③，以追其所见，如兔起鹘落，少纵则逝矣。与可之教予如此。予不能然也，而心识其所以然。夫既心识其所以然，而不能然者，内外不一，心手不相应，不学之过也。故凡有见于中而操之不熟者，平居自视了然，而临事忽焉丧之，岂独竹乎？子由为《墨竹赋》以遗与可曰："庖丁④，解牛者也，而养生者取之；轮扁，斫轮者也⑤，而读书者与之。今夫夫子之托于斯竹也，而予以为有道者则非邪？"子由未尝画也，故得其意而已。若予者，岂独得其意，并得其法。

注 释

①萌：嫩芽。

②蜩腹：蝉的肚皮。**蛇蚹**：蛇腹下的横鳞。

③遂：完成。

④庖丁：《庄子·养生主》载：庖丁解牛的技艺高妙，因为他能洞悉牛的骨骼肌理，运刀自如，十九年解了数千只牛，其刀刃还同新磨的一样，毫无损伤。文惠君听了庖丁的介绍后，说："善哉！吾闻庖丁之言，得养生焉。"

⑤轮扁，斫轮者也：《庄子·天道》载：桓公在堂上读书，轮扁在堂下斫轮，轮扁停下工具，说桓公所读的书都是古人的糟粕，桓公责问其由。轮扁说，臣斫轮"不徐不疾，得之于手而应于心，口不能言，有数存焉于其间"，却无法用口传授给别人。

原 文

　　与可画竹，初不自贵重，四方之人持缣素而请者①，足相蹑于其门。与可厌之，投诸地而骂曰："吾将以为袜材。"士大夫传之，以为口实。及与可自洋州还，而余为徐州。与可以书遗余曰："近语士大夫，吾墨竹一派②，近在彭城，可往求之。袜材当萃于子矣③。"书尾复写一诗，其略曰："拟将一段鹅溪绢④，扫取寒梢万尺长。"予谓与可："竹长万尺，当用绢二百五十匹，知公倦于笔砚，愿得此绢而已。"与可无以答，则曰："吾言妄矣。世岂有万尺竹哉？"余因而实之，答其诗曰："世间亦有千寻竹，月落庭空影许长。"

与可笑曰："苏子辩则辩矣，然二百五十匹绢，吾将买田而归老焉。"
因以所画篔筜谷偃竹遗予曰："此竹数尺耳，而有万尺之势。"篔
筜谷在洋州，与可尝令予作洋州三十咏，《篔筜谷》其一也。予诗云：
"汉川修竹贱如蓬，斤斧何曾赦箨龙⑤。料得清贫馋太守，渭滨千
亩在胸中。"与可是日与其妻游谷中，烧笋晚食，发函得诗，失笑
喷饭满案。

元丰二年正月二十日，与可没于陈州⑥。是岁七月七日，予在
湖州曝书画⑦，见此竹，废卷而哭失声。昔曹孟德祭桥公文，有车
过腹痛之语⑧。而予亦载与可畴昔戏笑之言者，以见与可于予亲厚
无间如此也。

注释

①缣素：供书画用的白色细绢。
②墨竹一派：指苏轼。
③袜材当萃于子矣：谓求画的细绢当聚集到你处。
④鹅溪：在今四川盐亭县西北，附近产名绢，称鹅溪绢，宋人多用以作书画
材料。
⑤箨龙：指竹笋。
⑥陈州：治所在今河南淮阳。
⑦湖州：今浙江吴兴，时苏轼任湖州知州。
⑧"昔曹"二句：建安七年，曹操军过浚仪，遣使以太牢祀旧友桥玄。祀文
说："承从容约誓之言：'殂逝之后，路有经由，不以斗酒只鸡过相沃酹，车过三步，
腹痛勿怪。'虽临时戏笑之言，非至亲之笃好，胡肯为此辞乎？"苏轼以此典比喻
自己与文与可的情谊笃厚。

译文

竹子刚生时，只是一寸长的嫩芽，却节、叶俱全。从蝉腹、蛇鳞般的小笋，长到
挺直的几丈高的巨竹，从来都是有节有叶的。可是现在画竹的人，却是一节一节地接
起来，一叶一叶地堆上去，这样怎么能画好竹子呢？所以说，画竹，一定要心里有完

整的竹子，拿着笔凝神而视，就能看到自己心里想要画的竹子了。看清了，赶紧拿起笔画，挥笔落纸，一气呵成，以追摹其心中所见之物，就好似看兔子飞跑、看鹰降落一般，稍微放松一点就没了。文与可就是这样教我的。我虽然不能照他教的作画，但心里明白这个作画的方法。心里明白却画不出来，这是因为心里所想与手中之笔无法相应，这是没有认真练习的缘故。因此，凡是心中想得明白，但做起来却不熟练的；平常自以为了然，而事到临头又突然全没了，这不单单是画竹才出现的问题。子由作《墨竹赋》送给文与可说："庖丁是解剖牛的人，但他的经验被养生者所取。轮扁，是砍削轮子的人，但他的见解被读书人所赞许。现在您借画竹来寄托这番道理，我认为您是一位深晓规律的人，难道不是吗？"子由从来没画过画，所以只领悟了其中的道理。而我，岂止只懂得其中的道理，而且学会了这种方法。

起初，文与可对自己的墨竹画并不看重，四面八方的人抱着白色的细绢来求画，人多得在门口都互相踩脚。文与可很是厌烦，把白绢扔在地上骂道："我要用这些绢做袜子！"士大夫们口口相传，一时成为笑话。等到文与可洋州任满回来之时，我恰好出任徐州知州。文与可给我写信说道："最近我告诉那些求画的士大夫们，我墨竹一派的传人近在徐州，可以向他求画。那些做袜子的材料不久就要汇集到你那里了。"信后面还写了一首诗，大意是说："想用一段名贵的鹅溪绢，用来做画竹子的材料，绘画出万尺长的竹子。"我对文与可说："竹子长万尺，应当使用二百五十匹绢。知道你懒得作画，我很想得到这二百五十匹绢。"文与可无法回答，只得说："我说得过了，这世上哪里去找一万尺长的竹子呢？"我因此又写诗为他证实，这世上有万尺竹的可能，说："世间真有千寻高的竹子，月落之时，竹子的投影在庭院中，说不定就有万尺了。"文与可笑着说："苏轼真是狡辩啊，如果得到这二百五十匹绢，我就可以买田归隐了。"因此，文与可将他所画的筼筜谷的竹子送给我，说："这些竹子只高几尺而已，但有万尺的气势。"筼筜谷在洋州，文与可曾经让我写了洋州三十咏，《筼筜谷》是这三十咏之一。我在诗中写道："汉川修长的竹子多且散乱，贱如蓬草，但是生活清贫而又嗜食竹笋的太守文与可的刀斧并没放过它们，估计他胸中恐怕已经有渭滨的千亩竹林了吧！"与可那天正与妻子在谷中游玩，烧笋做晚饭，打开信封读了这首诗，笑得将饭喷了一桌子。

元丰二年正月二十日，文与可在陈州去世了。这一年的七月七日，我在湖州晾书画，见到这幅墨竹图，再也看不下去，失声痛哭。以前曹操祭桥玄，祭文中有：桥玄和曹操的约誓：从我坟前经过，如果不拿酒肉祭典我，车过三步，肚子痛了可别怪我的戏谑之语。我这篇文章中也记载了与文与可往昔的戏笑之言，以此表露我们之间笃厚的情谊。

石钟山记

题解

本文写于宋神宗元丰七年（1084），是苏轼游石钟山后所写的一篇考察性的游记。文章通过记叙对石钟山得名由来的探究，强调要正确判断一件事物，必须深入实际，认真调查。

原文

　　《水经》云①："彭蠡之口②，有石钟山焉。"郦元以为下临深潭③，微风鼓浪，水石相搏，声如洪钟。是说也，人常疑之。今以钟磬置水中，虽大风浪不能鸣也，而况石乎！至唐李渤始访其遗踪④，得双石于潭上，扣而聆之，南声函胡⑤，北音清越，桴止响腾⑥，余韵徐歇。自以为得之矣。然是说也，余尤疑之。石之铿然有声者⑦，所在皆是也，而此独以钟名，何哉？

　　元丰七年六月丁丑，余自齐安舟行适临汝，而长子迈将赴饶之德兴尉，送之至湖口，因得观所谓石钟者。寺僧使小童持斧，于乱石间择其一二扣之。硿硿焉⑧，余固笑而不信也。至莫夜月明，独与迈乘小舟，至绝壁下。大石侧立千仞，如猛兽奇鬼，森然欲搏人⑨；而山上栖鹘，闻人声亦惊起，磔磔云霄间⑩；又有若老人咳且笑于山谷中者，或曰此鹳鹤也。余方心动欲还，而大声发于水上，噌吰如钟鼓不绝⑪。舟人大恐。徐而察之，则山下皆石穴罅⑫，不知其浅深，微波入焉，涵澹澎湃而为此也。舟回至两山间，将入港口，有大石当中流，可坐百人，空中而多窍，与风水相吞吐⑬，有窾坎镗鞳之声⑭，与向之噌吰者相应，如乐作焉。因笑谓迈曰："汝识之乎⑮？噌吰者，周景王之无射也，窾坎镗鞳者，魏庄子之歌钟也。古之人不余欺也！"

事不目见耳闻，而臆断其有无，可乎？郦元之所见闻，殆与余同，而言之不详；士大夫终不肯以小舟夜泊绝壁之下，故莫能知；而渔工水师虽知而不能言，此世所以不传也。而陋者乃以斧斤考击而求之，自以为得其实。余是以记之，盖叹郦元之简，而笑李渤之陋也。

注释

①《水经》：旧题汉桑钦撰，地理学著作。

②彭蠡：即鄱阳湖，在今江西省北部。

③郦元：《水经注》，作者郦道元。

④李渤：字浚之，洛阳人。唐宪宗时做过江州（今江西九江一带）刺史，著有《辨石钟山记》。遗踪：旧址，指石钟山所在地。

⑤南声函胡：南边那块石头发出的声音浑厚、洪大。

⑥桴：鼓槌。

⑦铿然：形容声音洪亮。

⑧硿硿：形容敲击石块发出的声音。

⑨森然欲搏人：阴森可怕的样子，像要扑过来打人。

⑩磔磔：鸟叫声。

⑪噌吰：形容洪亮的声音。

⑫罅：裂缝。

⑬"空中"二句：大石内空而多孔，风和水穿流进出。窍，窟窿。吞吐，吸进吐出。

⑭窾坎镗鞳：形容钟鼓鸣响的声音。

⑮识：记住，明白。

译文

《水经》上说："彭蠡湖口有座石钟山。"郦道元认为，山下面是深潭，微风掀起波浪，撞击石块，发出如大钟般的声音。对这种说法，人们常常很怀疑。现在把钟和磬放在水里，即使再大风浪也不能使它发出响声，何况石头呢？到唐代，李渤寻访了郦道元到过的地方，在潭边上找到两块山石，敲着听它的声音，南边的山石声音厚重而模糊，北边的山石声音清脆而响亮。敲击停止以后，声音还在响，余音慢慢消失。他便自认为找到石钟山命名的原因了。然而对这种说法，我更加怀疑。能敲出铿锵响声的山石到处都有，可是唯独这座山用钟来命名，这是什么原因呢？

元丰七年农历六月丁丑日，我乘船从齐安（黄州古称）到临汝，大儿子苏迈也要到饶州德兴县做县尉，我送他到湖口，借此机会来到石钟山。庙里的和尚叫小童拿着斧头，在杂乱的石壁中间选择几块敲击，发出硿硿的响声，我只是笑笑，并不相信。到了夜里，我单独和迈儿坐小船，到绝壁下面。大石壁在水边耸立，高达千尺，形状就像猛兽和鬼怪，阴森森的，好像要扑过来抓人似的；栖息在山上的鹘鸟，听到人声也受惊飞起，磔磔地叫着飞入高空；还有像老人咳着、笑着的声音，有人说这是鹳鹤。我正心中惊恐，打算回去，忽然，巨大的声音从水上发出，噌吰的声音响个不停，有如击鼓敲钟。船夫非常害怕。我细细地观察，原来山下都是石头的洞穴和裂缝，不知有多深，微波进入里面，激荡澎湃，便形成这种声音。船行至两山中间，快要进入港口，有一块大石挡在水流中心，上面大约可坐百人，中间却是空虚的，有很多窟窿，风卷着浪吞进吐出，发出窾坎镗鞳的声音，跟先前的响声互相应和，就像奏乐一样。我因而笑着对迈儿说："你知道吗？发出噌吰响声的，就像周景王的无射钟，发出窾坎镗鞳响声的，是魏庄子的编钟。古人并未欺骗我们！"

事情不是亲眼所见、亲耳所闻，却主观地推断它的有无，行吗？郦道元所见所闻大概与我相同，可是记载不够详尽；一般士大夫又总不愿夜晚乘小船停靠在绝壁下面，所以没能了解真相；而渔夫船工，虽然知道却又说不出来。这就是这座山山名的来历没能流传于世的原因啊。而浅陋的人竟用斧头敲击来寻求以"石钟"命名的缘由，还自以为发现了真相。我因此记下上面的情况，叹息郦道元记叙的简略，而笑李渤见识的浅陋。

记游定惠院

题 解

本文约作于宋神宗元丰七年（1084）三月，记述了苏轼与友人游览黄州定惠院的情景。

原 文

　黄州定惠院东小山上，有海棠一株，特繁茂。每岁盛开，必携客置酒①，已五醉其下矣。今年复与参寥师及二三子访焉，则园已易主。主虽市井人，然以予故，稍加培治。山上多老枳木②，性瘦韧，筋脉呈露，如老人项颈。花白而圆，如大珠累累，香色皆不凡。此木不为人所喜，稍稍伐去，以予故，亦得不伐。既饮，往憩于尚氏之第。尚氏亦市井人也，而居处修洁，如吴越间人，竹林花圃皆可喜。醉卧小板阁上，稍醒，闻坐客崔成老弹雷氏琴③，作悲风晓月，铮铮然，意非人间也。晚乃步出城东，鬻大木盆④，意者谓可以注清泉，瀹瓜李⑤，遂夤缘小沟⑥，入何氏、韩氏竹园⑦。时何氏方作堂竹间，既辟地矣，遂置酒竹阴下。有刘唐年主簿者⑧，馈油煎饵，其名为甚酥，味极美。客尚欲饮，而予忽兴尽，乃径归。道过何氏小圃，乞其蘖橘⑨，移种雪堂之西。坐客徐君得之将适闽中⑩，以后会未可期，请予记之，为异日拊掌。时参寥独不饮，以枣汤代之。

> 注 释

① 携客：与客聚会。
② 枳木：也称枸橘，果实可入药。
③ 雷氏琴：苏轼题跋有《家藏雷琴》一首，言琴上有"雷家记"字样。谓"此最琴之妙，而雷琴独然"。
④ 鬻：卖，这里可作"买"讲。
⑤ 瀹：浸。
⑥ 夤缘：循沿。
⑦ 何氏、韩氏：指友人何圣可、韩毅甫。
⑧ 刘唐年：字君佐，时为黄州主簿。
⑨ 蘖橘：丛生的橘树。"蘖"，同"丛"。
⑩ 徐君得之：徐大正，字得之，黄州知州徐大受之弟，苏轼友人。

在黄州定惠院东面小山上，有一株海棠，长得特别繁茂。每年海棠花盛开的时候，我总是带着客人在那里饮酒，已经在树下喝醉过五回了。今年又和参寥等几个人到那里去看花，而花园却换了主人。新主人虽然是个商贩，但因为我的缘故，仍然对海棠稍加培育。山上有许多老枳树，树干细瘦、柔软而又坚固，筋脉显露在外，看上去就像老年人的颈项。开的白花圆圆的，就像成串的珠子，香味色彩都不同一般。这种树不大招人喜欢，会逐渐被人砍掉。因为我的缘故，也还未被砍掉。饮酒以后，我们便到尚家宅中去休息。尚氏也是个做生意的人，但他把住所整治得很干净，就像吴、越一带的人一样，竹林、花圃都令人喜爱。我们醉了就睡在小板阁上，稍醒过来，听见坐中客人崔成老弹雷琴，他弹的琴曲表现出悲风晓月的境界，铮铮作响，令人猜疑不是人间能有的。晚上走出城东，买了个大木盆，想用它来装泉水、浸泡瓜李。然后就沿着小沟往前走，进入何氏、韩氏竹园内。当时何家正在竹林中修建一间堂屋，地基已经开出来了，于是他便在竹荫下用酒招待我们。有一位刘唐年主簿，送来油煎食品，它的名字叫"甚酥"，味道非常美。客人还想饮酒，可我忽然没有兴致了，于是就直接回家去。路过何家小圃，向他求得一丛橘苗，要把它们移种到雪堂西边。坐中客人徐得之，将要到闽中去，因为以后会面的时间很难约定，他便要我把上面的事情记下来，好作为他日击掌谈笑的资料。当时只有参寥没有喝酒，是用枣子汤代替的。

记承天寺夜游

　　本文写于宋神宗元丰六年（1083），当时，作者正因乌台诗案被贬谪到黄州任职。记中对月夜景色作了美妙描绘，真实地记录了作者当时生活的一个片段。

　　元丰六年十月十二日夜，解衣欲睡，月色入户，欣然起行。念无与为乐者，遂至承天寺寻张怀民[①]。怀民亦未寝，相与步于中庭。庭下如积水空明，水中藻、荇交横[②]，盖竹柏影也。何夜无月？

何处无竹柏？但少闲人如吾两人者耳。

注释

①**张怀民**：即张梦得，清河（今属河北）人，当时也贬居黄州。
②**藻、荇交横**：水藻与荇菜交织。

译文

元丰六年十月十二日夜晚，（我）正脱下衣服准备睡觉，（恰好看到）这时月光从门户射进来，（不由得生出夜游的兴致，于是）高兴地起身出门。想到没有可以共同游乐的人，就到承天寺寻找张怀民。张怀民也还没有睡觉，（我俩就）一起在庭院中散步。庭院中的月光宛如积水那样清澈透明。水藻、水草纵横交错，原来那是庭院里的竹子和松柏树枝的影子。哪一个夜晚没有月亮？哪个地方没有竹子和柏树呢？只是缺少像我们两个这样闲的人罢了。

记游松风亭

题解

松风亭在广东省惠阳县东弥陀寺后山岭上，亭上植松二十余种，清风徐来，松声如涛，是当时的游览胜地。苏轼游松风亭为宋哲宗绍圣元年（1094）十月间，东坡知定州，谪知英州，未到任再贬宁远军节度副使，惠州安置。政治打击接踵而来，然而他仍怀着极高的兴致游览了松风亭。

原文

余尝寓居惠州嘉祐寺①，纵步松风亭下②，足力疲乏，思欲就床止息。仰望亭宇，尚在木末③。意谓如何得到。良久忽曰："此间有甚么歇不得处？"由是心若挂钩之鱼，忽得解脱。若人悟此，虽两阵相接，鼓声如雷霆，进则死敌，退则死法，当恁么时，也不妨熟歇④。

注释

①**嘉祐寺**：故址在白鹤峰以东，明代改建城隍庙。今为广东惠州东坡小学所

在地。

②**松风亭**：原在嘉祐寺旁边，故址在今惠州桥东区东坡小学的后山上。

③**木末**：树梢，指在高处。

④**熟歇**：很好地歇息一番。

译文

我曾经寓居惠州的嘉祐寺，一日，在松风亭附近散步，感觉脚力疲乏，想找个床休息。抬头望向松风亭，还在高处。心想，这么高，我可如何爬上去休息呢。过了好久，忽然对自己说："这里有什么不能休息的呢？"于是心情一下子放松了，好像已经被钓钩钩上的鱼儿突然得到了解脱。如果人们都能领悟随遇而安的道理，即便是两军对阵相接，耳边战鼓如雷震天，往前冲可能被敌人杀死，往后退会受到军法处置而死，到那时，也不妨歇个痛快！

●**醉翁亭**

醉翁亭坐落于安徽省滁州市市区西南琅琊山麓，与北京陶然亭、长沙爱晚亭、杭州湖心亭并称为"中国四大名亭"。

书上元夜游

题解

本文作于宋哲宗元符二年（1099），记述了苏轼与海南文士月夜出游的一个生活片段，反映了儋州小城上元之夜的热闹景象和淳朴风俗。

原文

已卯上元①，予在儋州②，有老书生数人来过，曰："良月嘉夜，先生能一出乎？"予欣然从之。步城西，入僧舍，历小巷，民夷杂糅，屠沽纷然。归舍已三鼓矣。舍中掩关熟睡，已再鼾矣。放杖而笑，孰为得失？过问先生何笑③，盖自笑也。然亦笑韩退之钓鱼无得④，更欲远去，不知走海者未必得大鱼也。

注　释

①**己卯**：元符二年。**上元**：农历正月十五。

②**儋州**：古郡名，治所在今海南儋州西北。

③**过**：苏轼的幼子，字叔党。

④**韩退之钓鱼无得**：韩愈《赠侯喜》诗说："半世遑遑就举选，一名始得红颜衰。""君欲钓鱼须远去，大鱼岂肯居沮洳（浅水处）。"这里借韩愈诗句，表示不赞同其强求多得。

译　文

己卯的上元之夜，我在儋州，有几个老书生过来对我说："如此好的月夜，先生能不能一起出去呢？"我便很高兴地跟随他们，走到了城西，进入了和尚的住所，经过了小巷，各地的百姓聚居在一起，屠户和酒家纷纷攘攘。回到家中已经三更了，家里的人闭门熟睡，睡得很酣甜。我放下拐杖，不禁笑了笑，什么是得，什么是失呢？儿子苏过问我为什么笑，大概是自己笑自己吧。然而也是笑韩愈钓鱼没有钓到，还想到更远的地方钓鱼，却不知道航行在海边也未必能钓到大鱼。

方山子传

题　解

方山子，即陈慥，字季常。宋仁宗嘉祐六年（1061），苏轼出仕，任凤翔签判。嘉祐八年（1063），陈慥之父陈希亮来任府尹。这年，苏轼和陈慥初遇，二人一见如故，抒怀言志，颇为投合。宋神宗元丰三年（1080），陈慥听说苏轼被放逐而相迎于途中，以后过往频繁。两人之情至深，故苏轼于元丰四年（1081）写下了这篇散文。

原　文

方山子，光、黄间隐人也。少时慕朱家、郭解为人，闾里之侠皆宗之①。稍壮，折节读书，欲以此驰骋当世，然终不遇。晚乃遁于光、黄间，曰岐亭。庵居蔬食，不与世相闻；弃车马，毁冠服，

徒步往来山中，人莫识也。见其所著帽，方屋而高，曰："此岂古方山冠之遗像乎？"②因谓之方山子。

余谪居于黄，过岐亭，适见焉。曰："呜呼！此吾故人陈慥季常也，何为而在此？"方山子亦矍然，问余所以至此者，余告之故，俯而不答，仰而笑。呼余宿其家。环堵萧然，而妻子奴婢，皆有自得之意。余既耸然异之。

独念方山子少时，使酒好剑，用财如粪土。前十有九年，余在岐下，见方山子从两骑，挟二矢，游西山。鹊起于前，使骑逐而射之，不获；方山子怒马独出，一发得之。因与余马上论用兵及古今成败，自谓一世豪士。今几日耳，精悍之色犹见于眉间，而岂山中之人哉？

然方山子世有勋阀，当得官，使从事于其间，今已显闻。而其家在洛阳，园宅壮丽与公侯等；河北有田，岁得帛千匹，亦足富乐。皆弃不取，独来穷山中，此岂无得而然哉？

余闻光、黄间多异人，往往佯狂垢污。不可得而见，方山子傥见之欤？

注　释

①阎里：乡里。
②**方山冠**：汉代祭祀宗庙时乐人戴的冠。

译　文

　　方山子，是光州、黄州一带的隐士。年轻时，仰慕汉代游侠朱家、郭解的品行，乡里的游侠之士都推崇他。年岁稍长，就改变志趣，发愤读书，想以此来驰名当代，但是一直没有交上好运。到了晚年隐居在光州、黄州一带名叫岐亭的地方。住茅屋，吃素食，不与世人来往。放弃坐车骑马，毁坏士人的衣帽，徒步来往于山里，没有人认识他。人们见他戴的帽子上面方方的且又很高，就说："这不就是古代乐师戴的方山冠遗留下来的样子吗？"因此就称他为"方山子"。

　　我贬官居住在黄州，有一次经过岐亭时，正巧碰见了他。我说："哎哟，这是我的老朋友陈慥陈季常呀，怎么会住在这里呢？"方山子也惊讶地问我到这里来的原因。我把原因告诉了他，他低头不语，继而仰天大笑，请我住到他家去。他的家里四壁萧条，然而他的妻儿奴仆都显出怡然自得的样子，我对此感到十分惊异。

　　回想起方山子年轻的时候，酗酒任性，喜欢使剑，挥金如土。十九年前，我在岐下，见到方山子带着两名骑马随从，身带两箭，在西山游猎。只见前方一鹊飞起，他便叫随从追赶射鹊，未能射中。方山子拉紧缰绳，独自跃马向前，一箭射中飞鹊。他就在马上与我谈论起用兵之道及古今成败之事，自认为是一代豪杰。这才过了几天，一股英气勃勃的神色，依然在眉宇间显现，这怎么会是一位蛰居山中的人呢？

　　方山子出生于世代功勋之家，理应有官做，假如他能置身官场，到现在已经声名显赫了。他原有家在洛阳，园林宅舍雄伟富丽，可与公侯之家相比。在河北地方还有田地，每年可得上千匹的丝帛收入，这些也足以使他生活富裕安乐。然而他都抛开了，偏要来到穷僻的山沟里，这难道不是因为他独有会心之处才会这样的吗？

　　我听说光州、黄州一带有很多奇人逸士，常常假装疯癫、衣衫破旧，但是无法见到他们。方山子或许能遇见他们吧？

潮州韩文公庙碑

题解

　　唐代著名文学家韩愈，卒谥文公。唐宪宗时，因谏迎佛骨被贬潮州（今属广东）。宋哲宗元祐七年（1092），潮州人重修韩愈庙，苏轼写了这篇碑文，对韩愈的人格、思想、精神及其在文化上所起的作用都给予了高度评价。

原文

　　匹夫而为百世师，一言而为天下法，是皆有以参天地之化，关盛衰之运。其生也有自来，其逝也有所为。故申、吕自岳降，傅说为列星，古今所传，不可诬也。

　　孟子曰："我善养吾浩然之气。"是气也，寓于寻常之中，而塞乎天地之间。卒然遇之，则王公失其贵，晋、楚失其富，良、平失其智，贲、育失其勇，仪、秦失其辩。是孰使之然哉？其必有不依形而立，不恃力而行，不待生而存，不随死而亡者矣。故在天为星辰，在地为河岳，幽则为鬼神，而明则复为人。此理之常，无足怪者。

自东汉以来，道丧文弊，异端并起①，历唐贞观、开元之盛，辅以房、杜、姚、宋而不能救。独韩文公起布衣，谈笑而麾之②，天下靡然从公，复归于正，盖三百年于此矣。文起八代之衰，而道济天下之溺；忠犯人主之怒，而勇夺三军之帅：此岂非参天地，关盛衰，浩然而独存者乎！

盖尝论天人之辨，以谓人无所不至，惟天不容伪。智可以欺王公，不可以欺豚鱼；力可以得天下，不可以得匹夫匹妇之心。故公之精诚，能开衡山之云，而不能回宪宗之惑；能驯鳄鱼之暴，而不能弭皇甫镈、李逢吉之谤；能信于南海之民，庙食百世，而不能使其身一日安于朝廷之上。盖公之所能者，天也，所不能者，人也。

始，潮人未知学，公命进士赵德为之师。自是潮之士，皆笃于文行，延及齐民，至于今，号称易治。信乎孔子之言："君子学道则爱人，小人学道则易使也。"潮人之事公也，饮食必祭，水旱疾疫，凡有求必祷焉。而庙在刺史公堂之后，民以出入为艰。前守欲请诸朝作新庙，不果。元祐五年，朝散郎王君涤来守是邦。凡所以养士治民者，一以公为师。民既悦服，则出令曰："愿新公庙者，听！"民欢趋之，卜地于州城之南七里，期年而庙成③。

或曰："公去国万里，而谪于潮，不能一岁而归。没而有知，其不眷恋于潮，审矣④。"轼曰："不然！公之神在天下者，如水之在地中，无所往而不在也。而潮人独信之深，思之至，焄蒿凄怆[xūn]⑤，若或见之。譬如凿井得泉，而曰水专在是，岂理也哉？"

元丰七年，诏封公昌黎伯，故榜曰"昌黎伯韩文公之庙"。潮人请书其事于石，因作诗以遗之，使歌以祀公。其词曰：

"公昔骑龙白云乡，手抉云汉分天章，天孙为织云锦裳。飘然乘风来帝旁，下与浊世扫秕糠。西游咸池略扶桑，草木衣被昭回光。追逐李杜参翱翔，汗流籍、湜走且僵，灭没倒景不可望。作书诋佛讥君王，要观南海窥衡湘，历舜九嶷吊英皇[yí]。祝融先驱海若藏，约束蛟鳄如驱羊。钧天无人帝悲伤，讴吟下招遣巫阳。犦牲鸡卜羞我觞，于粲荔丹与蕉黄。公不少留我涕滂，翩然被发下大荒⑥。"

译 文

一个平常人能成为世世代代的榜样，一句话能成为天下人遵循的法则，这是因为他的品格可以与天地化育万物相提并论，也关系到国家气运的盛衰。他们的降生是有来历的，他们的逝世也是有原因的。所以，申伯、吕侯由高山之神降生，傅说死后成为天上的列星，从古到今的传说，是不可假的。

孟子说："我善于修养我的正气。"这种气，寄托在平常事物中，又充满于天地之间。突然遇上它，那么，王公贵族就会失去他们的尊贵，晋国、楚国就会失去它们的富有，张良、陈平就会失去他们的智慧，孟贲、夏育就会失去他们的勇力，张仪、苏秦就会

东坡集

二九二

失去他们的辩才。是什么东西使它这样的呢？那一定有一种不依附形体而成立，不依靠外力而行动，不等待出生就存在，不随着死亡就消逝的东西了。所以在天上就成为星宿，在地下就化为河川山岳；在阴间就成为鬼神，在阳世便又成为人。这个道理十分平常，不值得奇怪。

自东汉以来，道德丧失，文风败坏，异端邪说一起兴起，经历了唐代贞观、开元的兴盛时期，房玄龄、杜如晦、姚崇、宋璟这些宰相辅佐，都不能挽救。只有韩文公从普通人里崛起，在谈笑风生中挥动大旗，天下人纷纷倾倒追随他，使思想和文风又回到正路上来，到现在已经有三百年左右了。他的文章使八代以来的衰败文风，得到振兴；他对儒道的宣扬，使天下人在沉溺中得到拯救；他的忠诚曾触犯了皇帝的恼怒；他的勇气能折服三军的主帅：这难道不是与天地化育万物相并列，关系到国家盛衰，浩大刚正而独立存在的正气吗？

我曾谈论过天道和人事的区别：认为人没有什么事不能做出来，只是天不容许人作伪。人的智谋可以欺骗王公，却不能欺骗小猪和鱼；人的力量可以取得天下，却不能取得普通老百姓的民心。所以韩公的专心诚意，能够驱散衡山的阴云，却不能够挽回宪宗佞佛的执迷不悟；能够驯服鳄鱼的凶暴，却不能够制止皇甫镈、李逢吉的诽谤；能够取得潮州老百姓的信任，百代都享受庙堂祭祀，却不能使自身在朝廷上有一天的平安。因为，韩公能够遵从的是天道，他做不好的是人事。

起初潮州人不知道学习，韩公命进士赵德做他们的老师。从此潮州的读书人，都专心于学问的研究和品行的修养，并影响到普通百姓。直到现在，潮州被称为容易治理的地方。孔子的话确实说的对："君子学习了儒道就能够爱护人民，小人学习了儒道就能够容易使唤。"潮州人敬奉韩公，吃喝的时候必定要祭祀他，水灾旱荒、疾病瘟疫，凡是有求助于神灵的事，必定到祠庙里去祈祷。可是祠庙在州官衙门大堂的后面，百姓觉得进出很不方便。前任州官想向朝廷申请建造新的祠庙，没有成功。元祐五年，朝散郎王涤先生来担任这个州的知州，凡是用来培养士子、治理百姓的措施，完全以韩公为榜样。老百姓心悦诚服以后，便下命令说："愿意重新修建韩公祠庙的人，就来听从命令。"老百姓高高兴兴地赶来参加这项工程。在州城南面七里选了一块好地方，一年后新庙就建成了。

有人说："韩公离开京城，万里迢迢，贬谪在潮州，不足一年就回去了。韩公死后如果有知觉，那他也不会依恋于潮州的，这道理是明白的啊！"我说："不是这样的，韩公的神灵在人间，好比水在地上，没有什么地方不存在。而且潮州人信仰得特别深厚，思念得十分恳切，每当祭祀时，香雾缭绕，不由得涌起悲伤凄怆的感觉，就像见到了他。好比挖一口井得到了水，就说水只在这个地方，难道有这个道理的吗？"

元丰七年，皇帝下诏书封韩公为昌黎伯，所以祠庙的匾额上题为"昌黎伯韩文公之庙"。潮州人请我书写他的事迹刻在石碑上，因此作首诗送给他们，让他们歌唱着祭祀韩公，歌词说：

"您从前骑着龙在白云飘浮的仙乡，亲手掘开了天河，分布了日月星辰的景象，织女替您织出云锦的衣裳。您轻快地乘着风下降到人间，来到皇帝的身旁，为混乱的俗世扫除异端。您在西边游览了咸池，东边巡视了扶桑，草木都披上了您的恩泽，承受着您的光辉普照。您追随李白、杜甫，与他们一起比翼翱翔，使张籍、皇甫湜奔跑流汗，两腿都跑僵了，也不能仰见您那能使倒影消失的耀眼光辉。您上书痛斥佛教，讽谏君王，被邀请到潮州来观看，中途又游览了衡山和湘水，经过了埋葬帝舜的九嶷山，凭吊了娥皇和女英。到了潮州，祝融为您在前面开路，海若躲藏起来了，您管束蛟龙、鳄鱼，好像驱赶羊群一样。天上缺少人才，天帝感到悲伤，派巫阳唱着歌到下界招您的英魂上天。用牦牛做祭品，用鸡骨来占卜，敬献上我们的美酒，还有殷红的荔枝，金黄的香蕉。您不肯稍作停留，使我泪下如雨，你披散头发，轻快地返回仙乡。"

三槐堂铭

题 解

本文是宋神宗元丰二年（1079）苏轼在湖州任上为学生王巩家中"三槐堂"题写的铭词。三槐堂，是北宋初年兵部侍郎王祐家的祠堂，因王祐手植三棵槐树于庭而得名。古代传说，三槐象征朝廷官吏中职位最高的三公，而王祐正是王巩的曾祖父。

王氏先祖王祐，是北宋大名府莘县人，出身书香门第、官宦之家。王祐的祖父王言和父亲王彻，都担任后唐的官职，一生忠厚勤勉，廉洁奉公。王祐少年时性情豪迈，才气横溢，他的文章立意高远，文辞优美，被人们争相传诵。

原 文

天可必乎？贤者不必贵，仁者不必寿。天不可必乎？仁者必有后。二者将安取衷哉？吾闻之申包胥曰①："人众者胜天，天定亦能胜人。"世之论天者，皆不待其定而求之，故以天为茫茫，善者以怠，恶者以肆。盗跖之寿，孔、颜之厄，此皆天之未定者也。松柏生于山林，其始也困于蓬蒿，厄于牛羊，而其终也，贯四时阅千岁而不改者，其天定也。善恶之报，至于子孙，而其定也久矣。吾以所见所闻所传闻考之，而其可必也审矣。

国之将兴，必有世德之臣，厚施而不食其报，然后其子孙能与守文太平之主共天下之福。故兵部侍郎晋国王公显于汉周之际，历事太祖、太宗，文武忠孝，天下望以为相，而公卒以直道不容于时。盖尝手植三槐于庭曰："吾子孙必有为三公者。"已而，其子魏国文正公，相真宗皇帝于景德、祥符之间，朝廷清明、天下无事之时，享其福禄荣名者十有八年。

今夫寓物于人，明日而取之，有得有否。而晋公修德于身，责报于天，取必于数十年之后，如持左契，交手相付：吾是以知天之果可必也。吾不及见魏公，而见其子懿敏公，以直谏事仁宗皇帝，出入侍从将帅三十余年，位不满其德。天将复兴王氏也欤？何其子孙之多贤也。世有以晋公比李栖筠者②，其雄才直气，真不相上下，而栖筠之子吉甫，其孙德裕，功名富贵，略与王氏等，而忠信仁厚，不及魏公父子。由此观之，王氏之福盖未艾也。懿敏公之子巩与吾游，好德而文，以世其家，吾是以录之。铭曰：

呜呼休哉！魏公之业，与槐俱萌。封植之勤，必世乃成。既相真宗，四方砥平。归视其家，槐荫满庭。吾侪小人，朝不及夕。相时射利，皇恤厥德。庶几侥幸，不种而获。不有君子，其何能国？王城之东，晋公所庐。郁郁三槐，惟德之符。呜呼休哉！

注 释

①申包胥：春秋时楚国大夫，名包胥，封于申，故名申包胥，楚君蚡冒之后

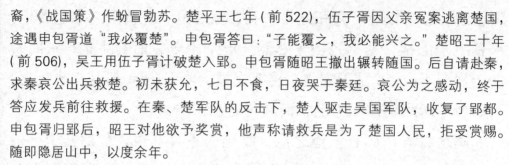

裔，《战国策》作蚡冒勃苏。楚平王七年（前522），伍子胥因父亲冤案逃离楚国，途遇申包胥道"我必覆楚"。申包胥答曰："子能覆之，我必能兴之。"楚昭王十年（前506），吴王用伍子胥计破楚入郢。申包胥随昭王撤出辗转随国。后自请赴秦，求秦哀公出兵救楚。初未获允，七日不食，日夜哭于秦廷。哀公为之感动，终于答应发兵前往救援。在秦、楚军队的反击下，楚人驱走吴国军队，收复了郢都。申包胥归郢后，昭王对他欲予奖赏，他声称请救兵是为了楚国人民，拒受赏赐。随即隐居山中，以度余年。

②**李栖筠**：字贞一，安史之乱时，肃宗驻灵武，李栖筠选精兵七千护驾，后被肃宗擢为殿中侍御史。时关中一带靠白渠、郑渠灌溉，有豪强者堵截上游，设置水磨，夺去农用水量十分之七。李栖筠请旨，全部拆除。因受宰相元载忌妒，出为常州刺史。李栖筠在当地指挥百姓开渠引水，捕获盗贼，兴办学堂，倡行教化。但终因受元载压制，忧郁而卒。赐吏部尚书，谥文献。

译文

天理一定会展现出来吗？但是贤能的人不一定富贵，仁爱的人也不一定长寿。天理不一定会展现出来吗？但是仁爱的人一定有好的后代。这两种情况哪一种是正确的说法呢？我听说申包胥说过："人的意志可以胜过天，天的意志也能胜过人为的努力。"世上议论天道的人，都不等天的意志完全表现出来就去责求它，因此认为天是不可捉摸的。善良的人因此而倦怠，邪恶的人因此而放肆。盗跖可以长寿，孔子、颜回却遭受困厄，这都是天还没有表现出他的意志来的缘故。松柏生长在山林中，开始时，被蓬蒿围困，遭牛羊践踏，但最终经过四季而长青，历经千年而不凋零，这就是天的意志。对人的善恶报应，有的要到子孙后代才表现出来，天的意志可以说是由来久远的。我根据所见所闻的事实考察，天理必然会展现出来，这是确定无疑的。

国家将要兴盛，必然会有世代积德的大臣，他们大量行善施德却没有得到善报，但此后他的子孙却能够与遵守祖宗法度的太平盛世的君主共同享受天下之福。已故兵部侍郎晋国公王祐，在后汉后周期间就已名声显扬，先后侍奉过太祖、太宗两朝，能文能武，忠孝品德高尚，天下人都希望他能出任宰相，但是最终由于他性情正直而不为当世所容。他曾经亲手在庭院种了三棵槐树，说："我的子孙将来一定有做三公的。"后来他的儿子魏国文正公果然在宋真宗景德、祥符年间当了宰相。那时正值朝廷政治清明，天下太平无事，享受了荣华富贵十八年。

今天把东西存在别人家中，第二天去取，有可能取到，也有可能取不到。而晋国公自身修养德行，希望能从上天那里得到回报。几十年后他得到了上天的回报，就像手持契约，亲手交割一样。我因此知道天确实可以说有必然的意志。我没有赶上看到魏国公，却见到了他的儿子懿敏公。他常常对仁宗皇帝直言极谏，出外带兵、入内侍从三十多年，这种爵位还不足以和他的德行相称。是上天要使王氏重新兴盛吗？为什么他的子孙有这么多贤能之士呢？世人有将晋国公与李栖筠相比的，他们杰出的才能、正直的气质确实不相上下。李栖筠之子李吉甫、孙子李德裕，享有的功名富贵和王氏差不多，但在忠信仁厚方面，却赶不上魏国公父子。由此看来，王氏的福分大概还没有完结吧。懿敏公的儿子王巩，跟我交游，他崇尚道德而又善诗文，以此继承他的家风，我因此把这些记了下来。铭曰：

啊，多么美好啊！魏公的家业，跟槐树一起萌兴。辛劳的培植，一定要经过一代才能长成。他辅佐真宗、天下太平，回乡探家，槐荫笼庭。我辈小人，一天从早到晚，只知窥察时机求取名利，哪有空闲修养自己的德行？只希望有意外的侥幸，不种植就能收获。如果没有君子，国家又怎能成为一个国家？京城的东面，是晋国公的住所，郁郁葱葱的三棵槐树，象征着王家的仁德。啊，多么美好啊！

日　喻

题　解

本篇是宋神宗元丰元年（1078），苏轼任徐州知州时所作，是一篇善于用形象比喻的议论文。

原　文

生而眇者不识日①，问之有目者。或告之曰："日之状如铜盘。"扣盘而得其声，他日闻钟，以为日也。或告之曰："日之光如烛。"扪烛而得其形，他日揣籥②，以为日也。

日之与钟、籥亦远矣，而眇者不知其异，以其未尝见而求之人也。道之难见也甚于日，而人之未达也，无以异于眇。达者告之，虽有巧譬善导，亦无以过于盘与烛也。自盘而之钟，自烛而之籥，转而相之，岂有既乎③？故世之言道者，或即其所见而名之，或莫之见而意之：皆求道之过也。然则道卒不可求欤？苏子曰："道可致而不可求。"何谓致？孙武曰："善战者致人，不致于人。"子夏曰："百工居肆，以成其事，君子学以致其道。"莫之求而自至，斯以为致也欤？

注释

①眇：瞎一只眼，这里泛指双目失明。
②揣籥：摸着一支笛状的管乐器。
③既：尽。

原文

南方多没人①，日与水居也，七岁而能涉，十岁而能浮，十五而能没。夫没者岂苟然哉？必将有得于水之道者。日与水居，则十五而得其道；生不识水，则虽壮，见舟而畏之。故北方之勇者，问于没人，而求其所以没，以其言试之河，未有不溺者也。故凡不学而务求道，皆北方之学没者也。

昔者以声律取士，士杂学而不志于道；今者以经术取士，士求道而不务学。渤海吴君彦律②，有志于学者也，方求举于礼部③，作《日喻》以告之。

注释

①没人：潜水的人。
②渤海：宋代的滨州别名渤海郡，即今山东滨州。**吴君彦律**：吴彦律，名琯，时任徐州监酒正字。
③**方求举于礼部**：据《乌台诗案》载："元丰元年，苏轼知徐州。十月十三日，在本州监酒正字吴琯锁厅得解，赴省试。苏轼作文一篇，名为'日喻'，以讥讽近日科场之士，但务求进，不务积学，故皆空言而无所得。以讥讽朝廷更改科场新法不便也。"

译文

有一个生来失明的人不认识太阳，就向明眼人请教，有人告诉他说："太阳的形状像铜盘。"说着敲击铜盘使失明的人听到了声音。有一天，失明的人听到钟声响，认为那就是太阳了。又有人告诉失明的人说："太阳的光亮像蜡烛。"失明的人摸了蜡烛知道了形状。有一天，失明的人揣量一支形状像蜡烛的乐器籥，又把它当作太阳了。

太阳与钟、籥差得远呢，但失明的人却不知道这三者的区别，是因为失明的人从未曾见过太阳，而只是向他人求得太阳的知识。抽象的道理很难被认识，这一点比太阳难认识的情况更加严重，人们不通晓抽象道理的情况，与生来就不认识太阳的盲人没什么两样。通晓的人告诉他，即使有巧妙的比喻和很好的启发诱导，也无法使这些比喻或教法比用铜盘和用蜡烛来说明太阳的比喻或教法好。从用铜盘比喻太阳到把铜钟当作太阳，从把蜡烛当作太阳而到把乐器籥当作太阳，像这样辗转连续地推导，难道还有个完吗？所以世上大谈"道"的人，有的就他自己的理解来给它命名，有的没有见到它却主观猜度它，这都是研求"道"的弊病。既然如此，那么这个"道"最终不可能求得吗？苏轼说："道能够通过自己的虚心学习，循序渐进使其自然来到，但不能不学而强求它。"那么什么叫作自然来到呢？孙武说："会作战的将军能调动敌人，而不被敌人所调动，不使自己处于被动的境地。"子夏说："各行各业的手艺人坐在店铺作坊里，完成他们制造和出售产品的业务；有才德的人刻苦学习，使道自然到来。"不是强求它而是使它自己到来，这就是获得道的办法吧！

南方有很多会潜水的人，他们天天都生活在水边，七岁就能蹚水过河，十岁就能浮在水面游泳，十五岁就能潜水了。潜水的人能长时间地潜入水里，哪里是马虎草率而能这样的呢？一定是对水的活动规律有所领悟才能做到。天天生活在水边，那么十五岁就能掌握它的规律。生来不识水性，那么即使到了壮年，见到了船也会害怕。所以北方的勇士，向南方会潜水的人询问来求得他们能潜入水里的技术，按照他们说的技术到河里试验，没有不淹死的。所以凡是不老老实实地刻苦学习而专力强求道的，都是像北方的学潜水的人一样。

从前以讲究声律的诗赋择取人才，所以读书人学习庞杂而不是立志在求儒家之道；现在以经学择取人才，所以读书人只知道强求义理，而不是踏踏实实地学。渤海人吴彦律，是有志对经学做实实在在的学习的人，正要到京城接受由礼部主管的进士考试，我因此写《日喻》来勉励他。

书吴道子画后

题 解

本文是宋神宗元丰八年（1085），苏轼为史全叔收藏的吴道子画写的题跋。吴道子，名道玄，阳翟（今河南禹州市）人，唐代杰出画家，有"画圣"之称。

原 文

智者创物，能者述焉，非一人而成也。君子之于学，百工之于技，自三代历汉至唐而备矣①。故诗至于杜子美②，文至于韩退之③，书至于颜鲁公④，画至于吴道子，而古今之变，天下之能事毕矣。道子画人物，如以灯取影，逆来顺往，旁见侧出，横斜平直，各相乘除⑤，得自然之数，不差毫末，出新意于法度之中，寄妙理于豪放之外，所谓游刃余地，运斤成风⑥，盖古今一人而已。余于他画，或不能必其主名，至于道子，望而知其真伪也。然世罕有真者，如史全叔所藏，平生盖一二见而已。

元丰八年十一月七日书。

注 释

①三代：指夏、商、周三个朝代。

②杜子美：杜甫，字子美，唐代著名诗人。

③韩退之：韩愈，字退之，唐代杰出文学家。

④颜鲁公：颜真卿，字清臣，封鲁郡公，世称颜鲁公，唐代著名书法家。

⑤乘除：增减。

⑥运斤成风：语出《庄子·徐无鬼》："郢人垩漫其鼻端若蝇翼，使匠石斫之。匠石运斤成风，听而斫之，尽垩而鼻不伤，郢人立不失容。"这里用以比喻吴道子手法纯熟。

译 文

聪明的人创造事物，有能力的人来叙述，这不是一个人能够独立完成的。士人攻读诗书，匠人学习技艺，从夏、商、周三代，经过汉朝、唐朝，以至于一套体系都很完备了。因此作诗有了杜甫，写文章出现了韩愈，书法有了颜真卿，绘画有了吴道子，古往今来诗文书画各种变化，天底下各种奇能巧事无不尽于此。吴道子画人物，好似用灯光来取影，用笔或逆来或顺往，或旁边显现，或侧面烘出，以至于横、斜、平、直，无不各相增减补充。这是得到了自然之法啊。他的画作传神逼真，在传统的画法中不乏新意，豪放的风格里不乏细腻，手法娴熟，可以称得上是游刃有余、运斤成风，古今只有他可以当此殊荣。我对于其他人的画作，不能肯定其作者的名字，但对于吴道子的画，一看就知道真伪。可惜现在存世的赝品太多，难得见到真品，像史全叔收藏的这幅真品，我这辈子也不过见过一两次。

元丰八年十一月七日写。

试笔自书

题解

本文为宋哲宗元符元年（1098）苏轼在儋耳所写，见《曲洧旧闻》卷五。儋耳，古郡名，治所在今海南儋州西北。

原文

吾始至南海，环视天水无际，凄然伤之①，曰："何时得出此岛耶？"已而思之，天地在积水中，九州在大瀛海中，中国在少海中，有生孰不在岛者？覆盆水于地，芥浮于水②，蚁附于芥，茫然不知所济。少焉水涸，蚁即径去，见其类，出涕曰："几不复与子相见，岂知俯仰之间，有方轨八达之路乎？"念此可以一笑。戊寅九月十二日，与客饮薄酒小醉，信笔书此纸。

注释

①伤：悲伤。
②芥：小草。

我刚开始到海南岛时，环顾四面大海无边无际，凄然为此悲伤，说："什么时候才能够离开这个岛呢？"一会儿又想想，天地都在积水中，九州也在大瀛海中，中国在小海中，难道有生下来不在岛上的吗？把一盆水倒在地上，小草叶浮在水上，一只蚂蚁趴在草叶上，茫茫然不知道会漂到哪里去。一会儿水干了，蚂蚁于是径直爬下叶走了，见到同类，哭着说："我差点再也见不到你们了，哪知道一小会儿后就出现了四通八达的大道呢？"想到这个可发一笑。戊寅九月十二日，与客人饮酒微醉，随手将感受写在纸上。

上梅直讲书

宋仁宗嘉祐二年（1057）苏轼进士及第，当时的主考官为欧阳修，参评官为梅尧臣。苏轼考中后，写了这封信表示自己对欧阳修、梅尧臣的感激之情，也抒发了"士遇知己之乐"，反映出作者内心的抱负。梅直讲，即梅尧臣，字圣俞，曾任国子监直讲（辅佐博士的一种官职）。

轼每读《诗》至《鸱鸮》①，读《书》至《君奭》②，常窃悲周公之不遇。及观《史》，见孔子厄于陈、蔡之间，而弦歌之声不绝，颜渊、仲由之徒相与问答。夫子曰："匪兕匪虎③，率彼旷野，吾道非邪，吾何为于此？"颜渊曰："夫子之道至大，故天下莫能容。虽然，不容何病？不容然后见君子。"夫子油然而笑曰："回！使尔多财，吾为尔宰④。"夫天下虽不能容，而其徒自足以相乐如此。乃今知周公之富贵，有不如夫子之贫贱。夫以召公之贤，以管、蔡之亲而不知其心，则周公谁与乐其富贵？而夫子之所与共贫贱者，皆天下之贤才，则亦足与乐乎此矣！

轼七八岁时，始知读书，闻今天下有欧阳公者，其为人如古孟轲、韩愈之徒；而又有梅公者从之游，而与之上下其议论。其后益壮，始能读其文词，想见其为人，意其飘然脱去世俗之乐而自乐其乐也。方学为对偶声律之文，求斗升之禄，自度无以进见于诸公之间。来京师逾年，未尝窥其门。今年春，天下之士群至于礼部，执事与欧阳公实亲试之。诚不自意，获在第二。既而闻之人，执事爱其文，以为有孟轲之风。而欧阳公亦以其能不为世俗之文也而取焉，是以在此。非左右为之先容⑤，非亲旧为之请属，而向之十余年间，闻其名而不得见者，一朝为知己。退而思之，人不可以苟富贵，亦不可以徒贫贱。有大贤焉而为其徒，则亦足恃矣。苟其侥一时之幸，从车骑数十人⑥，使闾巷小民聚观而赞叹之，亦何以易此乐也。

《传》曰⑦："不怨天，不尤人。"盖优哉游哉，可以卒岁。执事名满天下，而位不过五品，其容色温然而不怒，其文章宽厚敦朴而无怨言，此必有所乐乎斯道也。轼愿与闻焉。

注释

①《鸱鸮》：《诗经·豳风》篇名。
②《君奭》：《尚书》篇名。
③兕：雌性犀牛。
④宰：指家臣、管家。
⑤先容：先作介绍，疏通关节。
⑥从车骑：使车骑相从。
⑦《传》：指《论语》。

译文

每当我读《诗经》至《鸱鸮》，读《书经》至《君奭》时，常常暗自悲叹周公不能被人知遇。等到阅览《史记》，看到孔子在陈国与蔡国交界处遭受围困，却仍然能不断地听到他弹琴诵诗的声音，还与颜渊、仲由等弟子互相问答。孔子说："不是犀牛，也不是老虎，却在那空旷的原野上奔波。是我推行的道义不对吗？我为什么落到这个地步？"颜渊说："先生推行的道义是至高无上的，所以天下就容纳不下了。虽然如此，天下不容又有什么害处呢？天下不容就更能显示您是君子。"孔子不由地笑道："颜回呀，要是你有许多财产，我就为你主管。"天下虽然不能容纳孔子师徒，他们却能这般自我感到满足，相互调侃逗乐。如今我才体会到，周公的富贵有不如孔子的贫贱之处。以召公的贤明，以管叔、蔡叔的亲近，却不理解周公的心意，那么周公与谁共享他那富贵之乐呢？而那些与孔子共度贫贱生活的，都是天下的贤才，也就足够以此为乐了。

我七八岁时才知道读书，就听说如今天下有一位欧阳公，他的为人像古时的孟轲、韩愈一流；又有一位梅公，与欧阳公交游，并和他在一起谈古论今。后来，我渐渐长大成人，才能阅读他们的文章和诗词，从中想象他们的为人，猜测他们潇洒地脱离世俗的富贵之乐而陶醉于超脱的自我欢乐中。那时我正在学作讲究对偶和声律的诗文，想谋求一官半职，自己思量没有资格可以晋见诸公，所以，来到京师已经一年多，却未曾去登门拜访。今年春天，天下士子聚集在礼部应试，您和欧阳公亲自主持考试。我自己都不曾料想到，竟然录取为第二名。后来听说，您喜爱我的文章，认为有孟轲的风格，而欧阳公也因为我能不写崇尚世俗的文章而录取我：我能中试的原因正在于此。并没有经过两位大人左右人的事先介绍，也没有亲戚和旧友为我请托，过去十多年间只听到过名声而没有能见到的人，一朝之间竟成了知己。回去想想这件事，我领悟到，人不可以苟且地贪图富贵，也不可以无所作为地过贫贱的日子，只要有大贤人在世，而自己又能做他的弟子，那么也足以有立身的依靠了。如果靠一时的侥幸而取得了富贵，身后有车马及几十人相随，使得里巷中的小百姓围拢来观望并为此赞叹，那又怎么能换取上述的快乐呢？

《论语》上说："不要埋怨上天，也不要责怪他人。"从容悠闲，也可以度此终生。执事您已誉满天下，但官阶不过五品，您却脸色温和，并不恼怒，您的文章也宽容质朴，没有怨言，其中一定有得以快乐的道理吧。我很希望听从您的指教。

与王定国

题　解

本文是宋神宗元丰三年（1080），苏轼写给王定国的回信，倾吐了因自己获罪而连累朋友的负疚之情。王定国，名巩，大名莘县（今属山东）人，工于诗，与苏轼交谊甚厚。因苏轼乌台诗案受到株连,被谪宾州(今广西宾阳)监酒税。苏轼被贬黄州后,对王定国的远放深感不安,但王定国在赴贬所途中却致书安慰苏轼。

　　某启:罪大责轻,得此甚幸,未尝戚戚。但知识数十人,缘我得罪,而定国为某所累尤深,流落荒服[1],亲爱隔阔。每念至此,觉心肺间便有汤火芒刺。今得来教,既不见弃绝,而能以道自遣,无丝发蒂芥[2],然后知定国为可人,而不肖他日犹得以衰颜白发厕宾客之末也。甚幸!甚幸!恐从者不由此过,故专遣人致区区。惟愿定国深自爱重,仍以戒我者自戒而已。临书悒悒[3],不知此人到江,犹及见仙舟否[4]?匆匆,不宣[5]。

　　①荒服:古代王畿之外,以五百里为一区划,由近及远分为五服:侯服、甸服、绥服、要服、荒服,以荒服为最远。此指边远之地。
　　②蒂芥:草芥,比喻胸中郁积。司马相如《子虚赋》中说:"吞若云梦者八九于其胸中,曾不蒂芥。"
　　③悒悒:郁闷惆怅的样子。
　　④仙舟:王定国所乘的船。
　　⑤匆匆,不宣:古代书信末尾的常用套语,意谓临书匆匆,不一一细说。

　　轼启:我犯了严重得罪,得到的惩罚却很轻,这已经使我觉得十分幸运了,从未觉得悲伤。但是几十位好友,受到我的连累,都受到了处罚,而王定国被我连累得最深,被发配到边远之地,与亲人朋友相隔遥远。每次我想到这件事,便觉得心肺都像被热汤浇、被芒刺扎那样难受。今日收到你的来信,不但没有抛弃我、和我断交,反而能以通达之理自我排遣,心里丝毫没有郁积的情绪,由此让我知道定国是个可人心意的人,而我将来还能以衰颜白发列于你的宾客之末座(还能成为你的朋友),甚幸甚幸!我担心路过的人不能将这封信送到,因此专门派人送去,表达我一点诚恳的心意,希望你多多保重身体,用告诫我的那些话自诫吧。写到此处心情郁闷,不知送信的人走

文

到江边，还能不能赶上你的游船呢？匆匆。不宣。

答黄鲁直

 【题　解】

宋神宗元丰元年（1078）初，北京国子监教授黄庭坚致信徐州知州苏轼，并附《古风》二首，表达了对苏轼的景仰倾慕之情。苏轼次韵奉和，并写了这封书函。函中追述了两次见黄庭坚诗文的感受，称扬了对方超尘拔俗的品格。

【原　文】

轼顿首再拜鲁直教授长官足下①。轼始见足下诗文于孙莘老之坐上②，耸然异之，以为非今世之人也。莘老言："此人，人知之者尚少，子可为称扬其名。"轼笑曰："此人如精金美玉，不即人而人即之，将逃名而不可得，何以我称扬为？然观其文以求其为人，必轻外物而自重者，今之君子莫能用也。"其后过李公择于济南③，则见足下之诗文愈多，而得其为人益详，意其超逸绝尘，独立万物之表，驭风骑气，以与造物者游，非独今世之君子所不能用，虽如轼之放浪自弃，与世阔疏者，亦莫得而友也。今者辱书词累幅，执礼恭甚，如见所畏者，何哉？轼方以此求交于足下，而惧其不可得，岂意得此于足下乎？喜愧之怀，殆不可胜。然自入夏以来，家人辈更卧病，忽忽至今，裁答甚缓，想未深讶也。《古风》二首，托物引类，真得古诗人之风，而轼非其人也。聊复次韵，以为一笑。秋暑，不审起居何如？未由会见，万万以时自重。

【注　释】

①鲁直：黄庭坚。
②孙莘老：孙觉，字莘老，苏轼之友，黄庭坚的岳父。

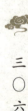

译文

　　苏轼顿首再拜黄鲁直教授长官足下：初次拜读您的诗文是在孙莘老家，拜读之后便觉得十分惊讶，以为不是当代人物。孙莘老说："这个人，了解他的人还不多，你可以帮他宣扬一下。"我笑着回答："这人必定如纯金美玉一般，就算他不去接触别人，别人也会主动接近他，即使他想不出名也办不到，哪里用我去宣扬呢？看他的文章来揣度他的为人，必定是看轻身外之物、注重自身品德之人，恐怕如今的大人、先生们不能起用他。"这以后我与李公择在济南相会，见到了你更多的诗文，对你的为人有了更加详尽的了解，知道你风度超然脱俗，与众不同，且品格超拔，不受世俗的羁绊，不仅是得不到当今君子的赏识，即使像我这样放浪形骸、与世俗格格不入的人，也难得成为您的朋友。今日看到你的书信，礼数甚是恭敬，态度极是谦卑，好像是见到了一个让你敬畏的人，这又何必呢？我一直想以书信与你结交，却害怕唐突，不料得到你的书信，欣喜之余不禁有些惭愧，简直禁受不住。只因自从入夏以来，家人不断有人生病卧床，断断续续直到如今，所以回信很是缓慢，希望你不要太介意。你寄来的《古风》两首诗，以物寄托深意，真是具备古代诗人的风格，而我并不是你所推崇备至的人。我也作了次韵诗寄给你，见笑见笑。秋天的暑气还很重，不知你的生活如何？没有机会见面，希望你一定要保重自己的身体。

答毛泽民

题解

　　这封书札是宋哲宗元祐四年（1089）苏轼调离汴京，出知杭州前写给毛滂的。毛滂，字泽民，衢州江山（今浙江江山）人，著有《东堂词》。

原文

　　轼启：比日酷暑①，不审起居何如？顷承示长笺及诗文一轴，日欲裁谢，因循至今，悚息②！今时为文者至多，可喜者亦众，然求如足下闲暇自得，清美可口者实少也。敬佩厚赐，不敢独飨③，当出之知者。世间唯名实不可欺。文章如金玉，各有定价，先后

进相汲引④，因其言以信于世⑤，则有之矣。至其品目高下，盖付之众口，决非一夫所能抑扬。轼于黄鲁直⑥、张文潜辈数子⑦，特先识之耳。始诵其文，盖疑信者相半，久乃自定，翕然称之⑧，轼岂能为之轻重哉！非独轼如此，虽向之前辈，亦不过如此也，而况外物之进退，此在造物者，非轼事。辱见贶之重⑨，不敢不尽。承不久出都，尚得一见否？

东坡集

●亟用贤人

注 释

① **比日**：近日。
② **悚息**：恐惧惭愧的样子。
③ **飨**：享用酒食，这里比喻欣赏美文。
④ **汲引**：推荐。
⑤ **信于世**：展现于世。
⑥ **黄鲁直**：黄庭坚。
⑦ **张文潜**：苏轼友人。
⑧ **翕然**：聚合在一起的样子，此处表示一致。
⑨ **见贶**：受赐。

译 文

　　轼启：近日天气炎热，你的身体怎么样？前段时间收到你送来的诗文，天天想着要回复答谢，不想到今日才写回信，真是惭愧啊！如今作诗文的人很多，写得好的也不少。不过像你的文章这样自然清新的却太少了。我很是敬佩，感谢你的赠文，不敢独自欣赏，应当拿出来给明白人看。世上只有名实不能假冒。文章也像黄金玉石一样，有着不同的价值，需要不同的人互相之间推荐，因为这种推荐才能使它们展现于世间，被人们认可。至于品评诗文的价值，要让大家共同来评价，不是一个人能够褒扬或是贬低的。我和黄鲁直、张文潜等数人只是认识的比你早些罢了。我一开始称诵他们的诗文时，人们也是半信半疑，时间久了，自然就信了，全都称赞认可了。他们的高下轻重，我苏轼怎能说了算？不独苏轼如此，即便是以前的前辈，也不过如此。何况名声的取得或失去，是由天定，并不是我的评论所能左右的。我承蒙你的看重，赠送诗文，不敢不说明自己的看法。过段时日我就要离开汴京了，不知道我们还能不能见上一面。

与侄孙元老

题解

这是苏轼在儋州写给他的侄孙苏元老的一封书札，是一封娓娓动听的家书。

原文

侄孙元老秀才：久不闻问，不识即日体中佳否？蜀中骨肉，想不住得安讯。老人住海外如昨，但近来多病瘦瘁，不复如往日，不知余年复得相见否？循、惠不得书久矣[1]。旅况牢落[2]，不言可知。又海南连岁不熟，饮食百物艰难，及泉、广海舶绝不至，药物鲊酱等皆无，厄穷至此，委命而已。老人与过子相对，如两苦行僧尔。然胸中亦超然自得，不改其度，知之，免忧。所要志文[3]，但数年不死便作，不食言也。侄孙既是东坡骨肉，人所觑看[4]。住京，凡百加关防，切祝切祝！今有一书与许下诸子，又恐陈浩秀才不过许，只令送与侄孙，切速为求便寄达。余惟万万自重。不一一。

注释

①循、惠：循指循州，治所在今广东惠阳东。时苏辙贬居循州，苏轼的家属留在惠州。

②牢落：孤寂零落。

③志文：指十九郎墓志。

三〇九

文

④觑看：细看、关注。

译文

　　侄孙元老秀才：你我很久没有书信来往了，近来身体还好吗？四川老家的人，都得不到他们安好的消息。我在海南岛，情况还和以前一样，只是近来生病，瘦了一些，不像往日那样健壮了，不知道我这晚年是否还有与你见面的机会。循州和惠州也很久没通音信了。被贬在外的这份凄凉孤寂，我不说你也明白。而且海南岛连年灾荒，吃饭生活都成了问题，再加上泉州和广州的商船很久没来了，因此连药品、咸菜、鱼酱等物都没有，穷困到这种地步，只有听天由命了。我和儿子苏过相伴生活，好像两个苦行僧。不过心中依然超脱自得，没有改变心意，你知道了这些，可以不必替我们担忧。你请我给十九郎写墓志铭，只要我不死，就一定会写，不会食言的。因为你是我的侄孙，必然会受到人们的关注，你又住在京城，行事一定要小心防范，一定要谨记这一点！我还有一封书信给许州的家属，又担心送信的陈浩秀才不路过许州，便请他将这封信送给你，请你快点替我转寄吧。其余的就是你要好好保重身体，不再一一细说了。

与参寥子

题　解

　　参寥，本姓何，名昙潜，号参寥子，赐号妙总大师，钱塘（今浙江杭州）人，是大觉怀琏弟子，云门宗下五世。他比苏轼小七岁，生于宋仁宗庆历二年（1042），自幼出家，于经藏、文史无所不读，善写文章，尤喜作诗，是苏轼任杭州通判时结交的朋友。在苏轼南贬途中，参寥多次致函问候。至惠州后，参寥又派专人送函慰问。本文是宋哲宗绍圣二年（1095）苏轼的复信。

原　文

　　某启。专人远来，辱手书，并示近诗，如获一笑之乐，数日慰喜忘味也。某到贬所半年，凡百粗遣，更不能细说，大略只似灵隐天竺和尚退院后①，却住一个小村院子，折足铛中，罨糙米饭便吃，便过一生也得。其余，瘴疠病人。北方何尝不病，是病皆死得人，何必瘴气。但苦无医药，京师国医手里死汉尤多。参寥闻此一笑，当不复忧我也。故人相知者，即以此语之，余人不足与道也。未会合间，千万为道自爱。

注 释

①**灵隐、天竺**：均为杭州著名的寺院，灵隐在西湖西北灵隐山麓，天竺在城西十里。

译 文

我写信相告：你专门派人送信给我，还附上了你近日的诗作，使我好像得到开怀一笑的快乐，数日欢喜慰藉，都不知道饭菜的味道了。我被贬到这里已经半年了，其中大大小小的事情更不能一一细说。就好像灵隐寺、天竺寺的僧人离开禅房，住到了一个小村落中过活，用断腿的锅煮饭，捞里面的糙米饭吃，就这样过一辈子了。其余的，就是瘴疠之气令人生病。其实北方何尝没有人生病呢？凡是病就会死人，并不单单是因为瘴气才让人生病。只是这里缺少医药，不过在京城里的著名医生的手里死的人尤其多。你看到此处肯定会开怀一笑，应该不会再为我担心了。那些知心的故交老友，你就把我这个话告诉他们，其他的人也就没有必要对他们讲述什么。我们没有机会见面，请你千万保重。